Sur l'auteur

Armand Cabasson est médecin psychiatre et écrivain. Trois de ses romans policiers, *Les Proies de l'officier* (Prix spécial de la Gendarmerie nationale 2003), *Chasse au loup* et *La Mémoire des flammes*, ont paru chez 10/18 et sont également traduits en anglais chez Gallic Books. Son roman *La Reine des mots* a paru aux éditions Flammarion et neuf autres de ses ouvrages sont publiés chez différents éditeurs.

Quand il n'est pas immergé dans les mots, Armand Cabasson parcourt la nature, enchaîne les randonnées en montagne, escalade, rampe dans des grottes, descend des rivières en canyoning et se fait des entorses, ce qui le calme un moment…

Site Internet : armand-cabasson.com

ARMAND CABASSON

LES FURIEUSES

10/18

ISBN 978-2-264-08507-8
Dépôt légal : avril 2025

La vie n'est qu'une ombre errante, un pauvre acteur qui se donne en spectacle et se tourmente durant son heure sur la scène, et qu'ensuite on n'entend plus. C'est une histoire racontée par un idiot, pleine de bruit et de fureur, et qui ne signifie rien.

William SHAKESPEARE, *Macbeth*

Chapitre 1

Paris, 21 septembre 1807

Irritant, non, pire : exaspérant ! Avec son agitation fébrile et ses propos flous, l'agent venu le chercher est exaspérant. Cet homme a l'étrange manie de joindre les mains et de les tordre dans tous les sens, comme s'il essayait de défaire des nœuds imaginaires… « Docteur, c'est l'inspecteur Candelet qui m'envoie », « Une affaire étrange, il faut venir tout de suite », « Je ne sais pas, je ne peux rien vous dire »… Impossible d'en apprendre plus. C'est ça qui vous met les nerfs à vif : cet homme vous répète qu'il ne sait rien, et pourtant ce « rien » le ronge jusqu'à l'os. Maintenant, le fiacre file dans les rues de Paris, disloquant les derniers lambeaux de brouillard de la matinée. Assis à côté du cocher, le policier hurle aux passants : « Police ! Dégagez le passage ! Fichez-moi le camp ! »

Rapide, le trajet s'achève brutalement, faisant hennir les chevaux. Une petite foule barre la rue. En uniforme blanc, les gardes municipaux repoussent les curieux. Dans leurs dos, des policiers se pressent autour d'une bâtisse haute de trois étages. Se faufilant dans l'attroupement, Dalvers suit l'agent qu'un croche-patte envoie s'étaler sur les pavés. Hilarité générale, mais un municipal expédie un coup de crosse dans le ventre du provocateur. Le vacarme s'éteint subitement, comme si c'était le rire lui-même qui venait d'être estomaqué. Dalvers aide son guide à se relever. Celui-ci s'époussette à la va-vite.

— Merci. Les gens sont en colère à cause de la conscription. L'Empereur va lever beaucoup plus de soldats que d'habitude. Et nous, on court après les réfractaires qui se sont débinés.

— Eh bien, vous n'avez pas fini de trébucher…

Parvenu dans le vestibule, Dalvers est surpris par le nombre de policiers présents. Certains recueillent les dépositions des résidents, d'autres dévalent l'escalier en bois avec vacarme. Par une porte minuscule, le concierge jaillit hors de sa loge, telle une souris affolée. Lui agrippant le bras, il s'exclame :

— La camardée, l'a des parpaillons ! J'ai rien vu, c'est pas moi !

Ses yeux l'implorent. Un agent lui fait signe de regagner son trou.

— On n'en a pas terminé avec toi. « Rien vu », « rien entendu », « comprends pas », « sais pas »… Mais pourquoi les gens te paient, alors ? Juste pour te regarder boire de la vinasse ?

Arrivé au dernier palier, Dalvers aperçoit l'inspecteur Jean-de-Dieu Candelet, occupé à distribuer ses ordres à ses adjoints. Le remarquant à son tour, celui-ci lance :

— L'aliéniste ! Il ne manquait plus que vous ! J'avais espéré que vous auriez un empêchement. Enfin, puisqu'on m'y oblige… Je suis curieux de voir si vous allez nous servir à quelque chose. Je ne vous dis rien, faites-vous votre propre opinion.

Candelet possède l'incroyable musculature d'un bagnard. On dirait qu'il vient d'achever dix ans de travaux forcés, dans un arsenal, à construire des navires de guerre, jusqu'à ce que ce soit enfin à son tour de mettre les voiles. Le front large, râblé, l'air toujours furieux : le fils d'un minotaure. On le prend pour une brute épaisse, il lit Voltaire et Rousseau.

De la main, il invite Dalvers à ouvrir une porte. Au vu de la fébrilité générale, ce dernier s'attend à une scène d'abattoir : giclées de sang sur les murs, carnage, corps mutilés... Mais il a déjà connu la guerre et les mers de sang des hôpitaux militaires. Son entrée dans le logement déclenche une vision déroutante. Des dizaines de papillons s'envolent tout à coup dans la pièce. Effarés, ils tournoient, donnant l'illusion d'une tempête de neige aux flocons multicolores.

— Placez-vous dans un coin et ne bougez plus, lui conseille Candelet dans son dos.

L'inspecteur referme la porte et s'immobilise à son tour. Au bout d'un moment, les papillons se calment. Ils vont se poser sur les murs et les meubles, la pièce s'en trouve éclaboussée de couleurs. Les plus audacieux se promènent sur les deux intrus. Une femme d'une vingtaine d'années est avachie dans un fauteuil, adossée à des coussins. Elle semble être endormie. Placées sur un guéridon, des bougies éclairent ses cheveux blond-roux. Sa robe de soirée est splendide. D'un noir satiné, celle-ci est brodée de fleurs : roses, pivoines, iris, violettes... Lorsque les flammes tremblotent, des reflets chatoyants se déplacent sur l'étoffe. De la soie. Des papillons sont posés sur elle, bernés par cette illusion d'un jardin fleuri. Subitement ils s'égaillent, et leur réaction relance la frénésie des autres. Nouvelle explosion de couleurs virevoltantes.

— Elle a bougé ! Elle est vivante ! s'exclame Dalvers.

Il veut s'élancer à son secours, mais l'inspecteur le retient par le bras.

— Elle est morte, j'ai vérifié. Regardez plus attentivement sa robe.

Sur le tissu, des papillons agitent leurs ailes sans parvenir à s'envoler.

— Je ne comprends pas…

— Ceux-là sont collés.

— Collés ? Collés par quoi ?

— Ce n'est ni du miel ni de la résine. On dirait de la glu, mais nous n'en avons pas trouvé chez elle.

Lorsque les papillons piégés s'apaisent, leurs congénères reviennent explorer les fleurs factices. Mais, très vite, les captifs s'affolent et se débattent, déclenchant de nouvelles envolées tourbillonnantes. On jurerait que la jeune femme n'est qu'endormie, elle aura bougé dans son sommeil, semant la panique parmi les insectes.

Pris d'un étourdissement passager, Dalvers se masse le front.

— Ça vous tape sur les nerfs, pas vrai ? commente Candelet.

Effectivement, cette agitation chaotique lui donne mal à la tête. Il a l'impression que cinq ou six papillons volettent maintenant sous son crâne. Croisant les bras, l'inspecteur le toise avec défi.

— Docteur, vous avez réussi à obtenir l'autorisation de vous mêler de mes enquêtes. Vous en voulez, du meurtre ? Eh bien, vous voilà servi !

— Je ne veux pas « du meurtre », je…

— Oui, je sais, vous voulez intervenir lorsqu'une affaire criminelle sort de l'ordinaire. Ici, est-ce assez « extraordinaire » pour vous ?

Exigu, le logement est encombré de meubles et d'objets : santons, poteries, broderies, animaux sculptés dans le bois… Cependant, l'ensemble est ordonné. Le lit est fait, les volets sont fermés mais laissent filtrer la lumière matinale. L'altercation de la foule avec la municipale n'est plus qu'un murmure, un trouble étouffé.

— Comment est-elle morte ?

— Nous l'ignorons. Pas de plaie, le cou est indemne, le visage serein. Cela élimine le couteau, l'étranglement et la suffocation avec un coussin.

— Le poison, alors ?

— Possible. C'est mon hypothèse. La jarre est pleine, mais la cruche et les verres sont vides. Je vais les faire emporter. Dans toute ma carrière, j'ai arrêté des empoisonneuses, mais jamais d'empoisonneur. Une meurtrière ? Jalousie, rivalité amoureuse… La victime était fort belle, mes hommes cherchent à savoir si elle avait un amant.

— Allez-vous réclamer une autopsie ?

— Bien sûr, je veux savoir ce qui l'a tuée. Peut-être est-ce une mort de cause naturelle… Ce sont ces papillons qui ont attiré notre attention. C'est trop *bizarre*, et je déteste ce qui est bizarre.

— Moi, le bizarre est mon métier.

Dalvers a procédé avec tact. Par sa formulation, on pourrait croire qu'il a demandé quelque chose à l'inspecteur. En réalité, c'est lui qui décide. Les ordres de Joseph Fouché, le ministre de la Police générale, sont on ne peut plus clairs. Le docteur Gabriel Dalvers est autorisé à assister la police lors de toute enquête. Il pourra agir de son propre chef, sans avoir à obtenir d'autres autorisations que celle notifiée par cet ordre. Il sera aidé dans sa tâche par l'inspecteur Jean-de-Dieu Candelet. Le fait de repenser à ces quelques lignes suffit à excéder le policier. Voilà un breuvage bien amer à avaler. Cela dit, Candelet a l'habitude. La police judiciaire doit régulièrement céder des affaires à la police secrète (la « haute police », dont le nom résume bien la mission : vous marcher dessus), on se querelle avec la brigade de sûreté, et il y a aussi le cabinet noir, les fouineurs à la solde des puissants… Bref, à Paris, les enquêtes sont comme les catacombes : des morts partout dans un labyrinthe inextricable.

Candelet a pris l'initiative en faisant avertir l'aliéniste au sujet de cette enquête. Mais il espère que ce médecin va vite déchanter au contact glacé de la réalité criminelle. Alors, avec un peu de chance, celui-ci abandonnera sa requête saugrenue. Dalvers continue d'observer chaque détail.

— Pouvez-vous demander que cette autopsie soit réalisée par le docteur Jean-Aloys Souget ? Ce médecin légiste est un ami à moi.

— On connaît, on connaît. Ce sera fait.

— J'y assisterai.

— Moi de même.

Un papillon écarlate vient se poser sur la main de l'aliéniste. Ce dernier le fixe avant de le chasser, et c'est comme si un pétale de rose rouge s'envolait dans le vent. S'impatientant, Candelet entreprend d'énumérer ce qu'il sait :

— La victime se nomme Mélie Tragant, vingt ans. Elle vivait seule ici, travaillait comme vendeuse chez un fleuriste que l'on va interroger. La dernière fois qu'on l'a vue vivante remonte à hier soir, six heures. Elle avait l'habitude de rentrer tôt et de ne plus ressortir. Ce matin, son employeur s'est inquiété de ne pas la voir arriver. Il a envoyé son garçon la chercher. Le gamin et le concierge ont tapé en vain à la porte. Ils ont fini par ouvrir, le pêne n'était pas enclenché, et on nous a appelés. Pas de trace d'effraction. Soit elle a ouvert la porte au meurtrier, soit celui-ci a crocheté la serrure. Rien ne semble avoir été volé. Je n'ai mis que quelques minutes à trouver son coffre à bijoux, dissimulé dans un recoin de l'armoire. De la pacotille. Je ne sais pas quoi penser de la robe. L'a-t-elle mise, seule chez elle, pour le plaisir ? Ou bien son assassin la lui a-t-il offerte avant de la tuer ? Cela expliquerait tout. Ils se connaissent, ils sont amants, mais hélas il est marié. Elle lui ouvre, il lui donne ce cadeau somptueux pour endormir sa méfiance. Tandis qu'elle passe ce vêtement, il empoisonne son verre, qu'il pensera à vider avant de partir. La nécropsie nous dira si elle était enceinte, ce qui constituerait un mobile.

— Vos hypothèses n'expliquent pas la présence des papillons.

— Au début, j'ai cru qu'elle les collectionnait, ou qu'elle les avait attrapés par jeu. Mais non. En fouillant les lieux, je n'ai trouvé ni spécimens épinglés, ni gravures, ni filets… Toutefois, il y en a plein les champs et les jardins. Peut-être que ces fleurs les ont attirés. Quant à ceux qui sont collés, ce pourrait être dû au poison. Ils ont bu dans le verre empoisonné, et il leur arrive quelque chose, je ne sais pas quoi…

Disposés dans des vases colorés, deux bouquets égayent le logement. Bien que commençant à faner, les glaïeuls et les roses sont encore agréables à contempler. Dalvers en déduit que la jeune femme avait l'autorisation d'emporter les fleurs que l'on ne pouvait plus vendre. Dans la pièce flotte, délicat, un parfum de fin d'été.

Il se tourne vers l'inspecteur en secouant la tête.

— Ne le prenez pas mal, mais votre hypothèse ne tient pas. Quelqu'un les a apportés. Une fois capturés, ces insectes meurent très vite. Ils sont « frais » de la veille.

Candelet soupire, ce médecin, c'est sa croix, et Dieu qu'elle est lourde ! Par malchance, cette tuile est tombée sur sa tête et non sur celle d'un collègue. Le seul point positif dans cette histoire, c'est que Fouché a voulu que cet aliéniste soit assisté par le meilleur inspecteur de Paris. Et c'est son nom qui est arrivé en tête de liste.

— À mon tour de vous poser des questions. Citoyen docteur, en quoi vos connaissances peuvent-elles nous être utiles ?

Dalvers scrute les lieux, n'osant bouger, de peur de déclencher une nouvelle panique de papillons.

— Cette robe vaut plus cher que tous les autres objets réunis. La victime n'avait pas les moyens de s'acheter un tel vêtement.

— Merci pour vos lumières, je n'y avais pas songé, ironise Candelet. Cette robe a dû être prêtée, offerte ou volée. Peut-être avait-elle un riche amant.

— Je pense plutôt que le tueur l'a apportée. Mais cet acte n'a rien à voir avec le cadeau d'un galant.

L'inspecteur le regarde, interloqué.

— Vous divaguez ? À force de côtoyer la folie, vous avez fini par attraper cette maladie-là !

— Cela arrive, en effet. On a bien des policiers qui passent au crime… Je suis frappé par la minutie de cette réalisation. La disposition de ce corps, les plis de la robe, la lumière des bougies… On dirait un tableau. Une peinture de Rembrandt, de Rubens ou de Vermeer… Les papillons sont liés à la robe.

— Et d'où vous vient cette certitude ?

— Parce que certains d'entre eux sont collés sur ce vêtement. Et s'ils sont collés, *c'est parce que cette robe et ces insectes sont collés dans l'esprit de l'assassin.*

C'est au tour de Candelet de se masser le front. Si, par malheur, il y a de la justesse dans ces raisonnements, alors cette affaire s'annonce plus complexe que prévu. Dalvers poursuit :

— Le tueur a sacrifié cette robe qui vaut une fortune. Il a passé des heures à capturer ces papillons, ou alors il a payé quelqu'un pour le faire. Puis il a pris de grands risques pour venir jusqu'ici.

— Pas si grands que ça, au vu de l'ivrognerie du concierge et des va-et-vient dans ce quartier… Les voisins nous ont déjà décrit une dizaine de suspects, tous différents.

— Il est peut-être même venu deux fois. La première, dans la journée, pour empoisonner l'eau.

La seconde, en pleine nuit, chargé de la robe et de boîtes emplies de papillons. C'est ainsi que je reconstitue les événements. Je pense que l'assassin est atteint de monomanie.

— Expliquez-vous.

— Dans la monomanie, la personne est obsédée par une seule et unique préoccupation.

— Laquelle ?

— Chaque aliéné a la sienne. Vous avez sous les yeux celle de l'homme que nous recherchons. Lorsque nous comprendrons sa passion délirante, nous saurons comment l'arrêter. Il existe plusieurs formes de monomanie. Elles sont classées en fonction de l'objet du délire et de la façon dont l'obsession désorganise la pensée. À ce stade, il présente une folie partielle, une monomanie raisonnante sans altération de l'intelligence. Cela signifie qu'il est capable d'agir avec suffisamment de raison pour paraître sain d'esprit. Si ce n'était pas le cas, son comportement perturbé aurait déjà attiré l'attention. Et il lui aurait été impossible de commettre un crime de manière aussi habile et discrète. Néanmoins, il se peut que son état se détériore avec le temps.

Candelet joint les mains, une vieille habitude qu'il chasse aussitôt. L'époque est antireligieuse et il se prénomme Jean-de-Dieu. Ses collègues font courir la rumeur qu'il serait un « pense-curé ». Avec cette croix invisible tracée dans son dos, il ne sera jamais promu commissaire…

— Une monomanie… répète-t-il en un écho affaibli. Mais de quoi parlez-vous ? Et en quelle langue ? Savez-vous pourquoi j'obtiens des succès dans mes enquêtes ?

— Parce que vous réfléchissez ?

— Mes collègues aussi, mais à leur manière. Eux basent leurs investigations sur leur instinct, leurs impressions, leur expérience… Ils bâtissent des théories, des échafaudages branlants. Même l'innocent qu'ils embarquent finit par faire semblant d'y croire. Trois jours de cellule sans eau, quelques gifles, deux doigts cassés, et il avoue tout. Moi, je ne mange pas de ce pain-là. J'observe les indices, je les analyse et ensuite j'émets des hypothèses. Je laisse le brassage d'idées aux autres.

— Mais j'agis de même. Pour poser un diagnostic, un médecin se base sur les symptômes, les signes observables. Toute cette mise en scène est une accumulation de symptômes. Pouvez-vous vous renseigner sur ces papillons ?

— Ne devrais-je pas interroger ses proches, plutôt que les papillons ?

— Faites les deux, bien sûr. Capturez-en le plus possible et allez les montrer à un spécialiste. Vous en trouverez au Muséum d'histoire naturelle, dans le Jardin des Plantes. Cela nous permettra peut-être d'en savoir plus sur leur provenance. Il faut également identifier le couturier qui a confectionné cette robe.

Candelet étouffe un cri de colère.

— Des couturiers, il y en a des centaines ! Nous sommes à Paris, je vous rappelle. Même de luxe, ça pullule comme des punaises. Croyez-vous qu'ils aient fait faillite, tous ceux qui habillaient les Belles Versaillaises ? Maintenant, ils habillent les Belles Impériales. On a juste changé la couleur des rubans. Un couturier !

— Eh bien, oui, il faut chercher, encore et encore ! Avec la même obstination que celle mise en œuvre par l'assassin pour se procurer cette tenue. Faites-la examiner par un grand couturier, peut-être celui-ci reconnaîtra-t-il le style de l'un de ses confrères. J'ai une autre idée ! Donnez le signalement de cette robe aux agents de police et à la municipale, et faites réaliser des illustrations de ce vêtement, pour mieux leur faire comprendre ce que nous cherchons. Ainsi, s'ils aperçoivent une femme portant une toilette similaire, ils lui demanderont où elle se l'est procurée.

Nageant en plein cauchemar, Candelet secoue la tête.

— On signale les descriptions des criminels, pas des vêtements ! Que vont dire mes supérieurs ? Je les entends déjà s'esclaffer. « Les inspecteurs traquent les meurtriers, sauf Candelet qui court après les robes ! » J'ai d'autres ambitions que de devenir la risée de tout Paris.

— Dites que vous avez agi à ma demande. Mettez tout sur mon dos.

— Ah, ça, je n'y manquerai pas !

— L'assassin a d'abord tué sa victime, puis il l'a dévêtue pour lui passer cette robe somptueuse.

— Vos arguments ?

— Cette jeune femme était soignée de sa personne. Son logement et son linge sont propres. Cependant, les habits posés sur le lit sont méticuleusement pliés, ce qui contraste avec ses autres tenues, rangées de manière plus approximative.

L'inspecteur vérifie par lui-même. C'est assez frappant, en effet.

— Admettons.

Dalvers entreprend de tourner autour de la jeune femme, chassant de la main les papillons passant devant ses yeux.

— Un autre détail m'intrigue. Sur cette robe, toutes les fleurs sont représentées plusieurs fois. Sauf une. Qui plus est, celle-ci est disposée sur la poitrine, là où bat le cœur.

De l'index, il désigne un motif aux pétales bleus.

— Quelle est cette fleur ? poursuit-il.

— Une robe, des papillons, et maintenant des fleurs ! Une fleur bleue, qu'en sais-je, moi ? Un bleuet ?

— Oui ! Vous avez raison. Cette mise en scène évoque une peinture… Si ce tableau existait, ce serait *La Jeune Femme au bleuet.*

— Je vais réclamer l'autopsie au plus vite. Vous allez voir, c'est un autre genre de « tableau »…

Chapitre 2

Paris, septembre 1807

Jusqu'en 1804, la morgue de Paris se situait dans le Grand Châtelet. Mais cette forteresse médiévale rappelait l'Ancien Régime, aussi est-elle en cours de démolition. Les morts, ceux non identifiés ou qui vont être autopsiés, sont maintenant rassemblés dans un bâtiment de l'île de la Cité. Par ironie, la nouvelle morgue est une ancienne boucherie. Une foule fait la queue devant l'entrée. La colonne s'étire déjà le long du quai du Marché-Neuf. Lorsque Dalvers s'approche du garde en faction devant la porte, un tollé éclate.

— Qui c'est, celui-là ? Pourquoi il double tout le monde ? s'exclame un élégant en redingote et foulard noué autour du cou.

— Foutredieu ! Vos gueules, les bouffe-cadavres ! hurle le municipal.

Les protestations baissent d'un ton. Mais il flotte encore un brouhaha irrité, une graine de colère susceptible de germer en bousculade. Toisant Dalvers, le soldat ricane à l'idée que cet insouciant essaie peut-être de le provoquer. Un coup de sabre a tracé une diagonale sur son visage, éborgnant l'œil gauche, coupant l'arête du nez et allongeant la commissure des lèvres, à droite. Avec son sourire tordu et sa balafre, il ressemble à une poupée de chiffon mal rapiécée. D'une voix trop forte, il demande :

— T'es pas inspecteur, j'les connais tous. Tu viens voir la gamine, ou t'as un laissez-passer ?

— Je participe à une enquête. J'ai rendez-vous avec…

— Dégoise plus fort ! Et m'emmerde pas à causer.

Il a parlé comme on crie. Son audition a dû s'altérer sous le crépitement des fusillades. Avisant une barge qui approche, un drapeau noir à la poupe, il fait signe à Dalvers de patienter. Se tournant vers l'intérieur du bâtiment, il vocifère :

— Ohé, les petites mains ! Voilà Charon qui arrive avec la noyade du jour !

Tandis que le batelier accoste, des aides accourent pour décharger sa cargaison. Sous une bâche, on voit dépasser des pieds, des bras, une longue chevelure… La mine sombre, le garde fulmine :

— Dix ans passés sur les champs de bataille ! Grenadier, que j'étais. Au 58e de ligne. Oui, monsieur ! Et maintenant que je m'suis mangé un sabre, comment qu'on m'remercie ? On m'fout portier à la morgue. Ah, la bonne blague ! V'là qu'je suis devenu un chien qui garde un poulailler, pour pas que tous les autres renards, là, ils se précipitent dedans !

D'un geste, il a désigné la foule, et les premiers rangs ont reculé d'un pas.

— Alors donne ton laissez-passer, ou tu dégages.

Candelet apparaît dans son dos.

— C'est bon, Lucien, il est avec moi.

Dalvers rejoint l'inspecteur, qui lui fait traverser la salle des identifications. Un attroupement s'est formé devant les vitrines intérieures. De l'autre côté, des cadavres sont allongés sur des tables inclinées. Il s'agit de morts anonymes retrouvés récemment, que l'on expose au public dans l'espoir que quelqu'un les reconnaisse. L'un d'eux, repêché dans la Seine, n'a presque plus l'air humain, avec sa peau bleuâtre et son ventre outrancièrement gonflé par les gaz. Mais c'est surtout devant la première dépouille que les gens jouent des coudes et se houspillent. Il s'agit d'une fillette de six ans qui paraît dormir, recroquevillée dans sa robe. Sa peau est d'une blancheur de neige. Si c'était l'hiver, on l'imaginerait morte gelée. Cette vision emplit Dalvers de tristesse.

— Qu'est-ce qui se passe, ici ? demande-t-il.

— Alors quoi ? Vous ne *morguez* jamais, vous ?

— Pardon ? Que voulez-vous dire ?

— Les gens aiment les attractions, mais il faut payer. En revanche, venir à la morgue pour faire semblant de chercher un disparu, c'est gratuit. Figurez-vous que certains trouvent cela distrayant. En plus, la rumeur s'est répandue qu'une enfant inconnue a été découverte sans vie dans une ruelle. Du coup, les charognards affluent ! Venir ici voir les cadavres comme d'autres vont au cirque regarder les singes, c'est ça, « *morguer* ».

Ces derniers mots, il les a prononcés avec un mépris cinglant.

Les salles suivantes ne sont pas autorisées au public. D'un geste, Candelet congédie un employé occupé à griffonner dans des registres et entraîne Dalvers dans ce réduit. L'air est imprégné d'une odeur d'encre.

— J'ai de nouveau des questions. Vous continuez à affirmer que vos connaissances pourraient m'aider dans cette enquête ?

— En quoi mon idée est-elle si saugrenue ? Avez-vous déjà arrêté des criminels qui ont été envoyés devant la Commission des accusés en démence ?

Candelet hoche la tête. Si un juge pense qu'un accusé présente une altération de la raison, il peut l'envoyer devant une commission médicale. Si le suspect est effectivement atteint de démence, il sera déclaré irresponsable au plan juridique, mais on le séquestrera dans un asile. Dalvers poursuit son raisonnement :

— La justice considère que, pour pouvoir juger, il est primordial de connaître l'intériorité de l'accusé, afin de comprendre ses motivations. Moi, je propose de mettre en œuvre la même logique, mais au service de la police, pour l'aider à enquêter.

— Cela se tient.

— Donc rassurez-vous, je ne veux pas « *morguer* » des crimes, je cherche à saisir les raisons profondes de la violence.

Candelet lève les yeux au ciel.

— Au début de ma carrière, moi aussi, je me posais ce genre de questions. J'ai cherché partout, je n'ai trouvé que du sang. Et pourquoi diable vous intéressez-vous à ce sujet ?

— Il m'est arrivé un événement dont je ne souhaite pas parler. Disons simplement que je suis hanté par le besoin de comprendre des survivants.

— Vous faites bien des mystères…

Il s'adosse à la porte, qui disparaît sous sa carrure massive. Les deux hommes semblent avoir été emmurés vivants dans un cachot.

— Vous ne m'avez pas convaincu, docteur. Néanmoins, je vous crois sincère. Je prêterai donc attention à vos remarques. Mais entendez-moi bien : c'est moi qui mène cette enquête, pas vous. Si cela ne vous convient pas, utilisez votre *papier* pour me faire remplacer par un chien plus docile.

— Continuons ensemble.

— Revenons à votre histoire de « monomanie ». En quoi votre hypothèse peut-elle m'être utile ? Je veux du concret : un indice, un suspect à interroger…

— Un patient atteint de monomanie a une…

Candelet ne peut s'empêcher de rire.

— Cela m'amuse toujours quand, vous, les médecins, vous employez ce mot, « patient ». Dans le jargon de la police, ce terme désigne les criminels condamnés au supplice. Moi, mes « patients » sont soignés à la guillotine. C'est dire à quel point nos deux mondes sont différents : nous ne parlons même pas la même langue… Mais pardonnez-moi, je vous ai interrompu.

— Une personne atteinte de monomanie a une idée fixe. Cette dernière est comme un tourbillon qui aspire toutes ses pensées. Donc, si j'ai vu juste, il se peut que l'assassin tue de nouveau. Et le prochain crime présentera des similitudes frappantes avec le premier meurtre. Il y aura certainement un lien avec cette robe noire et les papillons.

Pour l'inspecteur, c'en est trop ! En fin de journée, il ira s'entraîner au tir au pistolet, cela le calmera.

— Chaque fois que je vous laisse une chance, vous sombrez plus profond ! Je réclame du tangible, et vous me prédisez l'avenir comme une diseuse de bonne aventure ! Et tout ça pour m'annoncer que l'assassin va récidiver ? Qui a bu boira, qui a volé volera, qui a tué tuera. Ils récidivent tous !

— Mais pas du tout ! Alors vous considérez que tous les coupables sont irrécupérables ?

— Tous ou presque. Passons outre !

— Oui, cela vaut peut-être mieux pour le moment...

— Il y a un autre point que j'aimerais éclaircir. Une rumeur court sur vous.

— Mauvaise ?

— Dans les postes de police, on parle de vous, l'aliéniste qui joue au policier. Tout le monde se demande comment vous avez bien pu obtenir une autorisation signée du ministre lui-même. Il se raconte que vous auriez soigné son épouse, Jeanne-Bonne Fouché. Celle-ci...

— Elle se prénomme Bonne-Jeanne. Mais vous le savez très bien.

— Celle-ci aurait plongé dans le désespoir, après une fausse couche. D'où l'appel aux services d'un aliéniste. Grâce à vous, elle aurait retrouvé sa joie de vivre. Alors, vous en auriez profité pour obtenir votre autorisation spéciale, cette carte blanche qui me cloue le bec. Vous confirmez ?

— Ne devions-nous pas assister à une autopsie ?

Faisant tonner sa voix, Candelet aboie :

— Tout ça, ce sont des foutaises !

À sa grande surprise, il constate que le médecin n'a pas bronché. D'ordinaire, seuls les criminels les plus coriaces ou les soldats aguerris ne se laissent pas intimider par son agressivité. Ce bestiau-là a le cuir plus dur qu'il ne l'aurait imaginé.

— Et je vais vous dire pourquoi, citoyen docteur. Fouché a l'art d'être au courant de tout, et c'est bien pour cela que l'Empereur l'a placé à la tête de la police. Vous connaissez ce conte, *Le Joueur de flûte de Hamelin* ?

— Oui, l'inconnu qui attire à lui tous les rats de la ville, en jouant une étrange mélodie…

— Fort juste. Figurez-vous que, mon ministre, c'est le même genre de personnage. Quand il joue de sa flûte, une nuée d'espions accourt pour venir grouiller à ses pieds. Fouché est donc au courant de ces ragots. Il sait quels agents les ont colportés, dans les bureaux ou dans les pissotières, qui a ri et qui a ordonné de se taire. Donc la question est : pourquoi n'a-t-il pas tué dans l'œuf cette rumeur ?

— Je n'aime pas la tournure que prend cette conversation.

— Il n'est pourtant pas timide, notre ministre, « le mitrailleur de Lyon ».

Joseph Fouché, qui dirige la police, est un sanguinaire ! Chargé de mater l'insurrection lyonnaise de 1793, il a agi avec une violence inouïe. Parce que la guillotine tuait trop lentement à son goût, il a fait « fusiller » les suspects à la mitraille. Les canons les déchiquetaient par centaines, fournée après fournée. Désormais, Lyon est aussi tranquille qu'un cimetière… Les tueurs, les tortionnaires, les barbares : tous font pâle figure à côté de lui. Dalvers aurait bien voulu l'interroger dans le cadre de ses recherches sur la violence, mais c'eût été un peu délicat à demander…

Constatant que son interlocuteur n'a rien à objecter, Candelet poursuit :

— La seule explication, c'est que Fouché *veut* que cette histoire continue à circuler. Donc il couvre quelqu'un de haut placé. Seulement, plus haut que le ministre de la Police… il ne reste guère que le ciel ou le soleil.

— Alors prenez garde de ne pas vous brûler les doigts. Je ne vous menace pas, je philosophe.

Dalvers a l'air inquiet. Le silence se prolonge, jusqu'à ce que le médecin finisse par le rompre :

Qu'allez-vous faire ? Vous avez l'intention de continuer à *trop* réfléchir ?

— J'en arrive à la conclusion suivante : je vous remercie du fond du cœur pour l'aide que vous avez apportée à Mme Fouché.

Se déplaçant, il libère le passage. Au moment où l'aliéniste ouvre la porte, Candelet commente :

— Vous semblez bien soulagé…

— Je le suis pour nous deux.

Dans la salle des autopsies judiciaires flotte une odeur piquante, un mélange de chlore, d'ammoniac et de vinaigre. La victime, toujours vêtue de sa robe noire éblouissante, est étendue sur une table de dissection. Les papillons collés ont fini par mourir.

Lorsque Jean-Aloys Souget les rejoint, Dalvers lui lance :

— Heureux de te revoir, Hadès !

Avec son théâtralisme coutumier, le légiste vient enlacer son ami et lui tapote le dos. Son teint cuivré fait ressortir le bleu de ses yeux, son sourire vous met du baume au cœur.

— Quand on m'a annoncé que tu serais présent pour la nécropsie de « la femme à la robe de bal », je me suis dit : *J'aurais dû m'en douter !* J'en déduis que ton soleil noir brille toujours…

Candelet ne cache pas son plaisir d'en apprendre un peu plus sur Dalvers.

— Son « soleil noir » ? demande-t-il, intrigué.

Souget songe qu'il en a peut-être trop dit, son ami répond à sa place :

— Comme je vous l'ai dit tout à l'heure, j'étudie la violence. Depuis plusieurs années. Cet intérêt avait intrigué les autres étudiants de l'université de médecine de Montpellier. On disait de moi que j'avais une « noire passion ». Quand mes collègues ont commencé à mieux me connaître, ils ont conclu que j'étais sain d'esprit, mais avec quand même une petite bizarrerie quelque part dans les pensées. « Un soleil noir dans la tête », pour reprendre leur formule…

Tout en croisant les bras, l'inspecteur écarquille les yeux en souriant.

— Fichtre… Me voilà rassuré d'être obligé de coopérer avec vous…

— Pouvons-nous nous y mettre ? s'enquiert Souget.

Candelet apprécie l'approche rigoureuse de la médecine légale. Grâce à cette discipline, on peut s'appuyer sur des faits, plutôt que sur des *a priori* et des impressions. Le premier temps est celui de l'examen externe. Souget énonce ses observations, que son assistant note dans un registre.

— Ces papillons étaient encore vivants quand nous avons découvert la victime, précise Candelet. Que pouvez-vous nous dire sur ce qui les a collés au tissu ?

Avec une pince, le légiste prélève un échantillon de cette glu, qu'il scrute, porte à ses narines, malaxe entre ses doigts…

— Cette substance est inodore. Elle ne correspond pas aux colles que je connais.

— Je me charge de me renseigner. Je la montrerai à des ébénistes, des charpentiers de marine, des tanneurs, des décorateurs, des peintres…

Souget entreprend de déshabiller la dépouille. Voir cette victime être ainsi mise à nu met Dalvers extrêmement mal à l'aise. Il respire avec difficulté, comme si l'air de la pièce s'était vicié. D'ailleurs, les odeurs chlorées et vinaigrées lui paraissent plus intenses. Il perçoit aussi les traces des exhalaisons des cadavres précédemment autopsiés. Pour se ressaisir, il se mord les joues jusqu'au sang. La douleur chasse son trouble, ses joues se recolorent. Lorsque le légiste retire les dessous de la jeune femme, celui-ci ne peut réprimer un cri de surprise. Les quatre hommes constatent, sidérés, que le sexe a été cousu. Ce travail est si méticuleux que la fente n'est plus visible.

— Avez-vous déjà observé une chose pareille ? demande Candelet.

— Non. L'ouvrage a été réalisé après la mort, comme en témoigne l'absence d'ecchymoses. C'est fait dans les règles de l'art, berge contre berge. On dirait le travail d'un chirurgien qui aurait suturé une plaie. Sauf qu'il s'agit des grandes lèvres de la vulve…

— L'assassin serait médecin ?

— Pas nécessairement. On peut acquérir ce geste technique en s'entraînant beaucoup. Ce fil d'or ressemble à ceux qu'on utilise pour décorer les robes et les uniformes.

— Un couturier ?

Le légiste hausse les épaules.

— Je n'en sais rien. Je vous remettrai ce fil et vous verrez s'il vous mène quelque part.

Prenant la robe dans ses bras, Dalvers vient la lui montrer de plus près.

— Pourrait-il s'agir du même fil que celui utilisé pour ces broderies ?

— Oui, c'est fort possible.

Candelet ébauche un air de triomphe, une idée vient de lui traverser l'esprit.

— J'ai déjà vu le corps d'un mouchard qui avait été assassiné par ses anciens complices. Les tueurs lui avaient cousu les lèvres, pour envoyer un message aux autres « traîtres » potentiels. « Il aurait mieux fait de la fermer » ou « Restez bouche cousue ». Pourrait-on imaginer une logique similaire ? Supposons que cette femme ait eu un amant, qu'elle a trompé. Ayant découvert son infidélité, il l'a tuée, puis il a cousu son sexe.

Nul ne sait que lui répondre.

— Et vous, qu'en dites-vous ? demande-t-il à Dalvers.

— Avec cette ligature, la victime semble être asexuée. Mais j'ignore si c'est effectivement le but que poursuivait son meurtrier.

De plus en plus perplexe, Candelet voudrait pouvoir reprendre pied en s'appuyant sur son expérience.

— A-t-elle été forcée ? Lui a-t-on introduit un objet dans le vagin ?

— C'est ce que nous allons voir sous peu. Laissez-moi d'abord terminer l'examen externe.

Finalement, à l'issue de ce premier temps, aucune plaie n'a été constatée, la cause du décès demeure inconnue.

Ayant découpé les points de suture, Souget annonce :

— La victime a conservé sa virginité. Aucune lésion visible. Passons à l'examen interne : l'ouverture du corps. Je pratique les crevées.

D'un coup de scalpel, il incise profondément le bras droit, sur toute sa longueur.

— Myolyse partielle des muscles striés.

Devançant la question de l'inspecteur, il désigne les masses musculaires.

— Regardez ici, les muscles sont détériorés. En se dégradant, ils libèrent des substances toxiques pour l'organisme.

— Mais qu'est-il donc arrivé à cette jeune femme ?

— Diverses étiologies sont possibles. Néanmoins, le fait que la victime ne présente pas de lésions cutanées permet d'éliminer un certain nombre de causes. Je poursuis.

Les autres incisions des membres révèlent les mêmes lésions. Passant à l'ouverture du thorax, Souget indique :

— Les poumons ont enflé de manière disproportionnée. J'observe une congestion massive. Ils sont emplis de liquide, il s'agit…

— Elle a été noyée ? s'étonne Candelet.

— Non. Ou plutôt oui, mais pas au sens où vous l'entendez. Il s'agit de liquides organiques provenant des vaisseaux sanguins. Une noyade à l'air libre, en quelque sorte. Ces écoulements pourraient avoir causé le décès. Mais ils ont aussi pu survenir *post mortem*.

Ayant prélevé les poumons, il les pèse sur une balance à plateaux.

— Deux kilogrammes ! Lorsque ces organes sont sains, leur poids varie entre six et sept cents grammes.

Les uns après les autres, les viscères sont examinés, extraits, pesés et placés dans des bocaux emplis de conservateurs. À cause des émanations du formol, Candelet et Dalvers toussent et clignent des yeux, faisant sourire Souget et son aide. L'ouverture de la vessie révèle un liquide rouge-brun.

— Urines couleur porto, conséquence classique de la myolyse.

Enfin, au bout d'une heure d'investigations, Souget livre ses premières conclusions.

— Cause du décès : probable empoisonnement ayant entraîné à la fois une congestion pulmonaire et une myolyse généralisée. Chacun de ces deux mécanismes est susceptible d'avoir été fatal. L'absence de lésions internes du système digestif permet d'éliminer de nombreux poisons. Parmi les substances pouvant correspondre à ce tableau clinique, il doit en exister plusieurs, mais je peux seulement citer la ciguë.

Piqué par ce mot, Candelet tressaille.

— La ciguë ? Je m'attendais au cyanure, à l'arsenic… Mais, la ciguë, je n'en avais plus entendu parler depuis Socrate.

— Pour moi aussi, c'est une première. Puisque ce toxique entraîne, entre autres, une paralysie des muscles respiratoires, nous avons là un troisième mécanisme pouvant expliquer le trépas.

— Comment peut-on être certain qu'il s'agit bien de ciguë ?

— C'est impossible. Je vais encore procéder à divers examens. Je m'intéresserai aussi à l'eau provenant de la jarre de la victime. Je la donnerai à boire à des rats et nous verrons si cela leur est mortel. Mais le poison est une arme discrète, et la toxicologie une jeune science. Si vous ne m'aviez pas parlé de ces éléments singuliers, cette robe et les papillons, j'aurais envisagé en premier lieu une mort de cause naturelle. Une fluxion de poitrine avec myolyse associée. C'est rare, mais cela s'est déjà vu. La victime était à jeun. Je suppose donc que la substance létale a été bue. S'il s'agit bien de ciguë, les premiers symptômes se manifestent dans l'heure qui suit l'ingestion. Le décès survient au bout de une à six heures. Compte tenu de la *rigor mortis* et de la température du corps, je dirais qu'il a eu lieu entre minuit et quatre heures du matin.

Candelet ne cache pas son dépit :

— Mais enfin, c'est tout ? Lors de vos précédentes autopsies criminelles, vous avez toujours réussi à me révéler des indices utiles… Ne le prenez pas mal mais, pour la première fois, malgré toutes vos paroles, je vous trouve bien silencieux.

— Avec le poison, rien n'est jamais sûr. Je peux cependant vous donner quelques informations supplémentaires. Plusieurs plantes appartiennent à la famille des ciguës. En France, elles sont assez communes. Celles-ci doivent avoir été fraîchement cueillies, car le dessèchement détruit leur toxicité. Les procédés permettant de confectionner un poison sont complexes. La ciguë tachetée, ou grande ciguë, est la plus létale. Le mieux est de broyer les graines, mais on peut aussi utiliser la racine, les feuilles… Le produit obtenu dégage une odeur d'urine de souris, qu'il faut réussir à masquer en ajoutant d'autres substances. En outre, ce poison est volatil, l'empoisonneur risque de s'intoxiquer accidentellement. Enfin, il se détériore rapidement, obligeant à agir avec célérité. J'essaierai d'en apprendre plus.

Candelet s'abîme dans ses pensées. Ses hypothèses ont fondu comme des cierges. L'amoureux criminel n'est plus qu'une silhouette de brouillard qui s'effiloche. Cette affaire l'entraîne dans un monde inconnu. Ses yeux se posent une nouvelle fois sur le fil doré. Qu'y a-t-il à comprendre d'une chose aussi incroyable ?

Chapitre 3

Paris, septembre 1807

Au-dehors, le soleil de midi sature la capitale de lumière. En revanche, dans le salon, volets fermés et rideaux tirés, règne la pénombre. Assis dans un fauteuil, avachi par l'ennui, Sergemont macère dans son humeur lugubre. Quand il regarde son reflet dans le miroir, il voit une statue de cire. Dans la rue, ça jacasse et ça crie. Les colporteurs s'époumonent à vanter leur camelote, les roues cerclées de fer et les sabots des chevaux heurtent les pavés, les cochers hurlent et fouettent, les gens parlent sans arrêt… Le monde n'est qu'une boule de vacarme. Heureusement, tout cela ne parvient que très atténué jusqu'ici. Les conversations : des bourdonnements de mouche ; le métal contre la pierre : un orage lointain. Autrefois, des grilles en fer forgé fermaient l'avant-cour, tenant l'agitation à distance. À la Révolution, elles ont été jetées à terre, emportées et fondues en boulets de canon. En ce temps-là, les foules déchaînées avaient décidé d'abattre toutes les barrières. Cette digue ayant cédé, la population est venue s'écouler jusqu'au pied de sa demeure et n'en est plus repartie. Juste en bas, des brocanteurs vendent maintenant des machins de misère. Chaque mois, Sergemont leur donne un peu d'argent, pour acheter leur silence. Pas de cris, expulsez les importuns trop bruyants, merci. Un équilibre s'est instauré. En tant que propriétaire, il serait en droit de les chasser. Mais, en ces temps d'humeur révolutionnaire, cela ne serait pas judicieux. Dommage… En son for intérieur, il aimerait restaurer ces grilles. Et même mieux : si c'était possible, il dresserait des barrières entre le reste de l'humanité et lui. Possédant l'unique clé de l'unique porte, il serait le saint Pierre de son paradis privé. *Elle* le rejoindrait, et son monde serait comblé.

Avec indolence, il prend sa théière pour emplir une tasse. Ce breuvage, qu'il prépare lui-même, libère un parfum singulier. Viennent d'abord la vanille, la noix de muscade et le miel. Puis on distingue une senteur de foin coupé, qui déclenche des réminiscences de campagne. Cependant, une légère odeur fétide demeure perceptible. Comme si, quelque part derrière les meules de foin imaginaires, pourrissait une charogne. Impossible d'éliminer ce désagrément, puisque celui-ci est lié à l'ingrédient principal. Au mieux, on ne peut que masquer partiellement cette exhalaison de cadavre. Sergemont a fini par s'y habituer, au point d'imaginer que, s'il errait sur un champ de bataille, l'odeur des charniers lui rappellerait sa théière dans son salon.

D'un trait, il vide sa tasse, l'effet est fulgurant. Son cœur s'accélère, ses bronches se dégagent et il inspire à pleins poumons, ses yeux distinguent mieux les objets dans la semi-obscurité… La nervosité, électrisante, l'extirpe de sa torpeur. Il se sent prêt à empoigner tous les gens sur terre pour secouer ces épouvantails ! Jusqu'à ce que l'un d'eux, enfin, réponde à ses questions et lui permette d'atteindre son objectif suprême.

Un souvenir lui revient, d'une acuité prodigieuse. Il se trouve dans cette même pièce, mais ce qui attire son attention provient de l'autre rue, celle qui longe la façade arrière. C'est la nuit, il frissonne. Il n'a que quatorze ans. Des clameurs et des roulements de tambour, un chant cacophonique, des lueurs… Une foule de révolutionnaires se répand par là, pareille au corps interminable d'un monstre grandiose et furieux. La Bête revient d'une orgie de sang. Alors, à travers les fenêtres, il aperçoit soudain la chose la plus incroyable de toute son existence. Ses yeux s'écarquillent devant ces images incongrues. Il voit passer des têtes, mais que des têtes. Celles-ci sont fichées sur des piques. Puisqu'il se trouve au premier étage, l'armée reste invisible, seules défilent les têtes coupées. Des aristocrates. Quelques hommes portent encore leur perruque poudrée. Il y a des femmes, aussi. Cette vision le glace d'épouvante, mais il éprouve également d'autres sentiments. De la curiosité, oui, c'est certain. Et de la fascination. Ces êtres sont morts et, pourtant, déplacés par les mouvements des piques, leurs visages se tournent de part et d'autre, comme s'ils tentaient d'évaluer la situation. Dans les jeux d'ombre et de lumière, leurs traits s'animent et leurs lèvres murmurent des secrets. Voilà que passe une jeune femme d'une beauté exquise ! Illuminée par le rougeoiement des torches, sa longue chevelure prend une couleur blond vénitien. Et Sergemont songe qu'il aimerait lui chuchoter son émerveillement à l'oreille, et embrasser son cou coupé.

Ces têtes dansantes, il ne les oubliera jamais. Seul un esprit raffiné peut percevoir la singulière beauté d'une tête coupée.

Son cœur bat délicieusement vite, comme s'il avait couru pour rejoindre quelqu'un. Voilà un autre souvenir, d'une vivacité exaltée par ses sens exacerbés. La lumière d'une fin d'après-midi d'été vient baigner le salon, le plancher disparaît sous l'herbe d'une prairie, les murs se dissolvent pour se fondre dans des immensités vertes ou bleutées, l'espace s'agrandit… Il y a maintenant une vaste étendue herbeuse, des bois, des collines à l'horizon, un ciel parsemé de nuages cotonneux… Dans son dos, les bruits de la réception arrivent jusqu'à lui, affaiblis par la distance. De la musique, des conversations, des rires… Et Clarisse est de nouveau là, juste à côté de lui, dans sa robe noire aux broderies merveilleuses. « Une robe de reine », a dit un jeune officier, « Donc une robe faite pour elle ! » a-t-il répondu du tac au tac, et elle a ri du compliment. Fatigués des valses qui n'en finissent plus, ils sont sortis prendre l'air. Les rayons du soleil mettent en valeur ses cheveux blond vénitien.

Il veut le lui dire… Clarisse, voulez-vous m'épouser ? Non, trop formel. Banal. Plat. Clarisse, épousez-moi ! Catastrophique, on dirait un ordre. Ridicule, il est ridicule. Peu importent les mots, puisque seule compte la sincérité. Répondra-t-elle oui ? Hésitera-t-elle ? Cherchera-t-elle à temporiser ? Ou alors il se trompe, peut-être ne le considère-t-elle « que » comme un excellent ami. Non, impossible !

Elle désire exactement la même chose que lui, il le sait. Des papillons volettent autour d'eux, empressés et instables. Trompés par les fleurs brodées, quelques-uns viennent se poser sur sa robe. Clarisse éclate de rire et les voilà qui s'envolent ! Il se penche et l'embrasse par surprise dans le cou.

Chapitre 4

Paris, septembre 1807

Une masse de nuages gris plomb a posé un couvercle sur Paris. À l'est, cependant, une trouée déchiquetée laisse miroiter une étendue d'or. Les rayons obliques du soleil levant viennent illuminer les façades, embellissant les lieux et égayant le cœur.

Dalvers apprécie le calme des jardins, mais il s'amuse aussi du grouillement des rues. Tantôt sucré, tantôt salé. À Paris, les déplacements imposent de se faufiler dans la cohue, telle une anguille louvoyant entre les obstacles. La cacophonie finit par paraître agréable, le chant des oiseaux humains. Ce matin-là, des passants houspillent un vinaigrier dont la charrette à bras, « la vinaigrette », s'est embourbée et entrave le passage. Piégé là, un vitrier s'époumone en boucle : « Vitrier ! Viiiiiiiiitrier ! » C'est à vous donner envie de lui casser son verre sur le crâne. Quand, haletant, il se tait enfin, une jeune femme en profite pour lancer d'une voix claire : « Truites, belles truites ! Vivantes, vivantes, oh ! » À ses pieds, les poissons tournent en rond dans un seau. Depuis l'autre côté, trois petits ramoneurs parviennent à passer en se plaquant contre le mur, qu'ils maculent en s'y frottant. Avec leurs vêtements noirs de suie et leurs énormes brosses portées sur le dos, ils ressemblent à des hérissons. Dalvers pose la main sur son porte-monnaie, parce que ces gamins-là savent aussi vous ramoner les poches. Renonçant, il revient sur ses pas et contourne le problème en empruntant les rues adjacentes.

Enfin, il atteint les quais, aux pavés flambant neufs. L'Empereur vient de les faire construire, pour stabiliser la Seine. Des ouvriers achèvent de démanteler deux moulins. Plus loin, ce sont des lavandières qui tentent de défendre leur lavoir, lui aussi condamné. Elles gesticulent, montrent leurs paniers de linge sale aux démolisseurs, les invectivent... Une patrouille de dragons vient s'en mêler. Les plaignantes tentent de les convaincre, les cavaliers haussent les épaules. Les ordres sont les ordres. Par décret impérial : priorité à la batellerie. L'Empereur veut décrasser cette artère. Adressez vos plaintes par écrit au préfet, qui les donnera à lire au fleuve.

Le trafic fluvial ne tarit jamais. Des voiles passent, les coques emplies de tonneaux, légumes, planches, sacs de céréales, fourrage... Des bacs transbordent un pêle-mêle de passagers et de marchandises. Dalvers découvre une nuée de poissons morts flottant tristement sur les eaux glauques. Leurs écailles et leurs ventres blancs, scintillant sous le soleil, ressemblent aux milliers de touches d'un immense piano disloqué. À l'aide d'épuisettes, deux bateliers s'activent à les amasser dans leur barge. L'un d'eux n'a plus que deux doigts à la main droite. Probablement un ancien soldat, réformé après cette blessure. Depuis le quai d'en face, des gardes municipaux leur enjoignent de se dépêcher, pressons, pressons, on n'a pas que ça à faire. Un gamin tente de vendre des journaux à la criée. Personne ne le remarque, mais il persévère, le visage vibrant d'espoir. À le voir, on a l'impression que les nouvelles sont mirobolantes : l'Empereur vient d'achever la conquête du monde, maintenant on va attaquer la Lune.

— C'est quoi, les nouvelles ? Vous voulez tout savoir ? Achetez *Le Moniteur universel*, que c'est le journal officiel ! J'ai aussi *Le Journal de l'Empire*, qu'est pas mal non plus ! Vous lirez qu'les Anglais disent que nous sommes « le pouvoir militaire le plus formidable du monde ». Pas de menteries, rien que la vérité ! Et pour pas cher, en plus !

Trois gouttes tombent, et voilà que le ciel se déverse. Le petit vendeur se précipite à la recherche d'un abri, paniqué comme une mouche sous la pluie, bousculant badauds et colporteurs. Il rejoint finalement Dalvers, qui vient de se réfugier sous la bâche d'une taverne. Avec un peu de chance, le tenancier ne viendra pas faire du grabuge, s'il y a un adulte à côté de lui.

— Il pleut encore de cette eau glaciale ! marmonne Dalvers.

— Sûr, qu'il pleut, vu qu'on est début vendémiaire et qu'ça vaut pas mieux que pluviôse.

— De nos jours, on dit « fin septembre » et « février ». On a abandonné le calendrier républicain.

Il faut croire que tout le monde en avait par-dessus la tête, de ne jamais rien comprendre aux dates…

— J'vends rien de rien. Quand y a la guerre, j'te fais partir tous les journaux à des dames qui pleurent et aux parents qui ont peur pour leur fil soldat. Quand y a la paix, les gens i' sont contents et pis i' s'en fout des nouvelles. Y a pas trop de batailles, en ce moment.

— Profitons-en. Par les temps qui courent, ça ne dure jamais bien longtemps...

L'enfant semble être animé d'une énergie inépuisable. Une flamme s'agitant au vent de la misère.

— Citoyen, aujourd'hui, c'est mon anniversaire : achète-moi un journal !

— Je passe dans cette rue chaque semaine et je t'entends souvent servir ce boniment.

— Vu que j'suis un enfant abandonné, mon anniversaire, c'est quand j'veux ! J'sais bien que tu passes souvent ici, le lundi matin. Tu vas chez M. Longes, le maître d'armes. Avant, i' s'appelait M. de Longes. Il a eu de la chance, la Révolution lui a coupé que sa particule. C'est pasque, chez les aristos, il était qu'un petit poisson, du menu crottin, comme on dit. J'reconnais tous les habitués de plein d'endroits.

— Vraiment ?

— Et j'sais plein de choses sur eux tous. Toi : vu que les leçons pour tout le monde sont pas commencées, t'as des leçons que pour toi. Donc tu es fort à l'épée, rapport que M. Longes, c'est un vrai grand maître ! Avec lui, c'est du talent ou la porte.

— Tu m'impressionnes... Tu ne restes que dans ce coin, ou tu te déplaces ?

— J'vais partout. Mon quartier, c'est Paris.

— Tu sais lire ?

— Un peu... Le grippe-sou qui m'file les journaux, i' m'dit les gros titres, pour qu'j'attire mieux le chaland. Je reconnais les mots qui reviennent toujours : Napoléon, Empire, Grande Armée, bataille, victoire. Les autres lignes, c'est des guirlandes, ça sert juste à décorer.

— C'est un point de vue. Tu t'appelles comment ?

— Horace, pasque c'est le nom de çui m'a repêché dans la Seine. Juste ici, là où qu'y a la pescaille qu'a crevé. Va pas acheter du poisson aujourd'hui, monsieur, vu qu'y a les poissonniers des halles, i' sont allés en ramasser plein et qu'i' vont te les refiler. C'est un sale coup à mourir.

Ses yeux continuent de scruter les quais, détaillant les gens qui se pressent sous le déluge.

— Des fois, j'me dis qu'ma mère, elle va passer par là. Elle m'a jeté à la baille quand j'étais un marmot. Elle m'avait mis dans un panier à linge, p't-être que j'étions son linge sale. Mais elle criera d'un coup : « Mais c'est mon gamin ! » Les mères, ça reconnaît toujours leurs mioches, c'est la loi de la vie. Elle pleurera, elle m'serrera fort dans ses bras en m'demandant pardon-pardon-pardon et pis tout ça. Tu verras que ça sera une belle dame gentille qui vit dans une maison où qu'i' fait bien chaud. Alors adieu, l'hospice ! J'aura la belle vie ! Que je l'ai bien méritée.

Le regardant de nouveau, il ajoute :

— Ou que sinon, j'm'engagerai dans la Grande Armée, et que je deviendrai général. Ça, c'est bien aussi.

— Tu es comme moi, tu as de grands rêves…
— Mais toi, t'es pas général.
— Non, je suis médecin. Je travaille à l'hospice de Charenton.
— Ton hospice, c'est un asile ! Là-bas, i' t'balancent de l'eau glacée, pasque ça te calme les idées, qu'i' disent. La police, si i' t'attrapent pasque tu traînes dans les rues, i' t'y foutent, *clic-clac* i' t'verrouillent la porte et c'est fini pour toi.
— Ne t'inquiète pas, j'ai la clé.
— C'est la loi contre les mendiants et les vagabondeurs, pasque ça dérange ceux qu'ont « un moyen de subsistance ». Les gardes de la municipale, i' t'expliquent tout ça et i' te foutent dans les dépôts de mendicité, où que t'as le travail qu'est obligatoire. Là-bas, c'est horrible d'épuisement. Mais t'apprends un travail, quand même, ça, c'est bien, si t'y meurs pas. Sauf que, souvent, y a plus de place, ni non plus à l'assistance des hôpitaux, et pareil dans les hospices, même çui où j'habite. Alors bonjour Charenton ! Quand i' m'ont coincé, je savons pas, moi, que c'est un crime d'être pauvre ! Si je l'avais su plus tôt, je m'aura évité des ennuis. Maintenant, moi, je mendiante plus et je vagabondage pas, je vends les journaux de l'Empereur ! J'informe la population, qu'i' dit mon empayeur.
— Calme-toi. Les errants et les enfants comme toi n'ont rien à faire dans les hôpitaux. Or c'est bien ce qu'est Charenton : un lieu de soins. Et non pas le sac fourre-tout dans lequel le préfet de police range son « désordre ». Si un jour je t'y vois, je te libérerai sur-le-champ.

Le jeune fronce les sourcils, de nouvelles idées lui fleurissent dans la tête, et le voilà de nouveau rayonnant.

— Un docteur de Charenton ? Dis voir, t'as p't-être rencontré ma mère qui voulait s'faire soigner sa tristesse ! Une belle dame qu'est désespérée, rapport qu'elle a abandonné son gamin en le foutant dans la Seine. Même que c'était le 30 ventôse an IV, que toi tu dis le 20 mars 1796. Tu la connais ?

— Non, je suis désolé.

— Ben pas autant qu'moi.

La déception froisse son visage émacié, mais la joie de survivre renaît très vite en lui.

— Ou ça se peut que ma mère, c'est une comtesse. Vu qu'y avait la Révolution, l'a voulu me protéger. Même qu'elle pleurait, elle m'a posé doucement sur l'eau dans un panier à têtes coupées, pour que la Seine m'échappe de là, pour pas que les révol'tionnaires, i' me guillotinent le cou. L'a été bien maligne, pas vrai ? Pasque les autres, i' m'ont pas eu !

Dalvers prend le temps de mieux l'observer. L'enfant paraît plus jeune que ses onze ans et demi. Famélique et habillé de misère, il a cependant pris soin de se débarbouiller le visage et de se peigner. Il ressemble à un chat de gouttière qui se serait longuement léché le pelage.

— Tu m'as l'air intelligent et débrouillard, Horace.

— Ça, c'est du vrai dire !

La pluie a cessé, giboulée épuisée. Quelques dernières gouttes s'amusent à crever les flaques apparues partout. Des passantes traversent en relevant les pans de leurs robes.

— Monsieur, t'as une femme ? Elle aime les enfants ? Pasque j'vis à l'hospice, mais j'attends qu'une famille me prend en pension. On te donne des sous pour ça, et moi j'dérange rien, petit comme une souris. J'te surveillera tes mômes à toi, que y en a, c'est misère, i' traînent sans personne et i' tombent à la Seine comme moye, qu'après faut donner l'alarme pour pas qu'i' se noyent. Et pis maintenant, j'ai de la subsistance, avec mes journaux que j'en vends plein. Si tu me pensionnes, tu feras une bonne affaire !

— Je ne prends personne chez moi. Tu as un nom de famille ?

— Horace Ventose, rapport qu'on m'a pêché en ventôse. Je suitais tout froidi par le vent, presque mouru. Que sans un promeneur gentil, j'aurions fini tout crevé comme les bestasses là-bas. C'est un miracle, qu'i' disent, ceux de mon hospice. Alors, mon surnom, c'est Poisson-Bonheur.

— Tu veux gagner un peu d'argent ?

À ces mots, le jeune tressaille. Ses yeux parcourent la foule, accrochant les regards d'autres gamins des rues. Son visage blême et apeuré : un signal d'alerte. L'air de rien, deux de ses compagnons d'infortune se rapprochent pour ne plus le perdre de vue. Parce qu'il faut se méfier. Il y a des faux gentils qui vous font des sourires et vous proposent une pièce, un souper chaud… Ils essaient de vous emmener chez eux, et après ils vous font un mal horrible. C'est déjà arrivé à un ami à lui. Alors on se protège les uns les autres.

— Ne t'inquiète pas, Horace. Je veux que, demain, tu ailles à la préfecture de police. Tu demanderas à parler à l'inspecteur Candelet. Je l'aurai averti de ta visite. Il te montrera une robe noire. Tu la regarderas un long moment et tu dois retenir chaque détail. Utilise ta mémoire, comme tu sais si bien le faire.

— Je la dessinerai dans ma caboche.

— Exactement ! Vas-y avec tes amis, cela fera plus d'yeux pour chercher. Ensuite, débrouille-toi comme tu veux mais trouve-moi le couturier qui l'a fabriquée. C'est une robe rare et chère, pour les soirées.

— Si j'voye une dame qu'a la pareille, je lui demande où qu'elle l'a achetée.

— Oui ! Tu es d'accord ?

Mitigé, il oscille d'un pied sur l'autre.

— Com' j'suis tout maigre, les policiers, i' croivent que j'suis une souris de soupirail. J'fais pas ça, moye ! Jamais j'me sus faufilé par un soupirail pour que j'ouvre la porte à des voleurs !

« Tout maigre », c'est un euphémisme. Flottant dans ses oripeaux, il ressemble à un épouvantail en fil de fer. Et quel accoutrement… Il a dû récupérer les invendus d'un chiffonnier.

— Si tu viens de ma part, tu n'auras rien à craindre. Pour te récompenser, je t'achèterai *Le Moniteur universel* tous les lundis. Et, si tu me trouves le couturier, tu auras vingt francs.

— Vingt francs ? Mazette, fini la disette ! J'vons te le trouver, ton couseur de robes.

— Tiens, voilà ta première pièce pour un *Moniteur* mouillé. Maintenant, je file.

Malchance, revoilà la pluie ! Drue et assourdissante, elle brouille la visibilité et transforme la rue en un ruisseau boueux. Dalvers s'élance sous le déluge.

L'entrée de l'école d'escrime ne paie pas de mine. C'est volontaire, on se fait discret. La Révolution a dissous les corporations, dont celle des maîtres d'armes. L'art du combat à l'épée s'enseigne désormais plutôt dans les écoles militaires et les casernes. Après avoir décrotté ses bottes, Dalvers enfile un plastron matelassé. Il se concentre sur ses gestes, pour ne pas ruminer ses déceptions concernant l'enquête. Car, de ce côté-là, tout a tourné court. Les papillons montrés par Candelet au Muséum d'histoire naturelle sont les plus ordinaires qui soient. Les proches de la victime ont confirmé qu'ils ne lui avaient jamais vu cette robe. Nulle trace d'un éventuel amant.

Une fois équipé, il rejoint la salle d'armes. Les murs sont couverts de miroirs et de râteliers alignant sabres, épées, fleurets, baïonnettes, piques… On trouve également des cannes, car le maître enseigne aussi l'art du bâton de combat, briseur de crânes et écraseur de glotte.

Sourire aux lèvres, Longes marche vers lui de son pas fluide. Svelte, tout en souplesse, il paraît si léger… En revanche, lors des assauts, quand Dalvers lui percute le bras pour tenter de dévier une attaque, il lui semble frapper du bois ! À croire que le maître est une ancienne racine de mandragore, une créature ligneuse ayant pris forme humaine. Malgré ses cheveux gris et son visage ridé, il enchaîne les entraînements sans s'essouffler. Il vous épuiserait des chiens à la course ! Son attitude a gardé quelque chose de l'ancien monde, une prestance qui semble aller de soi, des traces de maniérisme… Longes évoque une vieille lettre rédigée du temps du roi, avec ses phrases périmées et son papier encore imprégné d'un parfum musqué terriblement désuet. En mai 1789, il avait été choisi pour devenir le nouveau maître d'escrime de Louis XVI. Cette fonction prestigieuse allait lui ouvrir les portes de la fortune, la Révolution a tout balayé. Longes vit aujourd'hui modestement, ressassant ses rêves décapités.

— Soyez le bienvenu, Dalvers. Aujourd'hui, nous travaillerons l'épée.

Après l'échauffement vient le salut, et la leçon commence.

— Garde haute, attaque *abanico* horizontale, puis enchaînez à votre convenance. Ne me laissez pas avancer, ne cédez rien !

Dalvers s'exécute, lance l'attaque avec un brusque mouvement de rotation du poignet et de l'avant-bras, comme s'il déployait un éventail. Les passes se succèdent dans le tumulte des lames qui s'entrechoquent, des pieds heurtant le plancher, des cris… Rapidement, l'élève ruisselle de sueur, sans rien perdre de sa vivacité. Au moment où il s'éponge le front qui goutte dans ses yeux, la pointe mouchetée du maître vient effleurer sa main.

— Attention, Dalvers ! J'aurais pu viser l'œil et percer jusqu'au cerveau. Maintenant, je vais enchaîner les assauts. Coups portés. Tâchez de cueillir moins de violettes que la dernière fois…

Le maître s'élance, sa lame pique selon des angles improbables. Bougeant sans cesse, son épée est un trait d'acier aussi immatériel qu'un éclair. Touché au torse, Dalvers grince des dents. Premier hématome, première violette. En riposte, il feinte et se fend, lançant une attaque vicieuse au cœur, tandis que la lame de Longes plonge jusqu'à sa gorge. Ce dernier commente :

— Votre va-tout, c'est un coup des deux veuves, un « suicide victorieux ». À force de ne penser qu'à terrasser son adversaire, on finit par chuter dans la tombe avec lui. Bannissez !

Vient le deuxième temps de l'entraînement. Le maître désigne les innombrables armes alignées, à Dalvers de choisir ce qu'il souhaite travailler aujourd'hui.

— Le couteau, annonce celui-ci.

— Le couteau ? Encore le couteau ? Mais vous n'avez que ce mot à la bouche, ma parole ! C'est l'arme de la canaille ! Me direz-vous enfin pourquoi vous vous passionnez pour le coupe-gorge ?

— Je vous l'ai déjà expliqué…

— Oui, vous craignez d'être attaqué par des gens employant cette arme… Cela, ce n'est que la moitié de la vérité. C'est *l'autre moitié* que je voudrais entendre de votre bouche.

Dalvers ne répond pas, son regard devient flottant. Longes énonce :

— Au sabre, vous êtes médiocre. À l'épée, vous êtes doué. Au couteau, vous êtes quelqu'un d'autre.

— Que voulez-vous dire ?

— Au couteau, on voit surgir cette rage en vous… C'en est presque inquiétant.

Nouveau silence, que Longes chasse en plaisantant :

— Vous rêvez de devenir l'empereur des bas-fonds de Paris ?

Comme son élève ne sort plus de son mutisme, Longes ajoute :

— Vous traînez légèrement le pied gauche – oh, si peu ! Vous dissimulez une « dernière chance », n'est-ce pas ?

Dalvers acquiesce. Il porte, en effet, glissé dans sa botte, un poignard. Longes s'empare de deux couteaux d'entraînement.

— Bien, que pourrais-je vous apprendre que vous ne sachiez déjà ? Je vais vous compliquer la tâche. Vous êtes droitier : imaginons que vous soyez blessé à la main droite…

Dalvers passe en garde gaucher. Le maître fouille dans un coffret pour en sortir du gravier.

— Ensuite, supposons que vous ayez aussi été touché au pied gauche. Placez ceci sous votre voûte plantaire. Vous allez voir, vous allez apprécier.

Dalvers s'exécute. Même une fois sa botte ôtée, on remarque à peine la lame logée dans sa gaine. Aussitôt qu'il se relève, une grimace de douleur vient froisser ses traits. Longes ironise :

— Désagréable, n'est-ce pas ?

— C'est le mot…

— Ne laissez pas la souffrance se lire sur votre visage. En garde !

Dalvers se place en garde haute glaive, la lame maintenue à l'horizontale au niveau de la tempe. C'est « la crève-visage »… Puis il enchaîne par des lacérés ouverts et revers, une menace de piquer à l'abdomen, une attaque remontante à la gorge… Son couteau ne s'arrête jamais de bouger. Le maître se jette sur lui, Dalvers pare, esquive, feinte… Il n'y a plus aucune pensée en lui. Ses gestes sont des réflexes travaillés et épurés au fil des années. Sa pointe mouchetée vient effleurer la carotide de Longes tandis qu'il hurle : « Gorge ! » Pour la première fois, l'élève vient de vaincre le maître.

Chapitre 5

Paris, octobre 1807

Agacé, Sergemont soupire. Le temps, ce miel visqueux, s'écoule trop lentement. Patienter n'est pas son fort.

Grâce à l'activité grouillante des ouvriers, le chantier de la Madeleine avance. Débuté sous l'Ancien Régime, il s'agissait initialement d'un projet d'église. Ce sera désormais un temple de la Gloire voué à l'Armée française. Les colonnes à l'antique se dressent vers le ciel, tels des bras tendus dans l'espoir d'effleurer Dieu. Un treuil élève un énorme bloc. Ce serait amusant, pense-t-il, s'il pouvait voir la charge chuter tout à coup et écraser une grappe d'hommes. Une gifle sur des mouches.

L'agitation de Paris est une fièvre incurable. Un convoi de rouliers, déplaçant des blocs de marbre, bloque l'ancienne rue Royale, générant un enchevêtrement de fiacres, de charrettes et de brouettes de louage. Arrivant par le boulevard de la Madeleine, une colonne de voltigeurs se désorganise. Les soldats viennent s'attrouper devant le chantier. Enthousiastes, ils tendent le bras vers les colonnes. Ils clament quelque chose que le brouhaha rend presque inaudible. C'est un serment : un jour, leurs noms seront gravés dans ce sanctuaire suprême. Le capitaine ordonne aux cornets de sonner le rassemblement. Comme par enchantement, la colonne se reforme pour reprendre sa marche.

Deux ouvriers passent près de lui. Appuyé contre son compagnon, le plus jeune est d'une pâleur irréelle, comme si son sang n'était que du lait. Sa main droite s'est changée en une chose rouge informe. Sergemont fixe la chair réduite en bouillie et la suit des yeux tandis qu'elle s'éloigne. Trois pas plus loin, le blessé s'effondre. Son ami implore du secours, mais la foule reflue. Il doit se débrouiller seul pour continuer, jusqu'à ce qu'un passant le rejoigne enfin. S'il n'était pas fixé ici, Sergemont se précipiterait vers eux. Il aiderait à soutenir l'infortuné, pour le traîner jusque chez un médecin. Ses riches habits seraient maculés de sang. Il sentirait ce liquide tiède imprégner le tissu et couler le long de son corps. Le mutilé le remercierait sans fin, les gens le regarderaient avec gratitude. Et lui, tout le long de ce chemin de croix d'un autre, écouterait les souffles de l'agonisant, comme on s'amuse à compter les dernières gouttes d'une pluie qui s'achève. Mais, aujourd'hui, il guette d'autres plaisirs.

Deux silhouettes repoussent la cohue pour se faufiler jusqu'à lui.

— Police ! tonne le plus jeune.

Celui-là : rien de trop inquiétant, ce n'est qu'un agent. Vêtu comme n'importe qui, il pourrait même passer pour un plaisantin. Son collègue est plus redoutable. Habit bleu, bicorne, épée supportée par un baudrier : un officier de paix. Celui-ci serre dans son poing l'insigne de sa fonction : le bâton blanc portant la devise « Force à la Loi ». S'il vous touche tout en déclarant : « Je vous ordonne, au nom de la loi, de me suivre devant le juge de paix », vous voilà empêtré dans la toile d'araignée de la justice impériale.

Irrité d'être ignoré du regard au profit de son supérieur, l'agent force la voix pour en imposer.

— Madame, j'ai le devoir de vous réclamer votre permission de travestissement.

Sergemont ne réagit pas. Le policier en déduit que cette personne est peut-être mal informée au sujet de cette ordonnance.

— Sur ordre de monsieur le préfet de police de Paris, les femmes ont interdiction de porter un pantalon, ceci afin d'empêcher les usurpations masculines. La seule exception concerne les femmes devant s'habiller ainsi pour des raisons de santé. Auquel cas celles-ci doivent présenter leur certificat médical à la préfecture, qui s'assurera de son authenticité. Si tout est en ordre, il leur sera délivré une permission de travestissement. C'est ce document que je vous réclame, citoyenne.

Toujours silencieux, Sergemont penche la tête de côté avec nonchalance. Son expression est indéchiffrable. Incompréhension ? Perplexité ? Ironie ? Colère froide ?

L'agent est décontenancé par ce comportement. Aurait-il affaire à une étrangère ne parlant pas français, ou à une insolente ? Une folle ? Quelque chose d'indicible le trouble. Voulant en avoir le cœur net, il prend le temps de scruter la suspecte. Des yeux d'un bleu intense qui contrastent avec ce visage blanchi au blanc de plomb, comme au temps de l'Ancien Régime. Ou alors cette femme est malade ? Elle est soignée par des saignées ? Des pommettes fardées de rose. Ses lèvres sont elles aussi colorées, à moins que ce rouge sanguin ne soit naturel ? De longs cheveux noirs ondulés. Et un parfum de bleuet qui vous monte à la tête. Le policier hésite. Il y a… une incertitude.

Exaspéré, son supérieur plisse les lèvres et lui murmure à l'oreille :

— Imbécile ! C'est un homme.

Piqué au vif, l'agent se cabre. Un homme ? Comment ça, un homme ? Oui, peut-être, maintenant qu'il y songe… Il ne s'agit pas d'une femme travestie en homme, mais d'un homme qui a accentué ses traits féminins… Est-ce donc là le fin mot de ce mystère ? Mais qu'est-ce qui lui prend, aussi, à celui-là ? Tentant de se ressaisir, l'agent bafouille un « Vous avez dû… » qui ne mène nulle part, puis examine de nouveau cet individu. Il cherche à déceler des seins qui galberaient. Si au moins il pouvait entendre sa voix, cela donnerait un indice… Mais l'autre demeure mutique. Se moquerait-il ? Non, peut-être lui tend-il une perche pour l'aider à se sortir de ce pétrin. Ce promeneur feint l'amusement devant cette méprise, cela vaut mieux qu'un scandale public.

L'officier de paix s'incline.

— Citoyen, je vous prie de nous pardonner la maladresse de ce jeune agent. En vous apercevant, il a cru à un flagrant délit, et, sans réfléchir, il a pris l'initiative d'intervenir. Je suis sûr que celui-ci n'avait pas l'intention de vous offenser.

Son acolyte s'excuse à son tour. Tel un pantomime, Sergemont agite la main pour leur signifier que cet incident n'a aucune importance et, d'un geste, il les invite à reprendre leur chemin.

Les importuns s'en vont. Lui se fond dans la foule pour aller se poster un peu plus loin. L'angoisse le submerge, l'aurait-il manquée ? Non ! La voilà qui passe, de l'autre côté de la rue ! Son cœur s'affole au point d'en être douloureux, souffrance exquise ! Il se presse pour ne pas la perdre de vue, bouscule et est bousculé. Des gens le ralentissent, se pressent les uns contre les autres et l'entravent, un choc le fait pivoter sur lui-même, il est emporté vers un attroupement qui se coagule autour d'une bagarre, le soleil réapparaît et l'éblouit… À croire que le monde entier joue à colin-maillard avec lui ! Parvenant à se dégager, il court derrière un fiacre qui lui ouvre la voie, et enfin il l'aperçoit de nouveau. Quel dommage, elle est déjà presque arrivée chez elle… Ce visage ovale, ces traits harmonieux, le soyeux de sa chevelure (même si celle-ci, hélas, est brune au lieu de briller des éclats du merveilleux blond vénitien)… Oui, c'est indiscutable : elle est encore plus ressemblante que la précédente.

Chapitre 6

Paris, octobre 1807

Dans la salle de l'opéra : plus un bruit. Les oreilles vibrent encore des applaudissements qui viennent de s'éteindre. Germain Roquenaude, *alias* « Gorge d'or », se tient immobile, hagard. Ses yeux glissent sur la foule sans sembler la voir. On dirait un somnambule qui, arrivé par hasard sur la scène, vient d'être réveillé par le tonnerre des acclamations.

Seul dans sa loge privée, Sergemont le fixe. Posées sur le pommeau en argent de sa canne, ses mains tremblent. Comme les mille six cents autres spectateurs, il guette cette voix.

Roquenaude possède une tessiture exceptionnellement aiguë, ce qui le classe parmi les sopranos légers masculins, particularité rarissime. Une voix de Farinelli. Dans les opéras, les rôles de sopranos sont toujours féminins. Gorge d'or est donc condamné à chanter seul des œuvres composées pour lui. Hélas, son souffle manque encore d'endurance. Il ne chantera qu'une demi-heure, et après viendra *Le Triomphe de Trajan*, une tragédie lyrique. L'entourage de l'Empereur décide de la programmation des opéras, qui sont devenus des outils de propagande. Les œuvres en vogue célèbrent les héros antiques, les victoires militaires, les conquêtes… Peu à peu se forge une vision : l'Empire français est le nouvel Empire romain.

Le jeune prodige sort de sa torpeur. D'un hochement de tête, il donne le signal au chef d'orchestre. Son chant commence par un crescendo d'abord heureux, mais qui se pare petit à petit de tonalités tragiques. Cela bouleverse l'âme au point d'en faire sourdre toute la nostalgie. Sergemont ferme les yeux, il se revoit marchant dans cette prairie envahie de papillons. Cette voix ravive le bleu du ciel délavé par le temps, les fleurs retrouvent leur parfum, les ailes des papillons se recolorent, les détails ressurgissent à la vitesse de coups de pinceau appliqués sur une toile… Sur certaines tonalités aiguës, il ressent même le contact de la main de son amie touchant la sienne, pour attirer son attention et lui montrer des oisillons piaillant dans un nid.

Changeant de registre, glissant vers un ton plus grave, jouant autrement avec les modulations, la voix fait émerger d'autres souvenirs, tristes, désespérés. Il se tient immobile au milieu des hautes herbes, dévasté. Elle a dit non, elle est partie. Une pluie d'été s'abat à l'improviste et le trempe jusqu'aux os.

Quand le spectacle cesse, c'est un nouveau triomphe pour Gorge d'or. Les gens se lèvent, on l'acclame, on l'adore, on l'adule ! Tout à l'heure, inéluctablement, le Trajan lyrique paraîtra bien pâle en comparaison. Sergemont lui lance un bouquet d'orchidées, rareté ruineuse. Roquenaude prend soin de ramasser toutes les fleurs que ses admirateurs jettent à ses pieds. Des femmes tentent de capter son regard. Il a la réputation d'enchaîner les conquêtes. D'où son autre surnom, moins flatteur : « le paillard à la voix de castrat »… Avec cette réputation lubrique, son visage charmeur et ses bras emplis de gerbes multicolores, il évoque une divinité champêtre antique, un faune ou un satyre récoltant les offrandes de ses amantes.

Sergemont se lève et part.

*

Paris est surnommé « la Ville lumière », ce qui amuse beaucoup Sergemont. Car, bien au contraire, la nuit, des zones entières sont plongées dans les ténèbres… Il aime acheter des plans des quartiers, sur lesquels il peint à l'aquarelle la noirceur nocturne. Ces nappes, d'un gris délavé, laissent transparaître le tracé des rues et des bâtiments. Avec minutie, il préserve les zones éclairées par des lampadaires à huile ou par les fenêtres des tavernes, les postes de police, les lieux animés…

Cette nuit, des nuages masquent la lune, on n'y voit rien. Il a appris par cœur son trajet, en le parcourant le jour et en mémorisant les cartes. Tel un aveugle, il se sert de sa canne pour tester son chemin. Des couples, s'éclairant pourtant d'une lanterne, passent sans détecter sa présence tapie dans les recoins. Parvenu dans la ruelle où se trouve sa destination, il va lui suffire de compter ses pas pour arriver devant l'entrée qu'il cherche. Ici, il n'y a même pas de pavés. Ses pieds font crisser le gravier qui recouvre la voie. Dans une rue proche, une cloche tinte et une voix éraillée lance : « Rééééémouleur, rémouleur ! Repasse couteaux, repasse ciseaux ! » Il est bien tard, sa journée a dû être maigre. Sergemont se dissimule dans le renfoncement d'une porte. Après deux autres appels, on entend s'éloigner les roues de la voiturette à meule. La voix réapparaît, affaiblie par la distance et le découragement, « Rééééééémouleur ! Aiguise couteaux, affûte ciseaux ! ».

Il reprend sa progression. Ses doigts effleurent le mur, glissent sur le bois, caressent la serrure : c'est bien ici. Il a ses petits rituels qu'il chérit. Tel un fidèle murmurant une prière dans une église, il susurre :

— C'est à vous, mes petits rossignols... Chantez pour moi !

Il a parlé à son trousseau, une collection de fausses clés, passe-partout, crochets... Il lui aura fallu deux années d'entraînement pour acquérir ce talent de voleur. Tant d'heures passées à buter sur des serrures posées sur sa table, comme ces mathématiciens qui se perdent pendant des éternités devant des problèmes formulés en deux lignes... Mais le résultat est à la hauteur de ses espérances, l'obstacle cède au bout d'une minute. Par un raisonnement étrange, il considère que, s'il réussit à s'introduire dans une maison, cela signifie que celle-ci l'accepte. Il y est alors chez lui, et peut y commettre les actes qu'il veut.

Au moment où il pousse la porte pour entrer, les gonds grincent. Il les a pourtant huilés au préalable. Tout proche, la voix d'une femme se fait entendre.

— C'est toi ? Si tôt ?

Ne prenant même pas le temps de refermer, il sort son couteau et se presse à pas de loup vers une lueur qui approche.

— Germain ? Tu es déjà là ?

Une femme apparaît, son visage exprime une espérance teintée d'inquiétude. Sa chandelle fait ressortir la blancheur de sa robe. Sa bouche s'ouvre pour hurler, Sergemont la poignarde en plein cœur. Le corps s'effondre, la bougie tombe et roule sur elle-même. Cette lumière chaotique donne l'impression de se trouver dans la cabine d'un navire ballotté par une tempête.

Elle est morte sur le coup. Sergemont se demande si son cri de terreur est en train de retentir dans l'au-delà. Après avoir refermé la porte, il contemple sa victime. Les gens diraient d'elle qu'elle est belle, lui la trouve insipide. Elle a des pommettes saillantes, ses lèvres sont pulpeuses au lieu d'être seulement esquissées, et ces cheveux blond paille… S'il savait peindre et qu'il s'agissait là de l'une de ses œuvres, il déchirerait ce portrait raté de son idéal. La lumière faiblit, au sol la flamme s'étiole. Quand celle-ci s'éteint, il a déjà oublié cette inconnue.

*

S'éclairant d'une petite lanterne, Germain Roquenaude ouvre la porte avec la clé confiée par son amante. Aussitôt entré, il s'étonne de l'obscurité, du silence et de son absence. D'ordinaire, elle se jette à son cou… S'est-elle endormie ? *Le Triomphe de Trajan* a duré plus longtemps que prévu, cela n'en finissait plus. Spectateur ligoté dans son fauteuil par les convenances, il a patienté, aveugle et sourd au spectacle, ne pensant qu'à elle.

— Joséphine ? appelle-t-il à mi-voix.

Il remarque que le sol a été lavé à la va-vite. Sur les dalles sont encore visibles les traces d'un liquide sombre. Des pas provenant du salon attirent son attention. Il imagine qu'elle veut le surprendre. Peut-être est-ce un nouveau jeu érotique dont il doit deviner les règles… La voilà qui avance vers lui depuis la pénombre. Vêtue de sa robe blanche qui lui sied à merveille, elle n'est encore qu'une silhouette fantomatique. Néanmoins, des détails le troublent : ces taches sur sa poitrine, ces cheveux trop sombres… Il brandit sa lanterne tandis qu'elle pénètre dans le halo de lumière. Dérouté, il découvre le visage d'une personne inconnue vêtue d'une robe éclaboussée de sang… Une douleur aiguë lui perfore le cœur, tout devient vague et s'efface.

Chapitre 7

Paris, octobre 1807

Inhabituellement intense, ce soleil d'automne offre un jour d'été égaré en octobre. Dalvers flâne dans le jardin des Tuileries. Candelet et lui s'y sont donné rendez-vous pour faire le point sur leur enquête, qui n'avance pas. Le choix du lieu est incongru. Mais l'inspecteur est un bourreau de travail. À la préfecture, il cumule les investigations, courant dix loups à la fois. Tout à l'heure, il viendra participer à une vaste opération contre une bande de tapageurs. Ces voleurs se présentent en nombre sur un chantier, prétendant être des journaliers à la recherche de travail. Subitement, ils déferlent et profitent du tumulte pour piller à la volée. La semaine dernière, cela s'est terminé par une bagarre générale avec les ouvriers de la Madeleine. Ce groupe prospère et prolifère, écumant les chantiers impériaux. Un indicateur a révélé que la cible d'aujourd'hui serait la rue de Rivoli, où s'élèvent peu à peu d'élégantes façades sur arcades. Des policiers se sont donc déployés dans le secteur, en se fondant dans le décor : promeneurs, marchands de vin au broc, ivrognes feignant l'ivresse… Durant la nuit, des grenadiers de la garde municipale sont venus se cacher dans des maisons promises à la démolition. Enfin, des dragons surgiront au trot pour charger les plus coriaces, avant de pourchasser les fuyards. Voilà ce qui arrive quand on vient faire du tapage sur les nerfs du préfet de police de Paris.

Leur rendez-vous a donc été casé entre meurtres et pillages. Pour patienter, Dalvers longe les allées de marronniers, froissant les tapis de feuilles mortes. Ici, il y a toujours de l'animation. Alignées sur le mur de soutènement d'une terrasse, des dentellières profitent de la lumière pour avancer leur ouvrage, économisant leurs chandelles. Quelques-unes arborent, cousue sur le cœur, une cocarde tricolore, signe qu'elles ont un fiancé soldat à la guerre. N'allez pas faire le galant avec elles, vous perdriez votre temps. Mais d'autres ont le cœur libre ! Et celles-là, justement, n'ont pas manqué de remarquer ce promeneur. Il est bel homme, pourtant, que fait-il seul ? Chuchotant entre elles, elles éclatent de rire pour attirer son attention, hélas il s'éloigne… Ce n'est pas grave ! Il les a vues, on le reverra. Autour des bassins, des enfants jouent à s'éclabousser. Trop agité, un garçon le mouille par erreur et rentre aussitôt la tête dans les épaules. Le petit craint des cris de colère, Dalvers lui ébouriffe les cheveux en souriant.

S'étant rapproché de la façade du palais des Tuileries, il observe ce bloc de puissance. Dire que, le 15 août dernier, c'est là-bas qu'il se trouvait, le temps d'une entrevue, quelques minutes inclassables dans les souvenirs d'une vie.

Un messager était venu lui annoncer que l'Empereur le convoquait. Sa Majesté envisageait de lui confier la tâche de soigner quelqu'un. Dalvers devait faire connaître ses émoluments et ses requêtes éventuelles. Soigner qui, de quoi, quand, où ? Rien n'était précisé.

Ce jour-là, pendant deux heures, il a patienté dans une antichambre, au milieu des velours rouges, des broderies dorées et de l'ennui. Enfin, on le conduit dans un cabinet de travail. L'Empereur se tient là, dans son uniforme de colonel des chasseurs à cheval de la Garde, sa deuxième peau. Trois secrétaires demeurent assis, la plume à portée de main, prêts à noter sous la dictée. Dalvers salue selon le protocole qu'on lui a indiqué. L'Empereur se tourne vers un haut dignitaire. Ce dernier, droit comme une barre d'acier, en impose dans sa tenue flamboyante, habit écarlate, broderies argentées, décorations…

— Fouché, voici ce médecin dont je vous ai parlé.

Dalvers salue le ministre de la Police, qui se contente d'incliner la tête de manière imperceptible, piètre aumône d'un bonjour. Cet individu-là est brutal, expéditif. Pour résoudre les problèmes, il tue. Son cou est enveloppé d'un foulard de soie. L'espace d'un instant, Dalvers est traversé par une pensée sidérante. Il imagine que Fouché, coupable d'avoir tant massacré, a fini par être guillotiné durant la Révolution. Puis on a changé d'avis. Après tout, un tueur de cette envergure, cela peut toujours servir… Alors on lui a replacé la tête sur le cou, et ce foulard noue les deux parties. Voilà qui expliquerait son insensibilité d'automate meurtrier.

Tandis que l'Empereur jauge Dalvers, ce dernier est traversé par des émotions contradictoires. Républicain dans l'âme, il est en colère contre cet homme qui a profité du chaos pour se faire couronner « Empereur de la République française », superbe oxymore… D'un autre côté, il faut bien reconnaître que ce stratège hors normes a sauvé la France de l'invasion, à plusieurs reprises. Certes, Napoléon a du sang sur les mains, bien plus encore que Fouché, mais ce sang-là provient des champs de bataille. Et puis, toutes ces victoires et ces occasions de propager les idéaux de la Révolution, c'est un vin qui vous monte vite à la tête. Entre le pour et le contre, les plateaux de la balance oscillent sans jamais s'équilibrer. L'avenir tranchera.

Enfin, l'Empereur aborde le motif de cette convocation.

— Peu de gens le savent, mais l'Impératrice ne va pas bien. Elle a besoin d'un médecin qui sache guérir les douleurs de l'âme. J'ai donc ordonné que l'on se renseigne à ce sujet.

Du bout des doigts, il fait glisser une feuille sur une table et la place sous ses yeux.

— Sur cette note, on me dit grand bien du professeur Pinel, votre mentor. Mais c'est vous que Joséphine réclame. Vous avez su aider l'une de ses amies, qui vous recommande avec insistance. Alors comme ça, Pinel, vous et quelques autres, vous prônez le « traitement moral ». Que voulez-vous dire par là ? Vous trouvez que vos confrères sont amoraux ?

— Le traitement moral soutient que la parole peut soigner l'esprit. Par opposition au traitement physique, qui utilise les jets d'eau glacée pour causer un choc des pensées délirantes, les bains surprises, les positionnements tête en bas afin d'augmenter l'afflux de sang au cerveau, les saignées pour diminuer les excès émotionnels des furieux…

— On m'a raconté cela, en effet…

L'Empereur s'approche d'un globe terrestre.

— Je trouve que les gens vont trop lentement, comme au ralenti. Qu'en déduisez-vous ? Que je suis fou ?

— Que vous allez faire accélérer la marche du monde pour l'aligner sur votre pas…

Napoléon sourit. D'une impulsion de la main, il envoie le globe tournoyer sur lui-même à vive allure.

— Vous m'amusez. Un homme avec de l'esprit sert toujours à quelque chose. Dans votre cas, reste à trouver à quoi exactement…

Ses yeux caressent les tableaux et les dorures. Il ajoute :

— Je lui offre le monde monté sur une bague, et, elle, elle a du vague à l'âme… Par moments, elle rit aux éclats, et puis la voilà en larmes… Je n'y prêtais guère attention, au début. Jusqu'à ce qu'elle se taille les veines… N'en parlez à personne ! Si vous ébruitez cela, je vous ferai jeter en prison. Moi aussi, j'ai mes asiles…

— Comme tout médecin, j'ai juré de ne rien révéler de ce que je sais sur mes patients.

— Pour tenir les hommes, les serments, c'est bien, mais la peur, c'est mieux. Je ne comprends rien à ce mal insaisissable qui la ronge… Avez-vous déjà vu cela ?

— « Un jour elle rit, un jour elle pleure, un jour paradis, un jour malheur », philosophe Dalvers.

— Qu'est-ce que cela ? De la poésie ? Répondez à ma question.

— Oui, Votre Majesté, je connais ce type de labilité de l'âme.

— Et que propose votre traitement moral ?

— Le médecin dialogue avec le souffrant, en s'appuyant sur la part de raison qui demeure intacte, afin de modifier les idées qui déraisonnent. Nous nous inspirons de la maïeutique. Socrate, par ses questions, amenait l'ignorant à accéder par lui-même à la connaissance. Nous, nous essayons d'aider le patient à prendre conscience de ses pensées aliénantes, pour qu'il puisse de lui-même s'en libérer.

— Et vous réussissez ?

— Parfois, oui !

— Mais souvent non. Bien. Joséphine vous veut, elle vous aura. J'ai vu votre prix. Elle coûte bien cher, votre parlotte… Vous vous croyez à Versailles ?

— Cet argent m'aidera à financer mes recherches. Justement, à ce sujet, Votre Majesté a-t-elle étudié ma requête ?

— Évidemment. Voilà pourquoi j'ai convoqué mon ministre de la Police générale. Mais je n'ai pas encore arrêté ma décision. Ainsi, vous avez la prétention de vouloir « décortiquer les mécanismes de la violence ». Et, pour ce faire, vous voulez enquêter sur des crimes, aux côtés de nos inspecteurs. Vous pensez que les criminels ont une horloge déréglée dans le crâne ? Vous allez leur remettre les rouages en place ? Vous voulez jouer à l'horloger de la folie ? Qu'est-ce que c'est que ces fantaisies ?

— Ce n'est pas une fantaisie, c'est une idée nouvelle. La Révolution a libéré une multitude d'idées nouvelles ! Notre époque tout entière est une idée nouvelle !

— Ah, ça, j'aime ! Qu'en dites-vous, monsieur le ministre ?

— Il me semble que…

— Merci pour vos éclairages, Fouché.

Habitué aux gifles impériales, ce dernier ne bronche pas. L'Empereur le déteste et rêve de s'en débarrasser. Il voit en lui un comploteur retors et sans scrupule. Concernant le maintien de l'ordre et la résolution des crimes, on en trouverait dix autres pour prendre sa place. En revanche, pour ce qui est de diriger les différentes polices secrètes, déjouer les conspirations et tuer dans l'œuf les coups d'État, il n'y en a qu'un et c'est Fouché. Donc cet homme reste là où il est, inamovible, mur porteur de l'Empire.

Napoléon hoche la tête.

— Je vois que cette lubie vous tient à cœur. Peut-être en résultera-t-il quelque chose d'utile, qui sait ? Vous m'avez convaincu. Fouché, vous vous occuperez des détails : un ordre signé de vous, les modalités pratiques… La raison officielle sera que *vous* avez chargé cet aliéniste d'étudier la violence criminelle. Comme toujours, il se trouvera des fouineurs qui tenteront d'en savoir davantage. Faites courir la rumeur que votre femme a été éprouvée par un malheur soudain, et que ce médecin l'a guérie. Brodez quelque chose de crédible, avec du triste, des larmes et une fin heureuse.

Fouché ne semble guère apprécier cette perspective.

— Mais si mon épouse apprend que…

— Eh bien, nous réglerons le problème. Vous changerez de femme ou bien je changerai de ministre.

Le dignitaire espère encore esquiver, mais l'Empereur le coupe au premier mouvement de lèvres.

— Il suffit ! Cessez de me contredire. Pour votre gouverne, c'est moi qui gouverne. Allez ! *Fouché*-moi le camp !

Le ministre s'incline et s'en va, blessé, furieux.

L'Empereur demeure immobile, lui qui, d'ordinaire, brûle d'une activité irrépressible, lançant des réformes, faisant la guerre, remodelant les frontières, se mêlant de tous les sujets du vital au futile… D'une voix blanche, il finit par dire :

— Soignez-la, docteur. Si vous y parvenez, ma gratitude n'aura pas de limites.

C'est sur ses mots que l'entrevue s'est terminée. Au bout de quelques semaines, par chance ou par savoir-faire, l'Impératrice a retrouvé sa joie de vivre.

Dalvers aperçoit Horace, au loin, une pile de journaux coincée sous le bras. À lui aussi, il a donné rendez-vous. Le gamin se met à courir éperdument pour le rejoindre, déclenchant des envolées de pigeons. Quand il arrive enfin, son visage rougi s'éclaire d'un sourire essoufflé.

— Je suis bien en bonheur de te voir.

— Moi aussi, Horace. Alors ? Tu as du nouveau ?

— Que rien du tout. Des belles robes, j'en voye plein tous les soirs, quand je traînaille devant les opéras et les bals. Les gens, i' sont plus généreux quand i' font la fête, et, comme ça, c'est ma fête à moi aussi. Mais j'aye pas vu de robes comme que tu cherches.

Dalvers ne cache pas sa déception, déclenchant une éclipse de Soleil dans le cœur de l'enfant.

— Et les papillons ? Et tes amis ?

— Non plus. J'connais personne qui a vu un adulte en attraper.

De peur que Dalvers ne se désintéresse de lui, il tourne la tête de part et d'autre, cherchant quelque chose à dire, n'importe quoi.

— Tu vois, lui, là-bas ? Le tueur de rats ?

L'homme marche avec, en bandoulière, la ribambelle de rongeurs qu'il a déjà supprimés aujourd'hui. Sa guirlande macabre ne passe pas inaperçue, ferrant parfois un client. Celui-là est un chasseur, il purge les maisons en utilisant des pièges et des animaux dressés. Sorties de la poche de son manteau, les têtes de deux furets observent les gens.

— Lui, c'est Craque-Nuque, rapport à ses pièges qu'il fabrique lui-même. T'imagines pas quoi qu'i' fait de ses bestioles mortes ! T'en va jamais manger à l'auberge des Deux Chasseurs, rue des Filles-du-Calvaire. Pasque, là-bas, le taulier, i' te sert son pâté de campagne au lapin, eh ben, les v'là, ses lapins ! C'est des garennes des égouts ! Je becquetterai jamais chez lui, même pas quand j'ai le ventre qui famine.

— Comment tu sais ça, toi ?

— Personne me voye, mais moi, je voye tout.

Percevant enfin sa détresse, Dalvers le remercie avec chaleur et lui annonce qu'il en parlera à l'inspecteur. Cependant, au fond de lui-même, il rumine son dépit. Identifier le couturier, un pharmacien empoisonneur, suivre les pistes de la ciguë, de la colle, des papillons… Tous ces espoirs : des fleurs fanées. Et toujours pas de Candelet. Ne manque plus que la pluie…

— T'as l'humeur en grisaille, aujourd'hui, se désole Horace.

— Tant d'efforts et rien de nouveau. Rien de rien… Tu peux aller vendre tes journaux, mais ne t'éloigne pas trop, s'il te plaît. Avec un peu de chance, l'inspecteur Candelet et moi aurons peut-être une autre mission à te confier.

De même que le pinson a l'œil exercé pour déceler les chats qui approchent, et s'envole avant l'attaque, l'enfant des rues excelle dans l'art de repérer les policiers, et s'envole de même. Ces deux hommes, qui pressent le pas dans leur direction, sont des agents. Horace a mémorisé leurs visages, la fois où ils lui ont couru après, pour avoir chapardé un pain. Ce jour-là, il avait tellement faim qu'il suçait des cailloux, les pommes de terre des crève-misère. Il leur a échappé en filant dans les égouts, souriceau affolé disparaissant dans un terrier immonde. C'était il y a longtemps, ils ne le reconnaîtront pas. D'ailleurs, ils ne viennent pas pour lui. Les voilà qui agitent le bras pour essayer d'attirer l'attention de Dalvers, toujours absorbé, aveugle au monde. Les policiers accélèrent. Leur chef a dû leur hurler d'agir au plus vite. Horace annonce :

— Ben tiens, v'là du nouveau qui arrive en courant.

Chapitre 8

Paris, octobre 1807

Des Tuileries à la Madeleine, ils n'auront pas marché longtemps. Les constructions, de style néo-classique, alignent de grandes fenêtres surmontées de frontons. Contrastant avec la luxuriance décorative du baroque et du rococo, les façades exhibent des surfaces lisses. Ici, la beauté de la pierre nue se suffit à elle-même.

Des policiers s'activent autour d'un hôtel particulier, tambourinant aux portes des logements voisins, interrogeant les passants… L'un des deux agents va rejoindre ses collègues. Dalvers suit l'autre, qui le conduit dans un vestibule orné de portraits. L'escalier monumental, avec ses marches aux arêtes arrondies, évoque une cascade pétrifiée. Averti de son arrivée, Candelet vient l'accueillir sur le seuil du premier étage.

— C'est vous qui aviez raison, citoyen docteur. Mais venez plutôt découvrir cela par vous-même.

Il le guide jusqu'à une chambre. Sidéré, Dalvers se fige. Mélie Tragant, la victime empoisonnée le mois dernier, se tient debout devant lui, le regard fixe, dans sa robe noire prodigieuse. Cette vision est aussi évidente qu'absurde.

— Elle est morte, précise Candelet.

— Mais… Elle est debout…

S'agenouillant devant le corps, il soulève les pans de la robe et découvre un étrange dispositif. Composé de tiges en fer forgé, celui-ci forme une sorte d'échafaudage. Dalvers se relève et, en palpant le dos, il décèle un dossier en métal qui soutient le torse et la nuque.

— Celui qui a inventé cet objet semble s'être inspiré des tuteurs pour les plantes, afin d'inventer un « tuteur pour corps humain »…

Candelet explore la pièce à pas lents, à la recherche d'un indice qui lui aurait échappé.

— De mon côté, j'ai songé à ces mannequins en osier dont se servent les couturiers, pour exposer leurs robes. Ces tiges métalliques s'associent entre elles d'une manière similaire, avec des lignes verticales renforcées à la taille et au niveau des aisselles par un anneau horizontal. Ce système est démontable. Le tueur a dû l'apporter en pièces détachées. La victime est maintenue debout parce que son dos et sa nuque sont collés à une plaque. Encore de la colle… Poursuivez vos observations. J'ai beaucoup à vous dire, mais je parlerai plus tard, pour ne pas vous influencer.

Dalvers fixe cette femme dans les yeux, chose infiniment désagréable qui lui donne une nausée de l'âme.

— Je ne comprends pas… Ses yeux sont ouverts, les conjonctives devraient s'être desséchées.

— Ils sont vernis. Les yeux.

— Quoi ?

Décontenancé, il recule d'un pas.

— Ce détail m'a intrigué, moi aussi, ajoute Candelet. D'ordinaire, les morts n'ont pas le regard aussi « vif ». J'ai reconnu l'odeur des vernis utilisés par les peintres.

— L'assassin pousse toujours plus loin l'illusion du vivant.

— Pardon ? Qu'est-ce que vous avez dit ?

— Mélie Tragant paraissait dormir, et les papillons renforçaient cette impression. En entrant dans cette pièce, j'ai cru que cette femme était vivante…

— Alors l'assassin tue et, en même temps, il tente de donner une apparence de vie à ses victimes ? N'est-ce pas totalement contradictoire ?

— Ça l'est dans votre logique à vous. Peut-être que, dans sa façon de percevoir les choses, son rêve s'incarne mieux de cette manière-là.

L'inspecteur joint les mains, avant de se ressaisir et de les plonger dans ses poches. La peste que cette manie ! À la préfecture de police, on le surnomme « le moine ». Vivement qu'il tombe par hasard sur un saligaud en train de l'appeler comme ça… Il réglera le problème à l'anglaise. Dans l'armée britannique, quand deux hommes sont en conflit, on les met face à face. Tout le monde fait cercle autour d'eux, pour s'assurer que les règles seront respectées. Seuls les coups de poing au-dessus de la ceinture sont autorisés. On ne frappe pas un adversaire à terre. Tapez jusqu'à ce que vous soyez réconciliés.

— Je ne comprends rien à ce que vous dites.

— Eh bien, c'est rassurant. Cela signifie que votre manière de penser diverge de celle des monomaniaques. Que savez-vous sur cette personne ?

— Caroline Delernon, veuve d'un officier au 5e cuirassiers, pas d'enfants. Ce sont les domestiques qui l'ont découverte à leur arrivée, vers midi. Une femme de chambre et une bonne, elles ont les clés des deux serrures. Nous les interrogeons. Pas de traces d'effraction.

— Que faisait-elle de ses journées ?

— Elle menait une vie mondaine : théâtre, réceptions, dépenses… Elle dilapidait sa fortune comme on jette du pain aux oiseaux. La majorité de son personnel a été congédiée. Les deux dernières employées ne venaient que quelques heures, l'après-midi. Elle avait des amants, dit la rumeur. Cela expliquerait pourquoi elle ne voulait pas de domestiques chez elle la nuit.

— Mélie Tragant et cette Caroline Delernon sont identiques physiquement, mais très différentes quant à leur caractère, leurs habitudes, leurs plaisirs… L'assassin se moque de savoir qui sont réellement ses victimes. Il ne s'intéresse qu'à leur apparence. La surface, l'image. Il y a quelque chose de puéril en lui. Il habille ces femmes selon son désir et les dispose en fonction de l'histoire qu'il veut se raconter. Exactement comme une fillette jouant à la poupée.

Candelet fait grincer ses dents, un petit jeu qu'il emploie pour déstabiliser les suspects. Cela lui fait une gueule de dogue rongeant sa laisse.

— Bon. Admettons. Au risque de me répéter : en quoi vos spéculations peuvent-elles faire avancer mon enquête ? Je veux du *hic et nunc*.

— Ici et maintenant ? Justement, j'ai une proposition à vous faire. Mais ma demande va vous paraître folle…

L'inspecteur secoue la tête, incrédule.

— Vous allez dire quelque chose d'encore plus insensé que d'habitude ? J'ai hâte d'entendre ça…

— À Charenton, nous faisons appel aux services de dessinateurs et de graveurs, pour représenter les aliénés : leurs expressions, leurs postures… Ces dessins nous aident à mieux observer, comprendre, diagnostiquer et enseigner. Si je vous parle d'une personne convaincue que le diable la possède, vous allez imaginer je ne sais quoi. Mais je vous jure que si je vous montre la lithographie de cette femme en pleine crise, là, vous saurez ! Cette image est glaçante. À la voir ainsi allongée sur le dos, arc-boutée à l'extrême, on a l'impression que sa colonne vertébrale va se casser comme un bout de bois. Ses mains, tordues et contorsionnées, sont difformes. Et cette terreur sur son visage… Bref : je voudrais faire venir un artiste, afin qu'il fixe l'image de cette victime, morte et pourtant debout.

— Dessiner un crime…

Il existe des gravures représentant des affaires criminelles célèbres, cela se vend bien. Toutefois, il s'agit de scènes imaginées par des artistes, avec des exagérations outrancières… Candelet a ainsi vu une *Explosion de la machine infernale* (qui faillit tuer Bonaparte en 1800) sur laquelle on voit des gens, des chevaux et un carrosse être propulsés dans les airs vingt mètres au-dessus du sol…

— Mais pourquoi voulez-vous faire une chose pareille ? demande-t-il.

— Comme je vous l'ai dit, ce que je vois m'évoque les agissements d'un aliéné. Cependant, je ne comprends pas encore sa logique biaisée. Si j'ai un dessin, je le montrerai à mes confrères. Bien entendu, aussitôt que cette affaire sera résolue, je brûlerai ce document.

— Bien… Vous avez mon accord.

— La robe est identique à la précédente. Ces deux femmes sont des sosies, on dirait des jumelles. Hélas, elles ne sont sœurs que dans la mort. Le tueur a dû passer un temps invraisemblable à chercher des personnes ayant précisément ce physique-là. Sa méticulosité me glace le sang.

Alors qu'il explore la pièce, une brosse, posée sur un boudoir, attire son regard.

— Qui est l'autre femme qui habite ici ?

— Personne. De qui parlez-vous ?

— Regardez : sur cette brosse, les cheveux sont bruns.

D'un pas brusque, Candelet le rejoint. Se tournant vers un agent demeuré en retrait, il lance :

— Valdun, allez questionner le personnel à ce sujet.

— Un instant, je crois que j'ai la réponse, intervient Dalvers.

S'approchant de nouveau de la victime, il examine ses cheveux.

— Ce sont les siens. L'assassin les lui a teints en blond vénitien.

Sans prêter attention à Candelet qui vient vérifier, il ajoute :

— Je pense qu'il existe une autre femme. Nous ne l'avons jamais vue et pourtant son visage nous est familier, d'une certaine manière. Quand nous avons contemplé les deux victimes, c'était en fait elle que nous étions censés voir, avec ses cheveux blond-roux et sa robe de soirée… L'assassin la connaît, au moins de vue, ou peut-être personnellement. C'est *elle*, l'objet de sa monomanie. Il attend d'elle quelque chose de précis, quoi exactement : je l'ignore.

— Comment pouvez-vous affirmer cela ?

— Parce que tout ce qu'il fait est calculé, contrôlé, maîtrisé… Il cible une unique personne. Dans son esprit, elle est le modèle. Les autres ne sont que des copies, des reflets, des ébauches… Tous ses crimes tournent autour de cette femme. C'est elle, le cœur de cette histoire. Cette inconnue est en grand danger. Nous devons absolument la retrouver avant qu'il ne mette son plan à exécution.

— Quelle femme ? Quel plan ? Si cette personne existe bel et bien, pourquoi ne s'en prend-il pas directement à elle ?

— Je n'en sais rien. Pouvez-vous transmettre la description des deux victimes à vos agents ? Nous cherchons une femme leur ressemblant.

— Vous aviez vu juste, en partie, concernant ce deuxième crime. Donc vous avez ma confiance, ce sera fait. Je vais aussi interroger des forgerons. Peut-être découvrirai-je celui qui a fabriqué ce « support »… Puisqu'il n'y a aucune trace d'effraction, le tueur a dû crocheter les deux serrures, à moins qu'il n'ait été l'un des amants de la victime. Je creuserai aussi cette piste. La cause du décès demeure inconnue. De nouveau le poison, je suppose. L'autopsie nous le confirmera. J'ai déjà envoyé quelqu'un avertir votre ami Souget.

Se tournant vers le policier resté dans la pièce, il lance :

— Pouvez-vous aller aider vos collègues à interroger les domestiques ?

— Mais, je n'ai rien de particulier à leur dire, monsieur…

— Bon sang, Valdun ! Quand apprendrez-vous enfin à lire entre les lignes ? Je vais être plus clair : allez interroger les murs du salon !

— Les murs… Oui, bien sûr, inspecteur.

L'agent file tel un courant d'air. Tout en continuant à observer la victime, Candelet demande :

— Est-ce que le nom de Firmin Gager vous dit quelque chose ?

— Non…

— C'est une histoire effroyable. On retrouvait des enfants assassinés, dans les campagnes. Étranglés, poignardés, tués au gourdin… Le coupable ne leur avait pas infligé de souffrances contre nature. Parce que j'ai gagné l'estime de mes supérieurs, je ne suis pas placé sous les ordres d'un commissaire. Le préfet de police de Paris ou le ministre choisissent les affaires criminelles qui me sont confiées. C'est donc sur ordre de Fouché que l'on a fait appel à moi, pour aller assister la gendarmerie. Voilà comment je me suis retrouvé jeté dans cet enfer.

Des larmes lui viennent aux yeux, qu'il essuie de la manche avec rage.

— On m'a conduit sur le lieu de l'un de ces crimes, près d'un relais de poste. Il y avait trois petits corps massacrés, les uns à côté des autres. Le jour où j'ai vu cela, j'ai cru devenir fou. J'aurais pu me retrouver chez vous, à Charenton. C'était si atroce que, plusieurs nuits de suite, je n'ai pas honte de vous le dire, je me suis tapé la tête contre les murs, pour chasser cette image.

— Je crois que je comprends.

— Alors j'ai enquêté comme jamais je ne l'avais fait. J'ai interrogé des centaines de personnes. Puisque j'avais perdu le sommeil, j'allumais une chandelle et j'écrivais de mémoire ces interrogatoires, en essayant de repérer une incohérence, une nuance de ton dans une réponse… Un jour, un suspect a refusé de me parler. Un aubergiste. Un morpion arrogant qui n'aimait pas « les cognes », pour reprendre son expression. Vous savez pourquoi on nous surnomme ainsi, nous, les policiers ?

— Parce que vous cognez…

— Oui. C'est vrai, certains le font. Croyez-le ou non, je n'ai jamais frappé de suspect. Je crie, j'intimide, mais je ne tape pas pour faire « avouer ». Quand je me bats, c'est pour défendre ma vie, ou régler un conflit à la loyale. En réalité, je ne suis pas tout à fait sincère en disant que je n'ai jamais *cogné*. Celui-là, je l'ai empoigné pour le soulever…

Ses poings saisissent une personne imaginaire, et Dalvers a l'impression d'entrevoir ce fantôme.

— Et je te l'ai plaqué comme ça contre la porte de sa foutue auberge ! Des os ont fait *crac*, il hurlait, des agents sont intervenus… Je n'ai même pas remarqué que mes collègues m'agrippaient. Je le ramenais à moi et je le jetais de nouveau sur le bois, encore et encore, comme les lavandières battent le linge mouillé, pour en expulser la crasse. Je voulais qu'il avoue, que sa vérité immonde sorte de sa bouche comme l'eau des égouts…

Ses bras retombent le long de son corps.

— Ce n'était pas lui. Ou plutôt si, mais pour une seule victime. Une fillette qui avait subi des choses horribles. Cet homme avait entendu parler des autres crimes, par des clients de passage. Alors il a assassiné cette enfant, puis il a disposé la dépouille dans une arrière-cour, près d'une marelle, pour que cela ressemble à l'un des meurtres de l'autre tueur. Après l'avoir mis sous les verrous, j'ai continué à chercher. Et puis un jour, à force de poser mille questions insignifiantes à d'innombrables personnes, j'ai remarqué un absurde petit détail. Plusieurs victimes possédaient des billes. Des billes !

Il glapit un ricanement glaçant.

— Des billes qui avaient disparu. Je retourne interroger des parents et eux aussi me parlent souvent de billes. Leur enfant était sorti jouer aux billes, il adorait les billes, elle en utilisait une pour jouer à la marelle… Des billes, partout des billes ! Alors je vais chez un marchand de billes réputé, parce qu'il y en avait un, pas loin, à Versailles. Cet homme les fabrique lui-même, la plupart en terre cuite, qu'il peint, d'autres en verre coloré… Bref, un artiste de l'inutile. Je lui demande si, par hasard, un client vient souvent lui en acheter. « Vous voulez parler de Firmin Gager ? Un client pareil, c'est une vraie bénédiction ! » Ce Firmin était un journalier qui dilapidait ses paies dans ce magasin de jouets. Donc je vais interroger cet individu. Chez lui, c'était indescriptible : des milliers de billes, partout. Ses préférées étaient mises en valeur sur des coussins, comme des diamants chez un joaillier… Il a tout avoué en sanglotant. Dès qu'il apercevait un enfant avec des billes, il les lui fallait ! Le plus souvent, il les achetait pour un sou, ou il les volait. Mais si le gamin résistait ou criait, il le tuait, et s'ils étaient plusieurs, il les anéantissait tous.

Ses mains viennent se plaquer sur ses tempes, comme pour empêcher son crâne de se disloquer.

— Il tuait des enfants pour des billes !

Se reprenant, il poursuit à voix basse :

— Et il m'a serré dans ses bras, il n'arrêtait pas de me remercier de l'arrêter. Parce qu'il savait que, autrement, il allait continuer jusqu'à posséder toutes les billes du monde… On aurait dit un mioche qui sanglote parce qu'il a honte de ses bêtises. Croyez-vous qu'il ait eu des paroles pour les parents de ses victimes ? Est-ce qu'il s'inquiétait de ce qui allait lui arriver ? A-t-il tenté de sauver sa tête ? Pensez-vous ! La seule chose qui lui importait, c'était de savoir ce que j'allais faire de son « trésor ». Dans sa cellule, il gribouillait des lettres adressées à l'Empereur. Il voulait lui léguer sa collection, mais il exigeait que celui-ci s'engage par écrit à ne jamais la disperser… Moi, ses billes, j'aurais voulu les lui faire bouffer, lui en remplir le gosier comme on gave une oie, et les pousser les unes après les autres jusqu'à lui en faire péter les boyaux ! Je l'aurais transformé en sac de billes.

Après s'être perdu un instant dans ses songes, il ajoute :

— Je suppose que vous voudriez l'interroger pour vos recherches morbides. Vous ne pourrez pas. Il a été abattu en tentant de s'échapper. C'est la version officielle. Je n'étais pas là.

Il se tait comme un feu s'éteint, quand tout ce qui pouvait brûler a été consumé. Dalvers lui dit :

— Il fallait du courage pour remuer ces souvenirs. J'espère que le fait de m'en avoir parlé allégera votre souffrance.

— C'est étrange… Je ne sais plus pourquoi je vous ai confié tout ça. Mais vous devez avoir une explication, puisque vous avez toujours une idée sur tout.

— Oui, c'est l'un de mes défauts. Pour répondre à votre question… Peut-être que, au-delà des apparences, vous percevez quelques similitudes entre ces deux affaires.

De la main, il désigne la victime.

— Est-ce qu'il s'agit là de la « collection » du tueur que nous traquons ?

Chapitre 9

Paris, octobre 1807

Voir ce corps étendu, dans sa robe noire, à la morgue, suscite un sentiment de déjà-vu déroutant. Après les premières constatations, Souget et son assistant entreprennent de déshabiller la victime. Aussitôt les dessous retirés, les quatre hommes se figent, frappés de stupéfaction. Car cette femme possède un pénis.

— C'est un homme ? s'étonne l'aide.

— Non, elle a des seins… Un hermaphrodite ? Non plus. Il s'agit d'une femme sur laquelle on a cousu un sexe masculin. Tout y est, le pénis et les bourses. Cette opération a été réalisée avec tant de soins que l'illusion est parfaite.

Candelet croise les bras pour se donner une contenance. Le légiste se tourne vers Dalvers, qui reste sans voix. L'inspecteur est le premier à se ressaisir.

— L'un d'entre vous a-t-il déjà vu cela ?

Cette question est l'une de ses ritournelles. Lorsqu'un crime le déstabilise, c'est son monde qui vacille. Son « Vous avez déjà vu ça ? » est un bout de bois auquel il peut s'agripper.

— Oui et non, dit Souget. J'ai déjà autopsié un hermaphrodite. Un pauvre enfant qui avait été assassiné par des voisins, à cause de sa singularité. Mais, là, c'est différent…

En tête de la longue liste des choses que Candelet déteste, il y a le silence dans une morgue. Finir sur l'une de ces tables en marbre, voilà un cauchemar qui le hante. Donc il parle, et ses mots sont un feu qu'il allume pour réchauffer son âme.

— J'ai déjà vu des rues transformées en champ de bataille par des bandes rivales. Les vaincus laissés sur le carreau sont parfois mutilés par les vainqueurs. Il arrive qu'on retrouve des cadavres émasculés, leurs pénis gisant sur les pavés. J'ignore s'il pourrait y avoir un lien. Le tueur a peut-être fait partie de l'un de ces groupes ?

Souget n'est pas convaincu.

— J'ai autopsié des émasculés, des castrés… C'étaient des mutilations de boucher. Ici, ce sexe masculin a été prélevé avec minutie, en utilisant un instrument remarquablement tranchant. Un scalpel ? La découpe est nette, la main n'a pas tremblé. Et observez ces coutures, leur discrétion…

Dalvers retrouve enfin la parole.

— Il n'y a pas la volonté d'humilier, d'épouvanter… Une fois de plus, nous découvrons une illusion très convaincante. Le tueur a façonné ce corps pour que celui-ci corresponde à son délire. Est-ce ainsi qu'il voit cette femme ? Ou alors celui que nous recherchons serait hermaphrodite ?

— Cette particularité est rarissime, souligne Souget.

— Nous devons trouver au plus vite cette troisième victime, l'homme à qui appartient ce sexe.

— C'est déjà fait, annonce Candelet.

Tous se tournent vers lui, étonnés.

— Vous n'êtes pas au courant ? Germain Roquenaude, *alias* Gorge d'or, a été assassiné. Tous les vendeurs à la criée beuglent : « Paris a perdu sa voix », « Pauvre Gorge d'or : après le Triomphe, la Mort ! », « Gorge d'or assassiné et mutilé »... Les journaux clandestins imprimés à la va-vite partent comme des petits pains. Dans les rues, les gens lisent et relisent la nouvelle, en se tachant les doigts avec l'encre qui n'a même pas fini de sécher. Pendant ce temps, au ministère de la Police, les censeurs en sont encore à se demander s'ils vont autoriser la presse officielle à évoquer cette nouvelle, ou bien si celle-ci risque « d'alarmer le commerce et de troubler l'esprit public ».

À cette annonce, Souget baisse les yeux. Des rides viennent vieillir son front, ses épaules s'affaissent. Quel contraste, quand on songe que, quelques minutes plus tôt, il accueillait Dalvers et Candelet avec le sourire, sans se soucier du spectacle de son tablier encore trempé du sang de l'autopsie précédente.

— Mais je... balbutie-t il. Hier soir, je l'ai écouté chanter à l'opéra... Il était sublime. Et maintenant, il serait mort ?

— Pardonnez-moi de vous avoir annoncé cela de manière aussi abrupte. En fin de soirée, il s'est rendu chez sa maîtresse, Mme Joséphine Sareuil. Tous les deux ont été assassinés. On lui a coupé le sexe, et impossible de retrouver cet organe ! Le mari les a découverts en rentrant chez lui, tard dans la nuit. Compte tenu de cette mutilation, le commissaire

Mariousse, chargé de cet arrondissement, m'a fait alerter.

— Et moi, alors ? souligne Dalvers. Je vous ai demandé de me signaler tous les crimes sortant de l'ordinaire !

— Je ne vais pas vous solliciter sans cesse. Si cela ne vous convient pas, faites comme moi ! Venez régulièrement passer vos jours et vos nuits à la préfecture de police. Bref, l'enquête a été menée tambour battant, et même bien trop vite à mon goût. Fidèle à son habitude, le commissaire Mariousse a tout compris en quelques minutes. Crime passionnel. C'est le mari le coupable, qu'on l'emprisonne ! Comme on ne retrouvait pas les parties génitales, il a décrété que le tueur les avait données à manger à un chien. Quel chien ? J'ai posé la question, puisque la famille Sareuil n'en a pas… Un chien errant, bien sûr, m'a répondu le commissaire.

— C'est une enquête, ça ? s'emporte Dalvers.

— Disons que c'est « une enquête à la Mariousse » : vite fait mal fait, affaire suivante. Aux yeux du commissaire, le suspect possède un mobile et la mutilation des organes génitaux prouve qu'il s'agit d'une vengeance, celle de l'époux bafoué.

Rouge de colère, l'aliéniste désigne le sexe masculin cousu sur la victime.

— Et comment va-t-il expliquer ça, votre commissaire « Mariole » ?

Candelet s'empourpre à son tour. Ses joues s'assombrissent au point de prendre une teinte lie-de-vin.

— Évidemment, que Mariousse est un crétin ! La preuve : il se prend pour un génie. Avec tact, j'ai essayé de lui dire que nous pourrions…

— Avec tact ! Avec tact ! Mais on s'en moque, du tact ! Vous le voyez arrêter un innocent, et vous le laissez faire ?

— Le docteur me donne des leçons ? Ah, mais c'est trop facile, ça ! Pardi, mais c'est que lui ne risque rien. Tout le monde n'a pas la chance d'avoir Fouché dans sa poche ! Vous pouvez bien brailler et faire des scandales, il ne vous arrivera rien, vous êtes un intouchable ! Moi, en revanche, si je me frotte à Mariousse, dès le lendemain, on m'enverra rejoindre ce bon vieux Lucien, à la garde de l'entrée de la morgue.

— Silence ! hurle Souget.

Son cri a résonné, la dispute cesse.

— Messieurs, reprenez-vous ! À brailler comme ça, vous allez finir par réveiller mes cadavres. Je ne vous avertirai pas une deuxième fois. Si vous recommencez, je vous fais expulser par la garde municipale, comme j'en ai le pouvoir. Et vous vous contenterez de lire mon compte rendu. Est-ce clair ?

Candelet a un geste d'apaisement.

— Je vais faire libérer le mari. Il est évident que ce nouvel élément l'innocente.

— Si vous avez du mal à le tirer d'affaire, faites appel à moi, suggère Dalvers. Je montrerai mon ordre de mission à ce commissaire Mariousse.

— Je vous remercie. J'aurai peut-être besoin de votre aide, en effet.

— Après cette autopsie, je me rendrai sur le lieu de cet autre crime. J'espère que vous voudrez bien m'accompagner.

— Il est déjà trop tard. C'est la méthode Mariousse : les corps ont été emportés, on a nettoyé le sang, la nouvelle de l'arrestation du mari s'est déjà répandue. S'il le pouvait, il aurait déjà actionné la guillotine. Il regrette beaucoup la Terreur et sa « justice rapide ». C'est à cette époque qu'il a gagné ses galons de commissaire. Il raconte qu'un jour Robespierre lui-même lui a dit : « Mariousse, modère-toi un peu ! Tu tues trop. »

— Je vois. Vous qui étiez sur place, qu'avez-vous observé ?

— Tous les deux gisaient dans le salon. C'était choquant de voir cet homme avec le pantalon baissé et ses organes manquants…

— Le corps de cette Mme Sareuil, que pouvez-vous m'en dire ?

— Elle ne portait que ses dessous. Le commissaire a supposé que le mari avait pris les amants sur le fait et les avait poignardés. On n'a pas retrouvé cette arme. La dépouille de l'épouse a été traînée dans un coin de la pièce.

— Était-elle « installée », comme les deux victimes aux robes noires ? Assise ? Allongée, peut-être ?

— Pas du tout. Et il n'y avait pas de robe noire.

— Oui, mais vous nous avez dit qu'elle était dénudée. Peut-être que l'assassin voulait lui faire revêtir cette robe de bal, mais il aura été dérangé par l'arrivée du mari.

— Mme Sareuil ne ressemble pas du tout aux deux autres victimes. Si cela avait été le cas, je l'aurais remarqué. Non, en apparence, cette affaire ne possède aucun point commun avec les crimes sur lesquels nous enquêtons. Sans cette preuve de l'existence d'un lien, je n'y aurais jamais songé. Pourrait-il y avoir deux criminels ? Celui qui a assassiné ce couple aiderait le « tueur aux robes noires » ?

— Je ne le pense pas. Une personne atteinte de monomanie a tendance à s'isoler dans son délire, sa passion aliénante. En outre, l'homme que nous recherchons est un perfectionniste. Il tente de tout contrôler jusque dans les moindres détails. Je l'imagine mal déléguer quoi que ce soit.

— Je suis convaincu qu'il s'agit du même assassin, annonce Souget. Comme je vous l'ai dit, ce sexe masculin a été prélevé avec dextérité. Cette maîtrise technique, je la retrouve dans ces points de suture, tant chez cette victime-ci que chez la précédente. C'est la même main habile, c'est le même homme.

Perplexe, Dalvers se met à marcher à pas lents dans la pièce.

— Dans ce cas, tout ce qui l'intéressait, c'était ce sexe « précieux », celui de la plus belle voix de Paris. Comment le tueur a-t-il su où trouver ce Gorge d'or ? Il l'a suivi ?

— Possible, répond Candelet. Mais notre chanteur prodige se vantait de ses conquêtes. Tout Paris était au courant de cette liaison. Vous n'êtes pas très mondain, vous… Moi, je le suis par obligation professionnelle. De cette manière, j'en apprends beaucoup sur les uns et les autres… Je pense plutôt que l'assassin a d'abord tué l'amante chez elle, puis il a tendu un guet-apens au chanteur. Quand on a l'intention d'éliminer deux personnes, mieux vaut le faire l'une après l'autre, c'est moins risqué. Or justement, les deux victimes semblent ne pas avoir eu le temps de se défendre. Il n'y avait pas de traces de lutte, les voisins n'ont pas entendu de cris… Cet homme tue avec une discrétion saisissante.

L'examen se poursuit, révélant les mêmes lésions que celles observées chez la première victime. Finalement, au bout d'une heure, aucun nouvel indice n'est découvert.

Enfin hors de la morgue, Dalvers et Candelet prennent le temps d'apprécier le soleil, tels deux lézards sortis d'un tombeau.

— Déjà quatre morts et si peu d'indices, aucune piste solide… résume Candelet.

— Ce tueur est aussi évanescent qu'un songe.

— Les seules traces qu'il laisse derrière lui sont volontaires : ces robes noires, les papillons, ce sexe amputé… J'aimerais débusquer quelque chose qu'il a voulu nous cacher.

— Mais c'est déjà le cas. Certes, il est doué dans l'exécution de ses meurtres. Cependant, il lui est impossible de contrôler son aliénation. Bien au contraire, c'est elle qui le possède et guide sa pensée. Donc c'est sur le terrain de l'esprit qu'il se dévoile, et bien plus qu'il ne le croit. Même si nous avons l'impression d'errer, nous nous sommes rapprochés de lui.

Chapitre 10

Paris, novembre 1807

En plein chaos, Sergemont va et vient dans son salon. Tantôt l'allégresse le submerge, l'un de ses fureteurs a enfin retrouvé la trace de Clarisse ! Tantôt il bascule dans le désespoir, elle est partie vivre en Espagne… Dans son âme, les deux émotions viennent se mélanger comme deux encres qui se répandent.

Il s'approche de la robe noire, portée par un mannequin d'osier. Cette silhouette est une illusion presque palpable… En la contemplant, il a l'impression d'être un amputé qui ressent la présence de son membre fantôme.

Ce vêtement, Sergemont l'a placé près de l'une de ses acquisitions préférées : un écorché de Fragonard. Pas le peintre, Jean-Honoré Fragonard, non, l'autre Fragonard, Honoré, l'anatomiste. Il s'agit d'un véritable corps, disséqué pour que les muscles et les vaisseaux sanguins soient révélés. Grâce à des techniques de conservation époustouflantes, cette dépouille ne pourrira jamais. Cet être se tient debout, ses yeux en verre semblent vous fixer. Sergemont peut passer des heures à l'observer, pour tenter de percer les mystères du vivant.

Clarisse en Espagne… Comment la rejoindre ? Les défis paraissent insurmontables… Depuis quelques années, la France et l'Espagne sont alliées. Mais ce n'est qu'un marché de dupes, Napoléon impose ses volontés. Des troupes françaises sont cantonnées dans la péninsule. Leur présence inquiète de plus en plus la population espagnole. Des rumeurs affirment que ce pays va basculer dans la guerre. Des bandes de rebelles anti-Français commencent à faire parler d'elles, même si la propagande impériale s'acharne à nier leur existence. Clarisse est extrêmement bien protégée, elle n'a pas à redouter cette menace. Mais lui, s'il se rend là-bas, comment affrontera-t-il ces dangers ? Et comment réussira-t-il à l'approcher ?

Des dizaines de tableaux couvrent les murs : paysages, natures mortes, scènes mythologiques… Mais la toile devant laquelle il se fige est son joyau. *Narcisse*, peint par le Caravage. On y voit le jeune homme, à la beauté affolante, se pencher au-dessus de l'eau pour admirer son reflet. Sergemont est captivé par ce jeu de symétrie, dans lequel l'être et son double semblent se toucher du bout des doigts. Son tumulte s'apaise. L'Espagne ? S'il fait preuve d'audace et de ruse, il piétinera l'impossible !

Chapitre 11

Paris, novembre 1807

Le café Tortoni, boulevard des Italiens, est l'un des lieux les plus appréciés de Paris. On s'y presse pour les liqueurs, le café, les glaces, les pâtisseries, les débats enfiévrés… Voilà une adresse inattendue pour qui veut se faire discret. C'est pourtant le lieu choisi par Malparelle pour leur rencontre. Sergemont y a réservé l'un des salons particuliers, et patiente en compagnie de trois gardes du corps. Il ne se sent pas menacé par cet individu dont il veut faire la connaissance, mais il tient à lui montrer qu'il sait se protéger.

Malparelle arrive enfin, avec une demi-heure de retard. Peut-être est-ce sa manière de signifier que, même s'il se loue comme mercenaire, ce n'est pas pour autant qu'il va accourir à vos pieds comme un chien que l'on vient de siffler… L'homme masque ses pensées derrière un visage dur et froid. Son corps athlétique laisse deviner le temps qu'il passe à s'exercer pour maintenir ses qualités physiques. Il émane de lui une odeur de cuir et de cheval propre aux cavaliers expérimentés.

Puisqu'il s'agit de leur première entrevue, l'individu relève sa manche gauche, révélant une cicatrice de coup de sabre, une morsure de guerre. C'est le signe de reconnaissance convenu avec leur intermédiaire. Sergemont l'accueille avec courtoisie, une rareté de sa part.

— Bien le bonjour, monsieur. Je vous en prie, asseyez-vous. Pourquoi avez-vous choisi cet endroit ?

— Parce qu'il est cher et délicieux.

— Vous aimez l'argent et vous faire plaisir… Je partage votre philosophie. Mais vous êtes recherché. Vous ne craignez pas que quelqu'un ne vous repère ?

— Pas du tout. La rumeur court que je suis mort, et depuis que je suis mort, j'ai la belle vie.

— Que désirez-vous boire ?

— Jamais de vin quand je négocie. Du café. Avec du sucre ! Il faut qu'on en profite tant qu'il y en a encore…

— Vous avez raison, profitons, profitons…

Pour faire plier l'Angleterre, Napoléon et ses alliés viennent d'imposer un blocus continental, désorganisant le commerce maritime mondial. Cette stratégie ruinera-t-elle les Anglais ? Cela, Sergemont l'ignore, en revanche elle va démultiplier sa fortune. Il a déjà commencé à entreposer de grandes quantités de café, de thé, de sucre et de coton. Quand viendra la pénurie, tout cela se changera en or. L'alchimie du spéculateur.

Détail amusant, c'est grâce au sucre qu'ils font connaissance. Pour ce projet, Sergemont s'est associé avec un banquier véreux et débrouillard, Baqueret. Le premier finance, le second met en œuvre leur plan. Ayant déjà fait appel aux services de Malparelle, c'est Baqueret qui a servi d'entremetteur pour ce rendez-vous.

Sergemont envoie l'un de ses hommes passer leur commande. D'emblée, le mercenaire tient à clarifier les choses.

— Pour nos services, mes hommes et moi, nous exigeons un prix élevé. Vous trouverez des groupes qui coûtent moins cher. Seulement, avec ceux-là, vous prendrez des risques. Certains décamperont au premier coup de feu avec les gendarmes. D'autres vous tueront pour voler votre marchandise. Les plus prudents se contenteront de vous vendre à la police. À vous de voir…

— Je ne m'offre toujours que le meilleur.

— Alors c'est moi. J'ai des références, d'anciens clients satisfaits, dont notre ami commun.

En silence, Sergemont hoche la tête. Baqueret est impliqué dans divers trafics. Quand l'un de ses bateaux de contrebande accoste la nuit dans une crique, Malparelle et ses hommes assurent la sécurité du déchargement, puis escortent le convoi. Un jour, des brigands leur sont tombés dessus, et ne s'en sont pas relevés…

La serveuse apporte des tasses et une cafetière.

— Et il est où, le sucre ? interroge le mercenaire.

— Dans les tasses, monsieur. Deux grammes pour chacune. Aujourd'hui, on en a très peu, et M. Tortoni le garde en priorité pour ses pâtisseries.

— Elle est pingre, la cantinière !

La jeune femme veut répliquer, mais Sergemont la chasse d'un geste de la main, comme s'il s'agissait d'une mouche.

De l'une de ses poches, Malparelle sort un papier plié. Le déployant, il révèle trois morceaux de sucre qu'il plonge dans sa tasse. Voilà un luxe que peu de gens peuvent se permettre… Depuis la Révolution, le prix du sucre a déjà été multiplié par dix. À ce rythme, il sera bientôt plus rentable de sucrer son café à la poudre d'or…

— Ce doit être imbuvable… grimace Sergemont.

— Le café amer, ça me rappelle mes campagnes militaires. Et puis, le sucre a le goût de la fortune.

Malparelle est un ancien capitaine des chasseurs à cheval. Après plusieurs années de service, il a déserté. Ayant recruté d'anciens soldats, tous des cavaliers et des vétérans d'élite comme lui, il a constitué un groupe d'une dizaine de combattants. D'après Baqueret, cette bande se comporte comme une minuscule armée indépendante qui obéit avec ferveur à son chef. Si cela est exact, Sergemont doit impérativement réussir à recruter cet homme. À ses yeux, ce Malparelle et les siens sont comme un empilement de vertèbres, le premier segment de la colonne vertébrale du monstre qu'il veut créer.

— Quand allez-vous vous jeter à l'eau ? le provoque le mercenaire.

— J'ai pour projet de me rendre en Espagne, avec une solide escorte. Je m'entourerai d'une trentaine de gaillards, des hommes de confiance bien armés. Je veux vous recruter, vous et vos hommes, pour assurer ma sécurité.

— Elle est grande, l'Espagne… Où irez-vous, exactement ? Chez les Basques ? En Catalogne ? Castille ? Aragon ?

— Dans les alentours de Madrid.

— Une fois là-bas, comment communiquerez-vous avec les gens ? Vous parlez leur langue ?

— Je prendrai des interprètes.

— Je connais trois Basques qui parlent parfaitement le castillan. Ce sont des contrebandiers qui m'ont déjà aidé à convoyer des marchandises en passant par les Pyrénées. Eux aussi coûtent cher, mais ce sont de bons fusils.

— Si vous vous portez garant d'eux, je les prends.

— Et qu'y ferez-vous, en Espagne ? Je veux en savoir plus sur vos affaires.

— Nous transporterons des mousquets, des pistolets et des sabres.

Pris au dépourvu, Malparelle s'agite sur sa chaise.

— Vous voulez faire du trafic d'armes ? Cette marchandise ne peut intéresser que les rebelles anti-Français… Vous êtes sûr de vouloir traiter avec ces gens-là ?

— Cela vous pose un problème ? Des scrupules, peut-être ?

— Non, je m'inquiète seulement du danger. Je n'ai pas l'habitude d'armer ceux qui veulent me tuer.

— Oui, c'est ce que nous allons faire, nous allons pactiser avec des gens qui rêvent de nous massacrer. En outre, si vous acceptez de travailler pour moi, il est très probable que vous serez amené à affronter des soldats français…

— Tirer sur mes anciens frères d'armes ne me dérange pas le moins du monde. Le jeune capitaine enthousiaste que j'étais autrefois, cet homme-là est mort, et je crache sur son cadavre ! Désormais, ma haine de l'armée est un puits sans fond. Revenons à vous. Alors comme ça, vous voulez vendre des armes aux insurgés…

— Non, pas leur vendre : leur offrir.

— C'est donc que vous attendez d'eux quelque chose en retour. Vous espérez qu'ils vont se servir de vos mousquets pour attaquer des convois français ? Vous voulez piller les soldes ? Et ensuite, vos Espagnols sont censés vous remettre une partie du butin ?

— Oui, cette idée fait partie de mon plan. Mais cela ne représente que la première étape d'un projet plus ambitieux.

— Je vais résumer, pour être certain d'avoir bien compris. Vous pensez échapper à la vigilance de nos troupes…

— Aucune inquiétude à ce sujet. J'ai des laissez-passer, et les armes seront bien dissimulées. Officiellement, je serai un marchand qui vient tenter sa chance en Espagne. Nous transporterons des tentures, de la porcelaine et divers autres objets de valeur.

— Bien, considérons ce premier problème comme un risque raisonnable. Ensuite, que ferez-vous ? Vous remettrez vos armes à un intermédiaire ?

— Non, je veux rencontrer les rebelles pour négocier moi-même avec eux.

Le regard de Malparelle devient glacial.

— Et moi qui vous prenais pour un client sensé… Comment se fait-il qu'un inconscient dans votre genre soit richissime, tandis que, moi, je me démène pour finalement végéter avec un modeste pécule ? Quelle injustice ! Si Dieu existe, je Le giflerai !

— Ce sera facile d'entrer en contact avec les insurgés, il suffit de s'adresser aux religieux. L'Église espagnole exècre les Français de la Révolution, elle est convaincue que nos troupes impies veulent anéantir le christianisme.

— Évidemment, que les rebelles viendront à vous ! Ils vous trancheront le cou et ils vous prendront tout ! Que vous soyez une trentaine ne les arrêtera pas.

— Ils ne me tueront pas parce qu'ils auront besoin de moi ! Je vais leur promettre d'autres fusils, en plus grand nombre. Ils sont si mal équipés… Pour eux, s'armer est une nécessité vitale. Puisque je leur offre ma cargaison, quelle utilité de me supprimer ?

— Vous ne doutez de rien… Vous vous prenez pour l'enfant chéri de Dieu ? En effet, peut-être accepteront-ils de vous laisser la vie sauve jusqu'à la deuxième livraison, celle qu'ils seront censés vous payer. C'est à ce moment-là qu'ils vous massacreront, vous et tous les simples d'esprit qui vous auront accompagné dans votre folie.

— Oui, ce sera sûrement leur intention initiale : me tuer à la deuxième rencontre, pour faire main basse sur deux butins au lieu d'un seul. Mais j'ai mes petits secrets. Lors de notre seconde entrevue, ils ne voudront plus m'assassiner. Vous verrez qu'ils se montreront beaucoup plus *dociles*.

Malparelle hausse les épaules, il n'a que mépris pour ces divagations.

— Vous n'êtes pas sérieux… marmonne-t-il avant de vider sa tasse.

S'étant resservi à la cafetière, il sort de nouveau des morceaux de sucre de sa poche.

— Monsieur Sergemont : soit vous avez perdu la raison, soit vous avez une idée derrière la tête. Quel est votre véritable but, à la fin ?

— Je veux lever une petite armée de rebelles.

— Et pourquoi voulez-vous faire une chose pareille ?

— Je préfère garder pour moi mon projet ultime.

— Libre à vous. Alors ce sera sans moi. Je ne m'engage jamais dans une affaire sans savoir exactement dans quoi je mets les pieds. Trouvez quelqu'un d'autre.

Ayant vidé sa tasse, il se ressert une fois de plus, vidant la cafetière comme pour se dédommager du temps qu'on vient de lui faire perdre.

— C'est vous que je veux, insiste Sergemont. Prenez quelques jours pour réfléchir à ma proposition. Tenez, voilà de quoi sucrer votre café…

Il dépose quelques cristaux devant Malparelle. Et puis ce dernier réalise qu'il ne s'agit pas de sucre, mais de diamants ! Aussitôt le mercenaire les couvre de sa main, sans toutefois les ramener vers lui.

— Vous êtes fou ? chuchote-t-il.

D'un coup d'œil, il s'assure que la porte est toujours fermée. De peur que la serveuse, ou qui que ce soit d'autre, ne surgisse à l'improviste, il continue à dissimuler ce trésor. Mais ses yeux se fixent sur sa main comme s'ils espéraient traverser la chair pour revoir ces pierres.

— L'ensemble vaut vingt-cinq mille francs, précise Sergemont.

— Voilà une belle offre, je le reconnais. Mais ce n'est pas suffisant pour vous suivre dans votre entreprise hasardeuse. Désolé, je refuse.

— Vous ne m'avez pas compris, capitaine. Cette somme, c'est ce que je vous paie pour que vous *réfléchissiez* à ma proposition. Si vous acceptez, pour chaque mois passé en Espagne à mon service, vous toucherez le double. Plus une part du butin.

Malparelle rougit, son souffle s'accélère. Il sent l'avidité, cette gueule insatiable, croquer son âme comme une pomme. Cette perte de maîtrise l'exaspère, et en même temps sa cupidité gavée le ravit. S'il se lance dans cette aventure, en tant que chef, il touchera un cinquième, ses hommes se partageront le reste. Avec son ancienne solde de capitaine, il lui aurait fallu quatre ans pour accumuler ce pactole ! Et ce miracle se répétera tous les mois…

— C'est le prix que vous mettez sur la table ? Vraiment ? insiste-t-il, de peur d'avoir mal compris.

— Absolument. Je ne transporterai pas cet argent sur moi, bien sûr. Mais notre ami Baqueret se chargera de remettre cette somme à la personne de votre choix, en pièces d'or et en lingots, ici, à Paris.

Malparelle se prend à rêver, et ses rêves sont vastes comme des mondes. Il veut s'offrir un hôtel particulier, où des domestiques s'empresseront d'exécuter ses ordres, et il achètera aussi une demeure bercée par les marées, en Bretagne, ainsi qu'une villa qui surplombera la Méditerranée depuis une colline couverte de pins… Quand il était capitaine, il s'imaginait en futur général, désormais il veut devenir un Sergemont, riche jusqu'à l'absurde.

Maintenant que sa convoitise l'a dévoré tout cru de l'intérieur, le renégat ramène à lui les diamants, et le voilà qui les ramasse avec la voracité d'un porc se jetant sur des épluchures.

Sergemont ajoute :

— Durant nos affaires en Espagne, je vous surnommerai « Vorace ».

Chapitre 12

Hôpital de Charenton, novembre 1807

Les bras immobilisés par un gilet de force, l'homme se contorsionne. La sueur ruisselle sur son visage écarlate. Bouche grande ouverte, il halète. Son agitation le consume de l'intérieur. Trois infirmiers et deux frères de la Charité le surveillent. Dalvers les rejoint, l'inconnu tente de bondir vers lui mais le personnel l'intercepte.

— Écoutez-moi, citoyen : je vous assure que, si vous réussissez à vous calmer, et si nous pouvons discuter, je donnerai l'ordre qu'on vous enlève cette camisole.

Le traitement moral préconise d'établir une relation privilégiée entre le médecin et son patient, afin de libérer la parole, dont l'action est thérapeutique. Selon cette théorie, la contention ne fait qu'aggraver la violence qu'elle prétend mater. D'où cette promesse ambitieuse qu'il vient de faire à cet homme… Souvent, cela fonctionne. Quelquefois, Dalvers se retrouve projeté contre un mur…

Il s'est entretenu avec les gardes municipaux, qui viennent d'amener cet insensé. On ne sait rien sur cet homme, excepté son passage à l'acte et des propos confus sur Satan. Après s'être présenté, Dalvers poursuit avec la même voix apaisante :

— Monsieur, je voudrais que nous parlions de ce que vous avez fait. Pourquoi avez-vous essayé de mettre le feu à l'église Saint-Roch ?

L'inconnu l'écoute, mais il tourne parfois la tête sur le côté, comme si quelqu'un d'autre lui parlait... *Il est halluciné ? Il entend des voix ?* se demande Dalvers.

— Que s'est-il passé ? On m'a raconté que...

— Ce n'est pas moi ! C'est l'autre qui m'a obligé !

— Quel autre ? De qui parlez-vous ?

L'aliéné répond d'une voix différente, caverneuse et joyeuse.

— De moi !

— Et qui êtes-vous ?

— Je suis le diable, celui qui baise et qui brûle.

S'effondrant en sanglots, l'homme murmure de sa voix habituelle :

— Pitié, laissez-moi...

D'un bond, tel un pantin de chair redressé par un marionnettiste, le revoilà debout !

De sa voix sardonique, il lance :

— Docteur, je vais te couvrir d'huile et t'enflammer comme une torche ! Tu as déjà brûlé des chats ? Que c'est drôle, ces petites boules de flammes qui courent dans tous les sens en hurlant... Et cette odeur de grillé !

— Qu'est-ce que c'est que cette voix de théâtre ? Je ne crois pas au diable. Pour le moment, citoyen, cela me paraît difficile de discuter avec vous. Je vais vous faire isoler, au calme. Quand vous serez apaisé, nous reprendrons notre discussion.

Entraînant l'un des infirmiers à l'écart, dans le couloir, il lui dit :

— Installez-le dans le secteur des enfermés et surveillez-le bien. C'est un démonomaniaque, un halluciné qui croit être possédé. Mais, quand il reprend brièvement ses esprits, il est si désespéré que j'ai peur qu'il ne tente de mettre fin à ses jours.

— Elle est vraie, son histoire de chats ! Les gardes municipaux m'ont dit que, depuis deux semaines, on leur signale des animaux carbonisés.

— Il est passé des chats aux églises ?

— En plus, une cérémonie était en cours, la salle était pleine…

— Il est à la fois suicidaire et dangereux. Donc pour le moment, nous lui laissons son gilet de force. Je repasserai le voir dans deux heures.

Apparaissant au bout du couloir, une silhouette en soutane blanche l'apostrophe :

— Docteur Dalvers, encore vous ? Mais qu'est-ce que vous faites ici ?

Voilà l'inévitable abbé de Coulmiers, maître tout-puissant de Charenton, petit Louis XIV dans son Versailles des aliénés. Des chanoines de l'ordre de Prémontré l'accompagnent, eux aussi vêtus de blanc, un scapulaire par-dessus leur soutane.

— Je fais mon travail, monsieur le régisseur général.

— Je vous ai autorisé à venir exercer ici deux jours par semaine. Or c'est la troisième fois que je vous vois.

— Mais enfin, je suis payé, il est normal que je travaille…

— Oui, mais deux jours, pas plus. Le reste du temps, vous êtes payé ici mais pour être ailleurs. Où exactement, ce n'est pas mon affaire. N'importe où sauf ici. On vient de m'informer de l'arrivée de ce nouveau malheureux, qui croit être tourmenté par Satan. Un choc s'impose : purge, saignées, sangsues. Nous allons juguler ces passions malsaines qui exaltent son esprit. Quand il sera suffisamment affaibli, je viendrai prier auprès de lui.

Voilà « la folie Charenton » qui recommence ! L'hospice est un dragon à dix têtes, les religieuses et les médicales, qui tentent de se dévorer les unes les autres. Pendant des siècles, ce sont les religieux qui se sont occupés des insensés. Ce système a été supprimé par la Révolution, avant d'être rétabli dans certains asiles, puisque l'Église prend en charge une partie des frais. Le directeur de Charenton est donc l'abbé de Coulmiers, dénué de formation médicale, et qui applique ses propres thérapeutiques. Coulmiers et ses partisans affirment que la folie n'a rien à voir avec la médecine. Eux veulent un traitement religieux, prière et charité chrétienne, mais associé à la répression sévère de toute divergence. Certains aliénistes défendent le traitement physique, bains glacés et saignées. D'autres veulent mettre en œuvre le traitement moral… Dans cette anarchie de la pensée, tout est dit et son contraire, le travail des uns est saccagé par les interventions des autres, et *vice versa*. Bref, ici : c'est le chaos qui tente de soigner la folie.

Dalvers joue une dernière carte.

— Je viens de m'entretenir avec ce délirant. Ayant entamé le travail avec lui, je souhaite poursuivre.

— Oh, oui, vous avez commencé à « parler »... Moi, j'agis. S'il y avait moins de médecins, le monde serait moins malade. Ici, je vous tolère. Hélas, si vous vous obstinez à enfreindre le règlement, je serai forcé de vous expulser.

Son point de vue ne manque pas d'ironie, car il n'y a pas de règlement ! Seulement un régisseur général. À Charenton, si vous voulez connaître le règlement, lisez sur les lèvres du directeur.

Depuis quelque temps, l'abbé le juge rebelle et veut se débarrasser de lui. Ce ne serait pas le premier médecin à être « remercié »... Pour l'heure, Dalvers doit donc céder. Mais il reviendra.

*

Les jardins de Charenton sont magnifiques. Composition ordonnée, parterres de gazon, haies taillées, allées bordées d'arbres, terrasse depuis laquelle la vue survole les murs d'enceinte pour aller embrasser la nature environnante... Le traitement moral insiste sur la *natura medicatrix*, la nature guérisseuse. Si cela apaise certains aliénés, c'est également très utile pour calmer les aliénistes... Longeant des tilleuls agités par un vent glacé, Dalvers enchaîne les allers-retours dans une tempête de feuilles jaunies.

Une pause s'impose. Plaçant son visage face à la bise, il imagine que ce souffle chasse ses sombres pensées. Et puis une idée lui traverse l'esprit !

D'un pas impatient, il rejoint le labyrinthe des constructions. Sous la violence du vent, un pan de toiture vétuste vient de s'effondrer, recouvrant une allée de tuiles brisées. Prudent, il évite cette zone. Faute d'argent, les anciens bâtiments, pillés durant la Révolution, n'ont pas été restaurés. Certains sont neufs, mais ceux-là ont été financés par l'abbé de Coulmiers, avec sa fortune personnelle. On peut lui reprocher beaucoup de choses, néanmoins il faut reconnaître sa sincérité et son dévouement. Malheureusement, puisque le directeur paie, il décide sans demander aucun avis. Ses constructions se dressent un peu partout, anarchiques et en contradiction avec l'esprit du traitement moral. Au lieu de s'ouvrir sur le monde en ménageant des vues apaisantes sur la nature, elles sont repliées sur elles-mêmes, comme des monastères. L'ensemble forme un véritable dédale, avec ses passages, ses cours fermées, ses jardins… Mais le tout est clos. Quelle que soit la direction que l'on prenne, on finit toujours par se heurter à un mur.

Dalvers a été relégué dans un édifice insalubre. Heureusement, l'endroit côtoie la bibliothèque, richement dotée car la lecture fait partie des traitements. C'est en réalité là qu'il s'est installé, et personne ne l'en délogera. Fouillant dans ses affaires, il prend les documents relatifs à son enquête, et se dirige vers le théâtre.

Il longe une chapelle dévastée sous la Révolution, puis en découvre une nouvelle, qui a surgi à côté.

— Encore une ? Ce n'est pas possible, je suis au Vatican, ma parole… grommelle-t-il.

Se faufilant dans une petite cour, où se love un jardin de buis taillés, il atteint le théâtre, un authentique théâtre de deux cents places construit sur décision de l'abbé.

Sur la scène, des aliénés, des infirmiers et des acteurs professionnels répètent des pièces du répertoire traditionnel. Selon Coulmiers, le théâtre constitue un remède souverain contre la folie. Ce sujet-là, comme tous les autres, déchaîne les polémiques. Certains médecins estiment qu'il s'agit d'une initiative néfaste qui exacerbe les passions délétères des résidents. Pour une fois, Dalvers est d'accord avec l'abbé, cette idée lui plaît. Et celle-ci est poussée plus loin encore : musique, danse, écriture. Tous les arts sont proposés à des fins libératoires et thérapeutiques. En revanche, il est en désaccord avec les représentations publiques. Car la troupe en donne, or des spectateurs ne viennent que pour ricaner de ce qu'ils appellent « le théâtre des fous ». Cette curiosité malsaine est insupportable, mais Coulmiers ne semble pas en avoir conscience. Lui se réjouit du « succès » de « son » théâtre qui fait salle comble…

En l'apercevant, le directeur de la troupe frappe dans ses mains pour interrompre les répétitions.

— Mes amis ! Un médecin nous rejoint, c'est si rare ! Je vais en profiter pour m'entretenir avec lui. Je vous propose quelques minutes de repos. Et surtout, pas de débauche ! On irait encore dire que c'est ma faute…

L'homme est la célébrité de Charenton : Donatien Alphonse François de Sade, plus connu sous le nom de marquis de Sade. Âgé de soixante-sept ans, il demeure d'une vigueur étonnante malgré ses malheurs.

Il dirige le théâtre, continue d'écrire, reçoit tantôt son épouse, tantôt sa maîtresse… L'abbé l'adore et lui octroie un traitement de faveur. Sade porte encore une vieille perruque poudrée « à la royale », tandis que ses cheveux naturels sont rassemblés en une petite queue autour de laquelle il a noué un large ruban. La monarchie, la Révolution, la Convention nationale, le Directoire, le Consulat, l'Empire, tous ces régimes politiques n'auront été d'accord que sur un seul et unique sujet : enfermer Sade. Après avoir été emprisonné un peu partout, le marquis est désormais séquestré à Charenton depuis 1803.

— Docteur Dalvers, j'ai une question pour vous. Sur quoi vous basez-vous pour affirmer que c'est vous qui êtes sain d'esprit, et moi qui suis « fou » ? Ne s'agit-il pas là d'un point de vue subjectif, et donc discutable ? On pourrait tout aussi bien imaginer un monde où les gens qui pensent comme moi enferment les gens qui pensent comme vous, et ce serait *vous*, les fous ! Ce qui serait d'ailleurs bien plus sensé. Parce que j'affirme que ce sont les gens « normaux » qui sont fous ! Fous de refuser les plaisirs de l'existence, fous et contre nature de se contenter d'une seule compagne, fous de croire que ceux qui quittent le chemin de la vertu seront frappés par la main du Ciel… Ce que vous, les gens soi-disant normaux, appelez « ignominies », moi, je les appelle « jouissances ». Et quand vous me désignez comme une « âme corrompue », peut-être suis-je en réalité une âme libre !

— Citoyen Sade, nous avons déjà eu cette conversation… Premier point : vous savez pertinemment que ce ne sont pas vos libertinages qui posent problème.

Les autorités estiment que vous faites l'apologie du viol, de la torture, du meurtre…

— Je veux seulement mettre en garde mes lecteurs, leur révéler les dangers et les horreurs de ce monde, afin qu'ils puissent mieux s'en protéger. Mon propos est pédagogique.

— Arrêtez vos sophismes ! À vous entendre, on dirait que vous vous obligez à dire ce que vous auriez voulu taire. Deuxième point : je vous le répète pour la vingtième fois, je n'ai pas le pouvoir de vous faire sortir de Charenton.

— Oui, je sais, je dois convaincre notre saint directeur l'abbé, qui devra à son tour rassurer le ministre de l'Intérieur, qui lui-même ne décidera rien sans avoir l'approbation de l'Empereur, qui me déteste. C'est désespérant.

Effectivement, l'hospice de Charenton est placé sous la supervision du ministère de l'Intérieur, et Sade est placé sous vigilance spéciale.

Lui prenant le bras, le marquis l'emmène en promenade dans ce théâtre qu'il adore.

— Maudit asile ! Mon âme végète et flétrit dans ce vase à l'eau croupie ! Suis-je donc condamné à rester ici, dans ce tout petit univers clos et étouffant, jusqu'au cercueil ? Mais vous, docteur, si vous aviez le pouvoir de décider : que feriez-vous ?

— Je pense que vous n'avez rien à faire ici. Vous n'êtes pas atteint d'une aliénation mentale, vous avez seulement le « délire » du vice, la « démence » du libertin cruel. Donc je vous libérerais…

— Vous êtes un homme formidable ! Comment pourrais-je vous remercier ? Voulez-vous que je demande à ma jeune et belle maîtresse de vous enseigner des voluptés piquantes et les secrets ultimes de la jouissance ? Elle saura briser vos freins et doubler la somme de vos plaisirs… Ne vous fiez pas à son visage d'ingénue, c'est une putain magnifique ! Ses indécences vous feront rougir.

— Non merci. Et je vous déconseille de proposer la même chose à monsieur l'abbé…

— Ou bien je peux me charger moi-même de la leçon, si cela est plus à votre goût. Ce serait avec joie…

— Vous surjouez votre caricature.

— Mais j'aime la dépravation et la luxure ! Je suis une âme perverse ! D'ailleurs, je m'étonne d'être encore en vie, quand on songe que je suis à la fois noble et orgiaque… Sous la Terreur, je m'attendais à ce que Robespierre ordonne qu'on me guillotine le sexe.

— Arrêtez un peu vos outrances…

— Surtout pas ! L'absence d'excès conduit à l'apathie de l'âme. La vertu est le triomphe de l'ennui, ce lent poison insipide.

— Vous essayez de me déstabiliser, comme vous le faites avec vos lecteurs dans vos livres.

— Quel manque d'ouverture d'esprit… Où va la science, si elle n'ose plus expérimenter ?

— Justement, à propos d'expérimentations, j'ai besoin de votre aide.

Le marquis ne cache pas sa surprise.

— Vous piquez ma curiosité !

— Je préfère que nous allions discuter de ce sujet à l'écart.

— Vous et moi, seul à seul ? On va jaser… Je vous suis, faites de moi ce que bon vous semblera…

Tous deux s'étant retirés dans une pièce encombrée de costumes et de décors en carton, Dalvers s'assied face à Sade, pour ne rien perdre de ses expressions.

— J'aide la police dans une enquête criminelle. Le coupable a une façon étrange de traiter les corps de ses victimes. J'aimerais avoir votre avis sur ce sujet.

Il lui tend les gravures représentant la scène du deuxième crime, tout en expliquant le contexte. En entendant que cette femme est morte, le marquis murmure :

— Incroyable… Une petite Justine…

Justine ou les Malheurs de la vertu est l'une de ses œuvres les plus célèbres. Du bout des doigts, il caresse le visage de cette morte. Son geste a quelque chose d'indécent. Est-il, une fois de plus, en train de surjouer son personnage d'illustre débauché ? Ou bien révèle-t-il une autre facette de sa personnalité ? Dalvers songe à lui arracher les illustrations des mains, mais le marquis se met à parler d'une voix à peine audible :

— Je crois que je devine le chemin de pensée qui vous a conduit à me montrer cette scène singulière… Je ne connais pas cet homme que vous recherchez. Pourtant, lui et moi semblons posséder quelques points communs qui échappent à votre façon de penser. Voilà ce que vous avez perçu ! Cependant, moi, je ne fais qu'écrire et faire semblant, tandis que lui agit dans la réalité.

Après un temps de silence, il reprend avec de la délicatesse dans la voix, comme si ses mots étaient des objets précieux.

— Dans les esprits des hommes, des rêves se forment sans cesse. Ce sont des scènes qui se déroulent à notre guise, le théâtre imaginaire de tout un chacun… Quelquefois nous vient le désir de réaliser l'une de ces merveilles. Et là… quelle déception ! Car rien ne se passe jamais *exactement* comme prévu. Quand j'étais libre, il m'est arrivé de dilapider des fortunes pour tenter de concrétiser mes merveilles intérieures. J'ai choisi des prostituées semblables aux femmes que j'imaginais, je les ai payées pour qu'elles s'habillent selon mon goût, je leur ai expliqué comment se comporter… Au vu des sommes que je proposais, certaines ont accepté mes audaces, des jeux cruels entre esclaves et tyrans dans lesquels les rôles s'inversent… Hélas, quel malheur, tout a toujours échoué ! Même si la bonne personne dit la bonne réplique au bon moment, c'est mauvais !

Il s'emporte et s'écrie :

— Mauvais ! Mauvais ! Mauvais !

Se reprenant, il poursuit avec plus de calme :

— Parce que ce n'est pas la bonne intonation, le timbre de la voix est incorrect, je n'entends pas son désir dans ses menaces… Alors vous en essayez une autre, dix, vingt… Mais toutes sont de piètres actrices qui ratent leurs rôles ! Et les hommes, c'est pire. Finalement, les romans et les illustrations sont les meilleurs moyens d'incarner mes rêveries. Avez-vous vu les gravures que l'on a tirées de mes œuvres ?

Il s'agit de scènes mêlant torture et pornographie. Des employés du ministère de l'Intérieur en ont montré quelques-unes à Dalvers, peu après son arrivée à Charenton, pour essayer de le convaincre que Sade est dangereux.

Sans attendre de réponse, le marquis ajoute :

— Cet homme audacieux est allé plus loin que moi. En ayant recours au meurtre, il a réussi à faire vivre son monde intérieur. Cette morte est devenue un objet parfait qui s'est prêté à son jeu, elle a été son idole. Comme ma petite Justine pour moi, dans mon roman. Quand ce criminel se trouvait avec elle, là, enfin, il maîtrisait tout !

Même si Dalvers rechigne à l'admettre, Sade a l'art de lui retourner l'âme en quelques phrases… Bouleversé au point d'en avoir mal au ventre, il voudrait crier ou vomir, pour se purger de ces horreurs.

Délaissant les illustrations, le marquis lève vers lui un autre visage, difficile à décrire. On y lit l'avidité et l'excitation.

— Il manque quelque chose, docteur… Que me cachez-vous ?

— C'est-à-dire ?

— Allons, allons ! Vous me dissimulez l'essentiel. Quand on contemple les gravures inspirées de mes écrits, on perçoit tout de suite l'idée centrale. Par exemple, sur l'une de mes préférées, des personnages se livrent aux plaisirs de la chair. Mais, ce qui frappe, c'est cette femme nue suspendue au plafond par les pieds. Dans cette position, chaque seconde est un martyre. De plus, les mains liées dans le dos, elle ne peut que subir tous les outrages qu'on lui imposera, et un libertin en profite pour embrasser sa jolie tête en bas. Votre criminel ne s'est pas donné tout ce mal pour simplement habiller cette femme à sa guise et la faire tenir debout. Donc ma question est : où se cache l'idée maîtresse ?

— Oui… À l'autopsie, nous avons découvert un pénis cousu par l'assassin sur le sexe de cette victime.

Sade laisse libre cours à sa déception :

— Ses plaisirs ne sont pas exactement les miens.

— Son geste vous inspire-t-il une hypothèse ?

— Oui. Platon.

— J'attendais tout sauf Platon…

— C'est pourtant évident. Dans son texte *Le Banquet*, Platon évoque le mythe de l'androgyne, selon lequel il existait autrefois trois sortes d'humains : les hommes doubles, les femmes doubles et les androgynes, eux homme et femme. Chacun de ces êtres était complet. Se suffisant à lui-même, il n'avait nul besoin de chercher l'amour auprès d'une autre personne. Mais les dieux, excédés par l'orgueil des humains, les punirent en les coupant en deux. Depuis lors, nous sommes tous condamnés à chercher notre moitié perdue, afin de retrouver la complétude originelle.

— Un homme et une femme réunis pour ne faire qu'un…

Alors ce serait ça, l'objet de sa monomanie ? Sa « fusion » avec cette femme qui l'obsède… Et comment l'imagine-t-il, cette « réunion ultime » de leurs deux êtres ?

Le marquis se désintéresse déjà des gravures. Ses anciens plaisirs n'ont plus aucune saveur, les nouveaux le lassent de plus en plus vite. Il lui faut toujours surenchérir pour se surprendre. Le monde est devenu un bonbon resucé.

— Ce n'est qu'une supposition, docteur. Voilà tout ce que je peux vous dire.

— Je vous remercie. Si je découvre un jour la réponse à ce mystère, je viendrai vous en faire part.

Tandis que Dalvers se lève, Sade le retient un instant par la main.

— Un conseil… Lorsque cet homme trouvera enfin la femme qu'il pense être sa moitié, tâchez de ne pas venir vous placer entre eux. Parce qu'il exterminera sans pitié tous ceux qui se mettront en travers de ces « retrouvailles ».

Chapitre 13

Campagne espagnole, décembre 1807

Dans la matinée, un vent d'ouest s'est levé, cinglant. Son souffle, pareil à une morsure, meurtrit les joues, gerce les lèvres et transforme les doigts en bâtons de glace. Il siffle et pousse des gémissements de harpie, assourdissant les hommes et affolant les bêtes. Les nuages s'accumulent comme une coulée de boue noire. Le ciel s'obscurcit si vite que l'on pourrait croire à une éclipse. La neige se met à tomber, blanchissant les sommets de la sierra de Guadarrama. Or c'est justement là-haut qu'il leur faut aller.

« C'est un piège ! Ils vont nous attirer dans un défilé dont ils tiendront les hauteurs, a averti Vorace. Ou alors, ils feront semblant de traiter avec nous, ils nous laisseront repartir et ils pisteront nos empreintes pour nous tomber dessus durant la nuit ! » Sergemont n'a rien voulu savoir. Comme il l'avait prévu, il a été facile de trouver des religieux anti-Français. Se faisant passer pour un trafiquant d'armes, il a réussi à les convaincre d'organiser cette rencontre avec la bande du Loyal, un groupe d'une cinquantaine de rebelles. Pour un début, c'est parfait ! Aussitôt la tempête apaisée, il accepte de suivre l'homme qui prétend vouloir le mettre en contact avec ces insurgés.

Sa petite troupe progresse sur des chemins de montagne, pataugeant dans la neige, enchaînant les montées abruptes et les descentes dans des goulets engorgés par les coulées. Pour seule rencontre, ils croisent un troupeau de moutons transis, pressés vers un village en contrebas par un berger maudissant cet hiver précoce. Cet homme comprend tout de suite qu'il a affaire à des Français. S'exprimant dans un dialecte du cru, il interroge son compatriote qui les guide. Celui-ci lui répond dans la même langue et les deux Espagnols s'esclaffent. Sergemont s'imagine que la réponse doit ressembler à : « Qu'est-ce que je fais avec ces gens-là ? Toi, tu mènes tes moutons à la bergerie, moi, j'emmène les miens à l'abattoir. »

Au fond d'une vallée encaissée, ils se retrouvent face à une étendue de glace. Les bourrasques ont chassé la neige, révélant une surface bleutée qui contraste avec les blancheurs environnantes et le ciel devenu d'un gris perle lumineux. Leur guide leur certifie qu'il s'agit là du seul chemin praticable, une avalanche ayant enseveli le sentier habituel. Sergemont décide de poursuivre. Les hommes et les bêtes peinent, les mulets rechignent, un cheval perd l'équilibre et se blesse, on doit l'abattre. Vorace ordonne à l'avant-garde de tailler des encoches à la hache. Grâce à cette échelle horizontale, on parvient à avancer avec plus de stabilité. Mais la progression, si lente, est exaspérante ! Le vent glisse sur la glace et s'écoule sans obstacle. Les mercenaires ont l'impression de remonter le cours d'une rivière invisible dont l'eau leur réfrigère les jambes. Sergemont observe l'étendue translucide sous ses pas, tentant d'apercevoir des poissons, une vie s'agitant là-dessous. Est-ce là le piège fatal redouté par Vorace ? Peut-être que leur guide les mène à la mort. Aussi bien, dans un instant, ce fourbe va s'enfuir. La surface commencera à se fissurer, à se craqueler… Ce sera la panique. Les uns tenteront de rebrousser chemin, les autres emboîteront le pas au fuyard, d'autres encore se précipiteront vers les rochers les plus proches. Dans un fracas assourdissant, la glace se brisera et les eaux les engloutiront. Hommes, bêtes, tous sombreront. Ils se débattront, épouvantés, avant de finir par s'immobiliser comme on s'endort, et ils viendront s'allonger sur le fond, parmi les plantes aquatiques et les truites, formant un tapis de noyés plongés dans un profond sommeil aqueux.

Lorsqu'ils s'extirpent enfin de cet enfer, c'est pour se jeter dans les bras d'un autre : une étroite ligne de crête. Aux pires endroits, le chemin les transforme en funambules, tandis que la bise les cingle et les déstabilise. Le moindre faux pas, d'un côté ou de l'autre, précipiterait le malheureux sur une forte pente, déclenchant une coulée de neige qui se transformerait en avalanche. Depuis ces hauteurs, ils peuvent constater que la tempête n'a accablé que la sierra. Au loin, dans toutes les directions, les terres ont conservé leurs couleurs. Si bien que tous ont l'impression d'être venus s'aventurer dans le pire endroit du monde.

Finalement, ils atteignent une combe cernée par des pins blanchis. Les insurgés les y attendent, abrités dans des cahutes de branchages, ou bien dans une grotte où sont rassemblées leurs montures.

À l'exception des meneurs, ils sont vêtus de leurs habits ordinaires, pantalons rapiécés, manteaux en peau de mouton, couvertures jetées sur les épaules… Ces combattants semblent déterminés, mais ils sont armés de fusils hors d'âge, pétoires piteuses. Pour aussi misérable que soit leur allure, aucune armée ne réussirait à les déloger de ce nid d'aigle.

Leur chef est un ancien officier des carabiniers royaux. Le jour où les premières troupes françaises ont pénétré en Espagne, il a déserté. Son uniforme bleu à parements écarlates, il l'a teint en noir, en proclamant qu'il portait désormais le deuil de l'Espagne libre. Ayant décrété qu'il avait « trahi les traîtres qui ont vendu l'Espagne à la France », il a pris pour nom de guerre « le Loyal ».

Celui-ci leur impose d'attendre, il a plus important à faire : plaisanter avec les siens autour d'un feu, se réchauffer avec une boisson chaude, compter les flocons… Les Français peinent à retrouver leur souffle. On dirait des naufragés titubant sur une plage de neige.

Vorace s'approche de Sergemont.

— Je suis persuadé que, pour arriver jusqu'ici, il existe plusieurs autres chemins moins épuisants.

— C'est aussi mon avis.

En parlant, tous deux libèrent de grandes quantités de vapeur, comme s'ils brûlaient de l'intérieur.

— Ça sent la malemort… Pourquoi sommes-nous encore en vie ?

— Tout simplement parce que nous leur avons fait savoir que nous avons enterré notre cargaison d'armes. En outre, leur chef veut peut-être d'abord entendre ce que je vais lui proposer, ensuite il arrêtera sa décision.

— Vous avez ce calme insouciant des gens trop confiants…

— C'est plutôt vous qui n'avez pas assez confiance en moi… Vous allez assister à l'un de mes miracles. D'ici quelques jours, je les tiendrai tous dans la main !

— C'est à voir… Mais, pour l'heure, ce sont eux qui nous tiennent.

— Si vous êtes si inquiet, pourquoi continuez-vous à me suivre ?

— Parce que j'ai connu pire, tout en étant infiniment moins bien payé ! L'Égypte, où j'ai failli crever de soif. Iéna, sabré au bras. Eylau, désarçonné et piétiné. Ensuite, j'ai dû ramper dans la neige, blessé et glacé, pour rejoindre nos lignes. Et, pour prix de mes mérites, qu'ai-je obtenu ? Jusqu'où me suis-je élevé ? Général ? Non, capitaine à deux mille cinq cents francs l'année !

— L'armée a sous-évalué vos talents, tant pis pour elle. Moi, je vous estime à votre juste valeur. Voilà pourquoi je vous paie comme un prince.

— Et tant qu'il en sera ainsi, je serai là.

Malgré son épais manteau en fourrure de renard, Sergemont grelotte. Les insurgés ne se privent pas de rire de son accoutrement, tout en se demandant à quelle espèce peut bien appartenir cette bête qu'ils viennent de braconner. De la main, le Loyal l'invite à le rejoindre près du feu, mais il précise quelque chose dans un castillan rocailleux.

— Seulement les chefs, traduit l'un des interprètes basques.

Accompagné de Vorace et de ses deux autres meneurs, Sergemont marche à la rencontre du Loyal et de ses adjoints, d'anciens officiers de cavalerie comme lui, aux uniformes usés par les intempéries. Arrivé devant le foyer, il découvre deux soldats français suppliciés, que les arbres lui avaient cachés jusque-là. Ces prisonniers sont attachés en croix aux troncs, leurs corps comme des X. On ne leur a laissé que leur pantalon de fantassin. Leur torse est strié de lacérations au couteau. Frigorifiée par les bourrasques, leur peau a pris une couleur bleutée, leurs plaies sont recouvertes de glace rouge. On pourrait les croire morts, mais pas du tout. Quand le froid est sur le point de les achever, un insurgé prend une torche et s'approche d'eux pour les réchauffer. Leur teint livide se recolore, le sang gelé fond, les blessures se remettent à saigner, ils retrouvent la force de grelotter et gémissent, l'enfer recommence… Ils gèlent ainsi sans fin.

Les rebelles espéraient sans doute effrayer Sergemont, afin de mieux négocier. Avec étonnement, ils voient celui-ci s'approcher de ces victimes, intéressé comme s'il découvrait une coutume locale. Du doigt, il touche la poitrine du plus jeune, aussi froide qu'un tombeau et qui se hérisse de chair de poule, comme si la peau réagissait à cette maigre source de chaleur. Cela le captive. Il a l'impression de ressusciter un mort, ou bien d'animer une statue de cire. Il songe à son écorché de Fragonard. Pourrait-on traiter ces prisonniers de la sorte, mais sans qu'ils en meurent ?

— Ce pays me plaît de plus en plus ! annonce-t-il, tout guilleret.

Une fois assis autour du feu, les tractations commencent. Sergemont joue son rôle à merveille, marchand sans scrupule, profiteur enthousiaste. Les fusils, il les offre ! Et, dans quelques jours, il en procurera encore plus, ainsi que des chevaux ! On le paiera plus tard, sur le dos des convois impériaux pillés. Ces mots amusent le chef rebelle, qui répète en hochant la tête : « Je vous paierai plus tard, oui, c'est bien comme ça. » Sergemont explique que, s'ils tombent d'accord pour s'associer, sa troupe repartira avec quelques insurgés et les conduira jusqu'aux armes. Le Loyal pose des questions, cherchant à déceler un piège. « Pourquoi prenez-vous autant de risques ? Comment pouvez-vous être sûr que je tiendrai parole ? Ne craignez-vous pas que je donne l'ordre aux miens de vous massacrer ? » Mais le Français a réponse à tout. Il se fait passer pour un cupide prêt à braver tous les dangers. L'Espagnol commence à croire qu'il a mis la main sur un pigeon bien gras et bien juteux. En réalité, Sergemont se délecte. Mystifier et manipuler sont deux de ses talents. S'il n'était pas d'un naturel aussi solitaire, il aurait pu s'amuser à rouler tout Paris.

Vorace demeure impassible. Les deux captifs torturés ? La guerre, ses horreurs et ses désastres, il a l'habitude. Même si cela le touche encore, il pense à son argent et il oublie. La menace que représentent ces insurgés ? Ceux-ci ont choisi de négocier, donc, pour le moment, dans cette combe, il saurait faire face. Ses hommes sont surarmés et aguerris, tout comme les autres mercenaires recrutés par son employeur. Les rebelles ne déclencheront pas les hostilités ici, car ils savent qu'ils auraient beaucoup à perdre et trop peu à prendre. Reste à espérer qu'on va réussir à les convaincre de ne pas attaquer sur le chemin du retour… Finalement, de manière paradoxale, ce qui l'inquiète le plus, c'est l'homme qu'il a choisi de servir. Ce Sergemont n'est pas le riche capricieux qu'il croyait, un enfant trop gâté par la vie, non, c'est un être machiavélique et à la pensée insaisissable.

Vorace présente les quelques exemplaires de leur cargaison qu'ils ont transportés jusqu'ici, des sabres, des pistolets et des carabines de cavalerie. Ces dernières ont été démontées, pour être plus facilement dissimulées dans leurs bagages. Avec dextérité, il assemble les pièces de l'une de ces armes et la remet au Loyal. Celui-ci prend le temps d'en inspecter chaque détail.

Les négociations se passent pour le mieux, puisque tout est à l'avantage des Espagnols. De temps en temps, le chef des rebelles échange quelques mots avec ses officiers, dans ce dialecte montagnard que les interprètes ne connaissent pas. Pendant ces moments-là, Sergemont tend les mains vers les flammes pour se réchauffer, et observe les torturés en essayant d'imaginer ce qu'ils ressentent. S'adressant au chef, il dit de but en blanc :

— C'est une riche idée, d'avoir teint vos habits en noir ! Vos hommes devraient faire la même chose, ainsi la couleur ferait office d'uniforme. Ce serait à la fois plus harmonieux et plus effrayant. Vous pourriez vous surnommer « la Chasse noire ».

Le Basque hésite à traduire, le Loyal insiste :

— Qu'est-ce qu'il a dit ? Il a parlé de moi ?

L'interprète s'exécute. Ce commentaire suscite la surprise, puis des rires. On le prend pour un imbécile.

Sergemont ne s'en offusque pas. *Riez, riez tant que vous voulez. Avant peu, vous me mangerez tous dans la main comme des moineaux*, songe-t-il. Changeant de sujet, il demande :

— Dans la région, il paraît qu'il y a une autre bande, celle de l'Ogre. J'aimerais aussi rencontrer cet homme, pour lui proposer la même affaire. Vous le connaissez ?

— Oui, je le connais. Mais, lui, il est fou.

— Parfait ! Je m'entends mieux avec les fous. Pouvez-vous m'organiser une entrevue ? Vous n'aurez rien à partager avec sa troupe, toute la cargaison d'aujourd'hui est pour vous. La prochaine fois, j'apporterai deux fois plus d'armes, et tout le monde sera satisfait.

— Si vous voulez. S'il accepte…

— Est-ce possible dès aujourd'hui ? Ou demain ?

— Pas de problème. Vous êtes bien pressé…

— Oui, c'est vrai.

Parce que ce que je veux accomplir est immense...

Après de nouvelles discussions avec ses adjoints, le Loyal conclut :

— Nous acceptons votre proposition d'alliance.

— Voilà qui me ravit ! Pour fêter cela, trinquons tous ensemble !

Tandis que l'interprète traduit, Sergemont adresse des signes à l'un de ses hommes, qui approche avec un mulet chargé d'outres de vin, recouvertes de fourrures pour les protéger du gel. Les rebelles changent d'attitude, les voilà sur le qui-vive. Ils craignent que ces Français ne les empoisonnent. Sergemont leur annonce :

— Si cela ne vous offense pas, nous allons boire les premiers, ensuite nous trinquerons. Notre périple dans la neige nous a assoiffés…

Le vin est servi dans des gobelets de campagne. Sergemont boit à trois reprises, en utilisant chaque fois une outre différente. Plusieurs de ses hommes avalent de belles rasades. Seuls Vorace et son groupe s'abstiennent, mais les Espagnols, rassurés, n'y prêtent pas attention, et acceptent qu'on emplisse leurs bols en bois.

Sergemont lève son récipient, les chefs espagnols l'imitent.

— Pour fêter notre association, je vous fais cadeau de cette cargaison de vin. À notre coopération ! Santé !

Aussitôt ces mots traduits, passé un instant de surprise, le Loyal sourit et répond :

— Oui ! À nos affaires, et la bonne santé pour nous tous !

Puis il tente de maîtriser un fou rire. Malgré ses efforts, le voilà qui se met à rire à gorge déployée. Ses pensées sont transparentes : il exterminera Sergemont et ses hommes lors de leur prochaine rencontre. Alors, entendre ce Français lui souhaiter la santé, c'est vraiment trop drôle ! Cet énergumène, il se le figure comme une poule qui se précipiterait vers un fermier armé d'un couteau, tendant le cou à l'égorgement en s'imaginant recevoir des graines ! Rassurés de voir leurs chefs trinquer, ce qui signifie que le massacre est reporté à la prochaine fois, les autres rebelles se réjouissent et finissent par basculer à leur tour dans l'hilarité. Ils rient, ils rient, et au spectacle des visages inquiets des Français, ils s'esclaffent de plus belle ! Ce vacarme se répercute en écho, un berger passant dans la vallée pourrait croire que c'est la montagne elle-même qui rit. Bien sûr, Sergemont a deviné les intentions de ses nouveaux « partenaires ». Il se met à rire lui aussi, exaltant la jubilation des insurgés qui songent : *Vraiment, où a-t-on déniché ce merveilleux couillon ?* Ayant enfin réussi à se maîtriser, le Loyal peut commencer à boire. Mais il avale par petites gorgées, forcé de s'arrêter pour laisser filer quelques rires incrédules, encore sidéré par ce qu'il considère comme un incroyable coup de chance. Sergemont continue de laisser libre cours à sa joie, si bien qu'ils ressemblent à deux escrocs trinquant ensemble, chacun étant persuadé de rouler l'autre. Le vin, épais, boisé et capiteux, dissimule à merveille la substance qu'il y a versée.

Chapitre 14

Campagne espagnole, février 1808

— Aux armes, le 30ᵉ ! C'est la Chasse sauvage, voilà les Furieuses !

Tirés par l'arrière-garde, les coups de feu d'alarme font tressaillir la colonne. Le capitaine Rogeux se presse vers la menace, remontant au trot la longue file de chariots. Harassés par des heures de marche, couverts de poussière, ses soldats tardent à réagir. Jusqu'à présent, on avait réussi à progresser en bon ordre. Mais la route s'est resserrée pour grimper à flanc de colline, et les hommes et les attelages se sont enchevêtrés. Leur troupe n'est plus qu'une limace qui se traîne entre ciel et ravin.

Il aperçoit l'ennemi. Déjà si près ? Le terrain vallonné leur a permis de s'approcher sans être repérés. La masse de leurs cavaliers ressemble à une étendue liquide qui s'écoule à vive allure. Elle dévale une pente, disparaît dans le creux, réapparaît sur la crête suivante qu'elle submerge aussitôt et fonce sur l'arrière-garde. Des fusiliers ouvrent le feu, désarçonnant les assaillants de tête. D'autres épaulent à leur tour, mais sont percutés par les poitrails des chevaux et expédiés à terre ; on voit leurs bras se tendre en vain tandis que les sabots les piétinent. L'impétuosité de ces rebelles est sidérante, ils déferlent au galop en hurlant : « Yiiiiiiiiiiiiiiiiiiii ! » Ce cri de guerre strident vous déchire l'âme comme une feuille de papier. C'est l'une de leurs signatures : ce sont bien les Furieuses, une bande d'insurgés qui veulent chasser les Français hors d'Espagne. Les rangs des défenseurs sont parcourus de remous contradictoires. Embusqués derrière des pins et des rochers, des francs-tireurs les accablent depuis l'autre pente du ravin. Atteinte à l'encolure, la monture de Rogeux bascule sur le flanc, de justesse son cavalier dégage ses pieds des étriers pour se laisser tomber de l'autre côté. Piétinant et sabrant, la cavalerie ennemie a déjà dévoré l'arrière-garde, les rebelles sont en train de remonter toute la colonne. Les Français se gênent les uns les autres pour tirer. Des soldats se jettent sous les chariots pour s'abriter, mais les bœufs, épouvantés, tentent de fuir, et les roues broient ceux qui sont venus se terrer là. Quelques attelages affolés, bloqués par l'embouteillage et incapables de remonter la pente trop raide sur leur gauche, s'échappent par la droite. Ils s'engagent dans la descente, mais les chariots chargés de vivres, entraînés par leur poids, accélèrent, percutent les animaux, et l'ensemble bascule en un pêle-mêle qui dévale la pente à grand fracas.

L'ennemi est déjà sur lui ! D'un coup de pistolet, Rogeux abat un cheval qui s'effondre, tête la première, roule sur lui-même en écrasant son cavalier, et finit sa course à ses pieds. Se plaçant à l'abri derrière la dépouille, il recharge son arme. Les coups de feu crépitent autour de lui. L'un de ses hommes vise un *garrochista*, les bouviers de ce pays, mais le lancier le prend de vitesse et l'embroche. « Yiiiiiiiiiiiiiiiiiii ! », leur cri est insupportable ! On dirait la pointe d'un couteau crissant sur un miroir.

Des soldats se regroupent autour de ce capitaine, formant un bastion hérissé de pointes de baïonnettes. Les rebelles tentent de lancer leurs chevaux contre ce point de résistance, pour le percuter de plein fouet. Mais les montures évitent l'obstacle au dernier moment, ou bien elles se cabrent et désarçonnent leurs cavaliers, que les Français transpercent avant qu'ils ne se relèvent. Un assaillant réussit cependant à faire irruption au milieu de ce groupe. Flamboyant dans son uniforme de carabinier royal teint en noir, il incarne l'élite de cette armée infernale. Trois baïonnettes lui trouent le ventre, mais il ne semble pas ressentir la douleur ! Sabre haut levé, il frappe, fracassant la tête d'un fusilier. De nouveau on le plante, de face, de flanc, de dos ! Mais lui, d'un vicieux coup de lame horizontal, tranche les yeux d'un adversaire, puis il abat son arme sur un autre soldat, avec une telle violence qu'il le fend de la clavicule jusqu'au cœur. Empoignant son fusil par le canon, un grenadier lui expédie un coup de crosse qui le désarçonne. À terre, l'enragé attaque encore et tranche une cheville, un tir au cœur l'achève. *Chacun d'eux, il va falloir le tuer dix fois, comme celui-là ?* songe Rogeux, sidéré. Autour de lui, les rescapés parent les coups de lance et de sabre avec leurs fusils, et tentent de planter les cavaliers ou leurs chevaux.

Les insurgés les dépassent maintenant par la gauche et continuent à charger la colonne en pleine confusion. Vêtus de noir et emportés par la vitesse de leur galop, ils ressemblent à une nuée de corbeaux les frôlant à tire-d'aile. L'arrière-garde de cette cavalerie est composée de *garrochistas*. Eux aussi contournent ces Français trop coriaces, mais ils s'arrêtent et attaquent le chariot le plus proche. Ils transpercent le conducteur et son aide, puis font faire demi-tour à l'attelage. Aussitôt la manœuvre achevée, ils piquent les croupes des bœufs. Les bêtes, emballées et mugissantes, dévalent la route avec leur chariot. Cette masse vient percuter les fusiliers qui sont renversés, piétinés et broyés. Dans la bousculade des fuyards, Rogeux est jeté dans la poussière. Le temps qu'il se relève, le vide s'est fait autour de lui.

En un clin d'œil, il évalue la situation. La cavalcade continue de ravager leur colonne, s'éloignant de lui. On dirait une meute de loups dévastant un troupeau de moutons ! Malheureusement, ce n'est que la première vague. Un autre groupe, fort d'une centaine de cavaliers, se tient immobile, couronnant une crête. Vont-ils emboîter le pas aux premiers assaillants ? Ou bien est-ce que leur troupe de tête va faire demi-tour pour lancer une deuxième charge, mais en sens inverse ? Sur sa droite, le terrain descend abruptement vers une rivière. Quelques-uns de ses hommes s'enfuient par là, au milieu de mules chargées de caisses de munitions. Ils tentent d'atteindre les arbres foisonnant le long des berges. Mais leurs silhouettes à découvert offrent des cibles faciles. Les tireurs embusqués les cueillent les uns après les autres. La plupart de ses soldats se replient sur la gauche. Ils sont plus d'une centaine à se presser dans les broussailles. Ils montent vers le sommet de cette colline. Depuis cette position dominante, s'ils ne cèdent pas à la panique, ils pourront constituer un point de défense. Rogeux s'élance donc de ce côté-là.

— Ripostez ! Ne vous laissez pas tirer comme des lapins ! s'époumone-t-il.

Des chasseurs du 9e léger se ressaisissent et mettent l'ennemi en joue. Mais que fichent-ils là, ceux-là ? Ils formaient l'avant-garde du convoi ! Des insurgés se sont attardés sur la route. Certains sont empêtrés dans des corps à corps. D'autres, juchés sur leurs chevaux immobiles, fauchent les fuyards à la carabine. Les balles françaises s'abattent sur eux, quelques-uns tressaillent et tombent, les autres tournent bride et se replient.

La deuxième vague se tient toujours immobile. Cette menace devient de plus en plus oppressante. Elle ressemble à ces orages qui noircissent le ciel, mais tardent à éclater. Le groupe de tête, lui, a réussi à traverser toute la colonne. Maintenant, massé au sommet d'un plateau desséché, il tournoie sur lui-même dans la plus grande confusion. Ce n'est plus qu'un tourbillon de poussière, une tornade qui consume inutilement sa puissance. Pour tenter de rétablir l'ordre, leur chef, un moine au visage marqué d'une cicatrice et aux pieds ensanglantés, galope en brandissant un crucifix. Il désigne le point de ralliement, là où se tiennent des porte-drapeaux dont les bannières noires claquent au vent. Ses efforts demeurent vains. Des chevaux s'en vont on ne sait où, d'autres se cabrent et ruent. Quelques rebelles impétueux reviennent charger le convoi en solitaire, et les rescapés restés sur le chemin les abattent sans peine.

De la deuxième vague se détache un colosse. Celui-là, on le connaît de réputation, c'est l'Ogre, un ancien boucher ambulant. Le voilà qui brandit un hachoir. À ce signal, ses cavaliers commencent à approcher au trot.

Rogeux se presse. Un sifflement le frôle, frelon mortel. Cette balle l'a manqué de peu… Il a presque atteint la crête. Mais, là-haut, la ligne de résistance ne se matérialise toujours pas. Pourvu que ce ne soit pas la débandade !

La première vague continue de s'épuiser dans sa rage incontrôlable. On dirait un chien tournant sur lui-même pour tenter de se mordre la queue ! Seuls quelques cavaliers ont réussi à maîtriser leur monture. S'étant regroupés avec leur chef autour de leurs drapeaux noirs, ils lancent une nouvelle charge sur la colonne devenue un ver de terre coupé en morceaux. La deuxième cavalerie vire pour venir remonter le long de la pente gauche. Se déployant en ligne, ces insurgés vont ratisser le terrain.

Rejoignant enfin le sommet, Rogeux s'immobilise au pied d'un à-pic. Il n'y a pas de colline, de chemin ni même de passage ! Seulement le vide. Au fond de ce canyon, une rivière d'un bleu verdoyant trace un parcours sinueux bordé de blocs calcaires. Par dizaines, ses soldats sont étendus là, corps désarticulés rompus sur les rochers. Dans la panique aveugle de leur fuite, certains ont enjambé l'abîme comme on rate la marche d'un escalier. D'autres tentent la désescalade, mais, au premier faux mouvement, on les voit partir en arrière. Les bras gesticulants, ils tombent comme des masses et vont se briser les os sur les surplombs. Certains heurtent la paroi, rebondissent, la percutent de nouveau, poursuivent leur chute et achèvent leur course sur les rives. Mais quelques chanceux, ayant trouvé un moyen de descendre, ont atteint vivants la rivière ! Ils y nagent au milieu des noyés, emportés loin d'ici par le courant.

Fixer cet abîme commence à lui donner le vertige. Rogeux a l'impression que son âme plonge déjà, et, si ça continue, elle va finir par entraîner son corps… Se retournant, il cherche une autre échappatoire. Mais la deuxième vague remonte toujours vers eux, au trot, sabres brandis.

— Défendez-vous ! lance-t-il pour ranimer les derniers soldats qui l'entourent.

Un grenadier épaule, mais un caporal fonçant droit devant lui, les yeux écarquillés par la terreur, le percute tout en se précipitant dans le vide. Les deux hommes chutent en hurlant et vont à leur tour se disloquer sur les roches. Dos à la falaise, des fusiliers se sont ressaisis et font le coup de feu. Un cheval se cabre et tombe en arrière, le voilà qui dévale la pente en roulant sur lui-même, écrasant son cavalier piégé par ses étriers. « Yiiiiiiiiiiiiiiiiiiii ! », leur maudit cri suraigu se rapproche. Avec leurs vêtements noirs, ces combattants ont presque l'air surnaturels. Ils ont massacré tant de fuyards que leurs montures sont éclaboussées de sang. On dirait des êtres de cauchemar perchés sur des chevaux rouges.

Ils ne sont plus que quinze Français face à une centaine d'insurgés. On se fusille à courte distance. L'ennemi ralentit et progresse maintenant au pas, donc ces rebelles connaissent l'existence de cette falaise, puisqu'ils ne peuvent pas encore la voir ! Leur chef a conçu cette embuscade avec la minutie d'un joueur d'échecs. Voici venir le dernier coup… Les *garrochistas* abaissent leurs piques. Ils vont percer les

Français, ou bien les repousser dans le vide comme du bétail que l'on presse vers l'abattoir.

Un jeune tambour jette son instrument et court vers l'ennemi avant de faire demi-tour. Revenant à toutes jambes, il s'élance dans le vide en un bond prodigieux. Rogeux ne peut s'empêcher de jeter un coup d'œil. À sa grande surprise, il voit l'adolescent atteindre la rivière dans des gerbes d'éclaboussures ! C'est une chute de vingt mètres, mais le garçon refait surface et entreprend de nager vers l'autre rive. Alors c'est possible ! On peut y arriver !

Les piques se rapprochent, couvertes par des tireurs qui abattent les Français tentant de mettre en joue. Une femme a rejoint le premier rang et chevauche aux côtés de l'Ogre. Voilà la Reine Sorcière, la célèbre meneuse de la Chasse sauvage. On la reconnaît à sa somptueuse robe noire brodée de fleurs. Agités par le vent, ses longs cheveux blond-roux se contorsionnent comme des serpents et lui font une tête de Méduse. Elle s'exclame :

— En avant, mes Furieuses ! Chasse ! Chasse ! Carnage !

Rogeux n'en revient pas : elle s'est exprimée en français, sans aucun accent… Elle est française ! Les Furieuses hurlent de plus belle leur cri insupportable. C'est maintenant lui qu'elle regarde, attirée par ses épaulettes d'officier. Elle lance un objet dans sa direction, il voit tomber à ses pieds une poupée de chiffon vêtue d'une robe noire. Il s'agit d'un autre de leurs symboles, la signature de leurs crimes. Cette poupée de malheur lui annonce sa mort imminente…

Son pistolet étant déchargé, il a empoigné son sabre. Il se précipite vers la Sorcière pour la percer au cœur, il mourra en héros en entraînant cette diablesse en enfer ! Des carabines le visent. Se ravisant presque malgré lui, il jette sa lame à terre et fait demi-tour. Maintenant, il court à perdre haleine vers le vide. Puisque c'est possible, lui aussi peut y arriver ! L'ennemi, cruel, retient ses balles. On préfère jouir de ce spectacle, et parier sur son succès ou son malheur. Donnant toute l'impulsion dont il est capable, Rogeux bondit dans l'abîme. Sa course bascule, sa chute s'accélère, l'air siffle de plus en plus fort à ses oreilles. Là-bas en contrebas, la rivière grandit, enfle et se déploie, miroitant comme la porte du paradis.

Chapitre 15

Paris, avril 1808

Les locaux de la faculté de médecine manquant de place, on a annexé l'ancien couvent des Cordeliers. Déchu avec l'Ancien Régime, celui-ci est en cours de démolition. On y construit six pavillons d'anatomie, mais les travaux ont pris du retard. Tout Paris n'est plus qu'un chantier chaotique mélangeant l'ancien à moitié détruit et le nouveau à moitié construit. En attendant les futurs bâtiments, les autopsies médicales ont lieu dans l'ancienne salle de théologie. Ici, désormais, pour découvrir la vérité, on ne cherche plus dans la Bible mais dans les corps ouverts…

Depuis les gradins aménagés en amphithéâtre, une soixantaine de médecins assistent au cours du docteur Souget. Dalvers se trouve dans l'assistance. Arrivé en retard, il se tient au dernier rang, si près du plafond qu'il doit demeurer voûté. Captivé, il regarde. Souget dissèque un homme blafard tout en décrivant ses techniques, il présente les organes, fait part de ses observations… Il s'attarde sur le cancer du rein, fatal. Puis il expose les similitudes de cette tumeur avec celles que l'on constate dans le cerveau. Des mains se lèvent, les questions pleuvent. Comment peut-on affirmer que ces tumeurs sont liées alors qu'il existe des différences anatomiques patentes ? Pourquoi n'envisage-t-on pas que les anomalies du tissu cérébral soient la cause première, et celle du rein la secondaire ? Comment le cancer parvient-il à se propager ? Bras brandi depuis plusieurs minutes, Dalvers est enfin autorisé à prendre la parole.

— Est-il possible que ces tumeurs cérébrales aient eu un lien avec les crimes de cet homme ?

Un tollé éclate, certains protestent, d'autres rient, mais cette hypothèse a aussi ses défenseurs. Souget tente de rétablir le calme.

— Messieurs, messieurs… Pour répondre à notre confrère aliéniste : en toute sincérité, je n'en sais rien.

— Mais tout de même, cette théorie s'argumente. J'ai lu les rapports d'enquête. Voilà un citoyen jamais accusé de quoi que ce soit, père de famille, ébéniste… Son épouse, ses enfants, ses apprentis, ses voisins : tous jurent qu'il n'avait jamais été violent. Et même au contraire : pas un mot plus haut que l'autre, pas de colères. Bref, un calme parmi les tranquilles. Octobre 1807 : il s'affole en découvrant qu'il urine du sang. Le médecin d'un dispensaire lui découvre une masse rénale à la palpation. La chirurgie s'impose, mais l'homme hésite. Novembre : il se blesse accidentellement à plusieurs reprises, ses gestes sont devenus maladroits, il commence à perdre la mémoire. Décembre : un client fait un esclandre dans l'atelier, celui-ci refuse de lui régler le solde d'une commande, prétendument parce que le bois serait de piètre qualité. Nous parlons d'une note de deux francs. Deux francs ! Alors ce commerçant, paisible toute sa vie, suit ce mauvais payeur jusque chez lui.

Et là, en quelques instants, à coups de ciseau à bois, il extermine le malhonnête et son épouse, puis la grand-mère qui vivait là, et les deux voisins intervenus en entendant les cris. En revanche, il épargne les enfants, terrorisés et tapis dans un coin. Pourquoi cette clémence en plein carnage ? Plus tard, lors de son procès, il répondra à cette question, avec une naïveté désarmante : « Parce que c'est gentil, les enfants. » Après la tuerie, trempé de sang de la tête aux pieds, il parcourt le chemin inverse, sans sembler remarquer qu'il sème l'épouvante dans les rues. Ensuite, le plus naturellement du monde, il reprend le travail ! Exactement comme s'il s'était contenté d'aller « pousser un coup de gueule ».

— Passons outre ! soupire quelqu'un.

— J'insiste ! Docteur Souget, pourriez-vous s'il vous plaît dresser la carte anatomique de ces tumeurs ?

— Oui, c'est ce que j'ai l'intention de faire, au cas où vous ne l'auriez pas remarqué… ironise le légiste en lui désignant les trois dessinateurs qui l'entourent.

Sélectionnés pour leur rigueur d'observation, ces artistes matérialisent au crayon et au pinceau ce que l'anatomiste leur indique. N'étant que partiellement rassuré, Dalvers objecte :

— Mais les représentations de l'encéphale sont souvent plus approximatives que celles des muscles, des os, des organes… Il nous faut l'exactitude d'un peintre naturaliste reproduisant les circonvolutions d'une noix, si je puis me permettre ce parallélisme morphologique…

— Vous voulez être certain que nos peintres représenteront fidèlement cette nature morte ? plaisante Souget en désignant le corps ouvert devant lui.

Nouveaux éclats de rire, mais d'autres spectateurs tapent du pied sur les planches, pour manifester leur mécontentement face à ces « divagations d'aliéniste ».

— Écoutons jusqu'au bout ce que notre confrère propose, tranche le légiste.

— J'ai l'intention de comparer les illustrations de cerveaux de criminels impliqués dans des affaires semblables, pour essayer de repérer des similitudes. Au Moyen Âge, on croyait que les « fous » l'étaient parce qu'ils avaient dans la tête une « graine de folie », d'où d'ailleurs l'expression « avoir un grain ». On sait aujourd'hui que cette théorie est fausse. Néanmoins, concernant le cas particulier de cet individu, ces tumeurs cérébrales sont peut-être effectivement des « graines de folie criminelle ».

Une fois de plus, la salle est submergée par le vacarme : huées et applaudissements, tonnerre des planches martelées, questions inaudibles... Souget peine à restaurer le calme.

— Mon ami Gabriel Dalvers peut surprendre par ses idées originales. Toutefois, j'ai confiance en lui. Laissons-le suivre ses propres chemins, hors des sentiers battus. J'accepte donc sa requête.

*

Au sortir du cours, Souget rejoint Dalvers, qui l'attendait dans le couloir. Ce dernier l'entraîne à l'écart, pour lui confier son dépit au sujet de son enquête.

— Ce criminel a commis quatre meurtres en quinze jours, et ensuite plus rien pendant six mois. Je crains qu'il ne soit en train de tuer ailleurs... Nos pistes ne mènent nulle part. J'y réfléchis, encore et encore, mais, finalement, mes pensées s'éparpillent et s'effilochent. Buter sur cette énigme, ça m'exaspère ! Je n'en ai pas dormi de la nuit.

— Mais qu'est-ce qui t'a pris, aussi, d'aller te jeter dans cet enfer ?

— Je veux comprendre !

— Ce n'est pas comme ça que tu vas retrouver le sommeil… Laisse les meurtres à la police, les guerres aux soldats, la pluie aux nuages, et occupe-toi uniquement de tes aliénés.

Tandis qu'ils s'engagent dans les anciens jardins du couvent, Dalvers a la surprise d'apercevoir Candelet flanqué d'Horace. L'inspecteur lui lance :

— Ah, vous voilà enfin ! À Charenton, on m'a dit que je vous trouverais ici. Votre petit crieur a identifié le couturier !

Rayonnant, l'enfant s'exclame :

— J'aye bien mérité mes vingt francs, moye !

Après l'avoir payé et félicité, Dalvers s'empresse de rejoindre Candelet, qui a pris place dans le fiacre de la police. De son côté, Horace s'éloigne en gambadant de joie. Pour un moment, il est redevenu un enfant insouciant qui fait des gamineries de son âge.

— Cet homme, Célestin Forgeat, ne possède pas de boutique. Voilà pourquoi il a été si difficile à débusquer. Il travaille exclusivement pour une petite clientèle privée. Sans votre gamin débrouillard, qui faisait le guet devant les théâtres, et qui a enfin remarqué une robe similaire, nous ne l'aurions toujours pas identifié. La dame n'a pas voulu répondre aux questions d'Horace. Alors celui-ci a couru me chercher à la préfecture. Je l'ai suivi et, à la fin du spectacle, j'ai pu interroger cette personne. En voyant les broderies florales de sa robe, j'ai été convaincu qu'il s'agissait bien de l'œuvre du même couturier.

Empruntant une rue non pavée, le véhicule s'enlise dans un mélange de boue et d'ordures. Le cocher hurle, le fouet claque. Les chevaux hennissent et pataugent de plus belle. Forçant tant et plus, ils finissent par dégager l'attelage. Subitement, le trot devient possible. Mais les sabots et les roues projettent des gerbes de fange sur les portes des maisons. Cela fera la bonne fortune des décrotteurs, qui gagnent leur vie en nettoyant les entrées.

— Tout cela, c'était hier soir. Je vous ai attendu pour le rencontrer. Cependant, j'ai déjà commencé à me renseigner sur lui. Ce n'est pas l'assassin que nous cherchons. Il possède des alibis, il se trouvait à l'hôpital Necker.

— Necker ? L'hôpital des enfants malades ?

— Sa fille y est régulièrement soignée. Elle souffre d'une corruption du sang. Durant ces périodes, il passe ses jours et ses nuits à coudre auprès d'elle.

Le fiacre s'enlise une fois de plus, Dalvers fulmine.

— Quittons ce navire échoué dans la boue et continuons à cheval. Prenons des montures à la préfecture de police.

— Non, patience... Ce cocher connaît son affaire. Je vais profiter de ce trajet pour vous faire part d'une histoire troublante. Cela concerne notre enquête, ou peut-être pas... À vrai dire, je ne sais qu'en penser. Il y a peu, je suis allé à l'infirmerie des Invalides, pour rendre visite à un vieil ami à moi, le capitaine Rogeux. Le malheur s'est abattu sur lui... Alors qu'il servait en Espagne, le convoi qu'il escortait est tombé dans une embuscade. Ses hommes ont été massacrés par une troupe d'insurgés. Lui a survécu, malgré une chute dans un ravin. Après de longs soins, l'armée a pu le rapatrier. Quand je l'ai vu, quelle peine… Il titubait sur ses béquilles, avec ses genoux tordus et son dos étrangement anguleux. Je ne l'ai même pas reconnu, parce que son visage fracturé s'est consolidé de manière difforme. J'étais bouleversé… Sans que je lui aie rien demandé, le voilà qui commence à me raconter cette attaque. Elle a été menée par une bande qui se fait appeler « la Chasse sauvage de la Reine Sorcière ». Ces rebelles harcèlent les environs de Madrid.

— Oui… Ce qui nous mène où ? s'impatiente Dalvers.

— Elle porte ce nom car sa meneuse est une femme vêtue d'une splendide robe noire brodée de fleurs. Une Française, qui plus est…

— Vraiment ?

— Évidemment, j'ai cru à une coïncidence. Mais, comme vous le savez, je ne néglige jamais aucun détail. Alors j'ai envoyé quérir l'un de mes adjoints, en le priant de m'apporter les illustrations, celles des robes et de la deuxième victime. Quand mon ami les a vues, il s'est mis à hurler : « C'est elle ! C'est elle ! » On aurait dit qu'il fixait le portrait de la femme du diable… Des infirmiers ont dû venir le maîtriser et le calmer au laudanum. Après avoir repris ses esprits, il m'a affirmé qu'il s'agissait d'une robe identique. Concernant la personne, en revanche, il n'était plus tout à fait sûr. Il n'a aperçu que brièvement cette femme. Tout ce qu'il a pu me dire, c'est qu'elle est blonde. Je lui ai demandé de me montrer quelqu'un ayant des cheveux d'une couleur similaire, et il m'a désigné un invalide d'un blond-roux assez proche de ce blond vénitien que nous connaissons.

— Quelle histoire singulière... Un tueur à Paris, une meneuse de rebelles en Espagne, et la robe noire qui les relierait ? J'ai du mal à y croire, mais j'irai quand même interroger ce capitaine.

— Non, vous ne le pourrez pas. Mon ami est mort. Il a mis fin à ses jours.

— Je suis sincèrement désolé.

— Je ne suis pas parvenu à me renseigner sur cette « reine » et sa bande d'insurgés. Pour cela, il faudrait que je rencontre des soldats de retour d'Espagne. Mais, pour le moment, les mouvements de troupes se font surtout dans l'autre sens, de la France vers la péninsule...

— Bon, mettons cela de côté pour le moment et concentrons-nous sur le couturier.

*

Après un trajet bringuebalant, bourbiers et nids-de-poule, embouteillages et pavés défoncés, ils parviennent enfin à destination. Dans un jeune faubourg encore cerné de prairies, la demeure de ce Forgeat se distingue par son jardin bien entretenu.

De la malle du fiacre, Candelet sort un grand havresac qu'il prend avec lui. Accueillis par un apprenti, ils sont conduits dans un bâtiment annexe. La pièce semble ouvrir sur un autre monde. Des mannequins en osier soutiennent des robes d'une beauté exquise. Ces silhouettes n'ayant ni tête ni bras, on a l'impression de croiser des fantômes se rendant à un bal. Les fleurs sont innombrables : en bouquets dans des vases, peintes sur les tableaux couvrant les murs… Sur une table de travail, des dahlias carmin sont posés à côté de broderies qui les reproduisent avec un mimétisme sidérant.

Tandis qu'il observe les nouveaux venus, Célestin Forgeat cligne plusieurs fois des yeux. Il a passé des heures à scruter des détails à la loupe pour les reproduire à l'aiguille, si bien que ces personnes lui paraissent ne pas être à la bonne échelle. Ce sont plutôt deux géants piétinant les fleurs de ses pensées. Candelet congédie l'assistant et explique le motif de leur venue. Le couturier se masse les paupières. Quand il pose de nouveau ses yeux sur le policier, il a le regard vague des aveugles.

— Moi ? J'aurais confectionné deux robes identiques ? C'est impossible, inspecteur. Chacune de mes créations est unique.

Candelet sort de son havresac l'une des deux robes noires.

— Pourtant, celle-ci, nous l'avons en double.

L'homme la lui prend vivement des mains.

— Incroyable ! Voyez-vous cela ? Celle-ci est fausse.

— Fausse ? Que voulez-vous dire ?

— C'est un travail de faussaire, quelqu'un a copié l'une de mes œuvres.

— Vous me prenez pour un imbécile ? J'ai fait examiner ce vêtement, figurez-vous. Il s'agit de véritable soie de Chine. La confection de chaque broderie a nécessité plusieurs heures…

— Oui, je le vois bien ! Ce faussaire est talentueux et il a utilisé des tissus précieux. Mais ce n'est pas là mon ouvrage. Et j'ai la prétention de considérer que ma maîtrise surpasse la sienne. Les broderies, en revanche, sont de moi.

— Expliquez-vous, parce que je ne comprends rien. Et quand je ne comprends rien, cela se termine toujours de la même manière : douze heures d'interrogatoire à la préfecture de police. J'ai des nouvelles recrues qui ont hâte d'apprendre le métier, elles se succéderont pour vous interroger.

Cette menace n'inquiète guère Forgeat. Il a cousu pour des épouses de généraux et de ministres. Il a le bras long. Quand son aiguille pique, elle inflige des blessures profondes.

— J'ai créé la robe originale. Quelqu'un en a réalisé une copie, ou même plusieurs, puisque vous en avez une deuxième. Mais mon talent réside dans mes broderies de fleurs. Sur ce point, personne ne m'égale !

Posées sur les mannequins, ses œuvres confirment ses dires avec éclat.

— Donc quelqu'un a acheté plusieurs de mes robes, pour en découdre les motifs et les replacer ici.

— Vous êtes sûr de ce que vous affirmez ?

— C'est comme si je me regardais dans une glace et que vous me demandiez si je suis certain de me reconnaître.

— Admettons… Avez-vous une idée de l'identité de ce faussaire ?

— Je ne reconnais pas là le style d'un confrère de ma connaissance. Il y a du savoir-faire, mais certaines coutures sont atypiques. Il s'agit peut-être d'un autodidacte.

— Je veux la liste de tous vos clients.

— N'y songez pas. Vous iriez les déranger, cela ferait ma ruine, et la vôtre…

Dalvers intervient :

— Nous souhaitons seulement connaître l'identité de la personne qui vous a acheté la robe originale. C'est une question de vie ou de mort.

Le couturier a les conjonctives rougies par ses heures de travail minutieux. Des larmes se mettent à couler de ses yeux blessés.

— Puisque vous m'avez apporté cette copie, il me paraît effectivement opportun que la cliente concernée soit avertie de cette histoire. Je vais retrouver son nom dans mes archives.

Tandis que Forgeat se met à fouiller dans un secrétaire, Candelet entraîne Dalvers à l'écart pour lui murmurer d'un ton irrité :

— Qu'est-ce qui vous prend, de me contredire ? Je veux la liste de tous ses clients !

— C'est inutile. Le tueur a dû payer deux femmes pour que celles-ci passent commande sous un faux nom. Ensuite, il a fait appel à un autre couturier, ou bien il a confectionné lui-même ces robes noires. Nous savons qu'il est doué en couture, mon ami Souget nous l'a affirmé. Alors allons à l'essentiel ! Dès que nous connaîtrons l'identité de cette cliente, nous nous rendrons chez elle. Nous irons plus vite à cheval. Votre fiacre va nous conduire au relais de poste le plus proche, et nous réquisitionnerons des montures.

Forgeat étale des liasses de feuilles sur une table. Il doit plisser les paupières pour déchiffrer ses gribouillis. Sorti de son microcosme de la couture, il semble perdu. Observant le jardin par les fenêtres, Dalvers aperçoit une fillette assise au milieu des violettes et des fougères. Elle s'amuse du spectacle des hirondelles, qui sautillent sur la margelle d'un bassin. La délaissant, il se rapproche d'une tenue qui l'intrigue. Portée par un mannequin, on y voit, sur le vert de la soie, des fougères se dressant au-dessus de dizaines de violettes. Remarquant son intérêt, le couturier précise :

— Celle-ci n'est pas à vendre, monsieur. Ce vêtement est pour ma fille, qui est malade. Lorsqu'elle va bien, elle passe son temps juste là, autour de mon atelier. Elle se promène et cueille des fleurs, ou elle se repose. Quand elle doit séjourner à l'hôpital, elle se languit de la nature. Alors je lui couds un jardin.

Avec fierté, il brandit une feuille, avant de lire :

— « Mai 1804 : robe noire au bleuet, Mlle Clarisse Manchelain. » Le nom de « Manchelain » et l'adresse sont rayés, et j'ai noté de nouvelles informations : « 1806 : épouse M. Reuty, commissaire des guerres. Nouvelle adresse : château de Valdevent, deux lieues au nord-ouest de Paris, près de Coulombe. »

Chapitre 16

Campagne aux environs de Paris, avril 1808

Emportés par l'impatience, tous deux filent au galop jusqu'à Valdevent. Cravachant sa monture, Dalvers dévore les distances, les flaques explosent sous ses sabots, les arbres défilent. Candelet s'est calé sur ce rythme éperdu. Durant les deux dernières lieues, tandis que des paysans se précipitent à l'abri sur le bas-côté, le médecin hurle : « Par où, Valdevent ? » Et il suit la direction qu'on lui désigne, passant en coup de vent, la main levée pour remercier, toujours suivi de Candelet.

Le château apparaît enfin, niché au fond d'un parc estompé par la bruine. Associant briques rouges et pierres ocre-jaune, sa façade égaye le paysage plombé par les nuages. Illuminées par des chandelles, les fenêtres brillent comme des feuilles d'or.

Leur arrivée a été remarquée. Un garçon d'écurie vient prendre soin de leurs montures. Les bêtes, épuisées, lèchent les pavés mouillés. De leurs corps en nage s'élève une buée qui leur donne une allure fantomatique. Apparaissant sur le perron, le majordome s'enquiert du motif de leur visite. Candelet se présente en montrant son document officiel d'inspecteur de police. On les laisse donc entrer.

— Nous devons immédiatement parler à Mme Clarisse Reuty.

— Elle n'est pas là, inspecteur.

— Quand revient-elle ?

— La date n'est pas connue. Pas avant plusieurs mois. M. Reuty, commissaire ordonnateur en chef, est également absent.

Candelet sent une douleur remonter le long de sa colonne vertébrale. Il a l'impression qu'un rat lui grignote le dos, arrachant ses muscles et mordillant ses vertèbres. C'est à cause de cette folle cavalcade !

— Où est-elle ?

— Je suis désolé, inspecteur, mais je ne suis pas autorisé à répondre à cette question.

— Ah oui ? C'est ce que nous allons voir. Rassemblez le personnel, je dois lui parler.

Observant les lieux, Dalvers remarque que le vestibule mène à deux salons. Celui de droite est la grande salle de réception. Celui de gauche semble être plus petit, plus intime. Il se dirige donc vers ce dernier, au grand dam du domestique.

— Monsieur ! Monsieur, je vous en prie ! Vous êtes dans la demeure d'un haut dignitaire impérial.

Trois hommes sortent d'un recoin d'ombre, sous l'escalier d'honneur. Fusil dans les mains, ils ne se montrent pas menaçants, se contentant de signaler leur présence.

— Tout va bien, en bas ? lance une voix rocailleuse.

Candelet lève la tête pour découvrir trois autres gardes apparus sur le palier du premier étage.

Depuis cette position dominante, ils pourraient coucher les deux intrus le temps d'un dernier battement de cœur.

— Police impériale ! rappelle l'inspecteur. Votre demeure est remarquablement bien gardée… Quel est donc ce danger qui vous inquiète ?

À ces mots, leur chef fait retentir un rire aussi cabossé que sa voix.

— Vivement que les dangers viennent, qu'on les canarde !

Des ricanements se propagent. Un septième homme se révèle, fusil porté sur l'épaule, dans la cour celui-là, coupant la retraite. Candelet a l'impression d'avoir donné un coup de pied dans une fourmilière. Habitué à ce genre de combats de coqs, il répond au meneur :

— Je viens de donner un ordre au personnel. Cela vaut aussi pour vous. Alors descendez de votre perchoir et rejoignez-nous dans le salon.

Dalvers, qui s'était immobilisé, reprend sa marche. Parvenu dans cette pièce, réservée à la famille et aux amis proches, il se fige devant un portrait et appelle l'inspecteur. Sur cette grande toile, une femme pose dans la somptueuse robe noire brodée. Immédiatement, il songe à la deuxième victime, quoique quelques détails divergent. La première lui ressemble aussi, mais ce n'est pas elle non plus. Saisi d'un vertige, il a l'impression de contempler trois visages superposés, similaires mais subtilement différents.

— Alors la voilà enfin… murmure-t-il.

Le personnel se masse dans la pièce, si nombreux que l'on doit finalement en laisser dans les couloirs. Pas moins de douze gardes veillent sur les lieux. Candelet décide de ne pas perdre de temps à faire rappeler ceux qui sillonnent le parc avec des chiens. Ses yeux parcourent ces visages, à la recherche du maillon faible. Il choisit une jeune servante, les hommes de la maisonnée doivent la courtiser, peut-être lui confient-ils ce qu'ils savent. Elle semble être apeurée, pourquoi ? Qu'est-ce qui l'inquiète ? Faisant mine de ne pas lui prêter attention, il ne la perdra pas de vue. Elle sera son « baromètre de vérité ».

— Qui est cette personne ? demande-t-il en désignant le tableau de l'index sans même le regarder.

Par ses manières de rustre, il espère bousculer cette foule pour faire surgir la vérité. Le majordome lui répond d'une voix blanche :

— Mme Clarisse Reuty, l'épouse du propriétaire des lieux. « Candelet », cela s'écrit bien avec un « t » à la fin ? Je ne voudrais pas faire de faute en adressant ma lettre de protestation au ministre de la Police.

— Où est-elle ?

— Comme je vous l'ai dit, M. Reuty a donné des ordres à ce sujet. Nous ne devons pas répondre à cette question.

— En vous obstinant, vous entravez une enquête impériale. Auquel cas la loi m'autorise à vous arrêter. Tous. J'espère ne pas en arriver là. Mais si je n'ai pas le choix, c'est exactement ce que je ferai. Suis-je clair ?

Le maître de maison cligne des yeux. Son regard flotte, à la recherche d'une issue. Candelet pousse son avantage.

— Nous sommes dans le même camp ! Nous avons des raisons de penser que Mme Reuty court un grand danger. Son époux semble être au courant. Cela expliquerait pourquoi une armée veille sur ce domaine et pourquoi on vous a interdit de révéler où elle se trouve.

La servante, qu'il observe toujours à la dérobée, jette des coups d'œil à ceux qui l'entourent. Il poursuit :

— Nous aussi, nous voulons la protéger. Alors répondez-moi ! Si vous préférez, nous pouvons parler de cela en privé, vous et moi.

— C'est inutile, inspecteur. Le personnel est au courant. Mme Reuty se repose chez sa tante, en Ardèche, pour raisons de santé.

Candelet pense qu'on lui ment, mais c'est difficile à affirmer. La jeune servante est de plus en plus inquiète, tandis que d'autres personnes sont rassurées par la tournure que prend la conversation. Dalvers se détache enfin du tableau, qu'il n'a pas cessé de fixer jusqu'à présent. Pivotant sur ses talons, il lance au majordome :

— En Ardèche ? Vraiment ? N'est-elle pas plutôt en Espagne ?

La situation bascule comme une barque chavire. Candelet ne comprend rien à ce qu'il vient d'entendre. L'aliéniste a prononcé le mot « Espagne » comme un magicien aurait sorti un lapin de son chapeau. En revanche, les visages, eux, lui parlent. Ceux des membres du personnel qui venaient d'être rassurés sont perdus et s'interpellent du regard. Les autres, les inquiets, s'agitent ou blêmissent. En trois pas rapides, il fond sur la servante qu'il a ciblée. Surprise, celle-ci recule, mais bute contre les gens derrière elle. Ses yeux s'écarquillent, ses joues deviennent sanguines.

— Où est-elle ? demande-t-il.

— À Madrid…

Revenant vers le maître du personnel, il lance :

— L'Ardèche ou l'Espagne ? Vous, vous savez !

— Puisque vous parlez au nom de la police impériale, je suis forcé de vous répondre. M. Reuty a été envoyé à Madrid. Il sera bientôt nommé à un poste important dans ce pays. Son épouse l'a accompagné là-bas. J'ignore pourquoi, mais nous ne devons pas révéler où elle est. Au pire, si on nous presse, nous devons prétendre qu'elle est en Ardèche. Là-bas, le personnel a lui aussi reçu des consignes. Il vous aurait envoyés en Bretagne…

— Quand est-elle partie ?

— Cela fait déjà plusieurs mois.

— Soyez précis.

— Le 2 septembre, M. Reuty a pris la route pour Perpignan. Le lendemain, Madame a quitté les lieux à son tour, pour le rejoindre en secret. Dans les semaines qui ont suivi, ils sont passés en Espagne, dans le sillage de l'armée du général Junot.

— Et quand reviendra-t-elle ?

— Il n'y a pas de retour prévu pour le moment.

L'inspecteur se tourne vers le chef des gardes.

— Contre quels dangers protégez-vous cette demeure ?

— Contre les intrus dans votre genre.

— On a bien dû vous donner des explications. Combien d'intrus ? Quel est le nom de leur meneur ?

— Tout ce que Monsieur m'a dit, c'est qu'il est possible qu'un individu tente de pénétrer sur le domaine, quelqu'un qui menace son épouse.

— Un seul individu ? Et vous êtes douze gardes ?

— Oui. Et n'oubliez pas les chiens. Des dogues que je dresse moi-même au combat. Mieux vaut mourir sous mes balles que sous leurs dents, croyez-moi.

— Qui est cet homme ? Quel est son nom ? Que veut-il ?

— On me l'a seulement décrit. Il a la trentaine. Brun, beau visage, belle allure. Il est riche, il pourrait engager des sbires… Au vu de tout notre monde, je n'arrivais pas à croire qu'il ose venir ici. Mais Monsieur a insisté : il ne faut pas sous-estimer cet indésirable, il est capable de tout. Voilà le peu que j'en sais. Du coup, ce nuisible, on l'appelle juste l'« intrus ».

— Je me suis signalé comme inspecteur de la police impériale. Alors pourquoi ne m'avez-vous pas parlé de cela dès mon arrivée ?

Un sourire aigre vient enlaidir son interlocuteur.

— Parce que, les policiers, ça s'achète comme les autres, c'est juste que ça coûte un peu plus cher. J'ai pensé que l'intrus vous avait loué pour la journée, pour venir fouiner.

— Je comprends votre méfiance. Mais, en ce qui me concerne, je ne suis pas à vendre. Nous sommes réellement dans le même camp.

— C'est vous qui le dites. J'en parlerai à mes chiens.

Candelet les renvoie tous. La pièce, désertée, semble s'être agrandie.

— Comment avez-vous deviné, pour l'Espagne ?

— C'est grâce à vous. Cette histoire de « Reine Sorcière », une Française avec une robe noire ornée de fleurs… Impossible qu'il s'agisse d'une coïncidence. C'est logique, en fait.

Candelet secoue la tête.

— Expliquez-la, votre « logique ».

— Cette Clarisse est l'objet de la monomanie du tueur, il la cherche partout. Vous avez remarqué, pour la date de son départ ?

— Quoi donc ?

— Début septembre. Sa disparition a bouleversé cet homme, au point de lui faire décompenser son aliénation. Incapable de supporter cette absence, il l'a comblée par un substitut : la première victime, assassinée quelques jours plus tard, ce même mois.

— Admettons... Ce serait un peu comme un amoureux abandonné qui se jette dans les bras d'une autre femme. Et qui, en fermant les yeux, fait semblant de croire qu'il serre son aimée contre lui.

— Oui, c'est ça ! Mais de manière littérale. Seulement, cela a échoué, bien sûr. Alors il a recommencé, en essayant de se rapprocher toujours plus de son idéal.

— Cela ne réussira jamais ! Faut-il en déduire qu'il va tuer sans fin ?

— C'est un risque. Les meurtres à Paris se sont arrêtés. Maintenant, nous savons pourquoi : il a fini par retrouver sa trace. Elle est en Espagne, donc lui s'y trouve aussi !

Candelet lève les mains pour modérer Dalvers, comme on tente d'apaiser un cheval agité avant que celui-ci ne finisse par partir tout seul au galop à travers champs.

— Attendez... Reprenons calmement. Vous avez lancé le mot « Espagne » comme une boule dans un jeu de quilles, et cela a marché. Bien. Mais la Reine Sorcière ? Ce serait cette Clarisse Reuty ? C'est impensable !

— Qui sait ?

— Vous êtes sérieux ?

— C'est très improbable, mais on ne peut pas l'exclure. J'ai déjà observé des cas de folie à deux. L'aliénation de l'un finit par faire vaciller la raison de l'autre. On aboutit à deux délires vibrant au diapason l'un de l'autre. Il existe une autre hypothèse. Peut-être le tueur a-t-il trouvé une nouvelle femme, un succédané plus convaincant à ses yeux. Il l'a donc laissée en vie, pour le moment, et c'est elle la meneuse de cette troupe.

— Un troisième sosie ?

— Peut-être… Puisqu'il a modifié l'apparence de la deuxième victime, en lui teignant les cheveux, il pourrait pousser ce procédé plus loin : perruque, maquillage…

— Et comment en arrive-t-on à cette histoire de Reine Sorcière ? Qu'est-ce que cela signifie ?

— Je n'en sais rien. Je m'interroge aussi sur l'attitude de ce M. Reuty. Il semble connaître l'identité de l'homme qui tourmente son épouse. Alors pourquoi ne l'a-t-il pas révélée à son personnel ? Au vu de ses relations et de sa fortune, pourquoi n'a-t-il pas trouvé des gens pour régler ce problème ? Des policiers, des avocats, des hommes de main…

— Son adversaire est fortuné, lui aussi. Il peut jouer les mêmes cartes.

— Il est clair qu'il nous manque des éléments. Quoi qu'il en soit, cette Clarisse Reuty est à la fois le point de départ de cette monomanie et son point final. Inspecteur Candelet, nous partons pour Madrid !

De surprise, ce dernier se penche en arrière.

— Madrid ?

— Oui, bien sûr ! Il ne se passe plus rien, ici. Le centre de gravité de cette histoire s'est déplacé à Madrid, donc c'est là-bas que nous allons.

— Je n'ai aucune autorité en Espagne. Vous non plus, d'ailleurs. Et mes autres enquêtes, vous y avez songé ? Sans parler du danger ! Les journaux ont beau nous répéter que tout va bien là-bas, ce « tout va bien » a tué mon ami et quasiment tous ses soldats.

— Je comprends. Bon, nous allons nous séparer. Vous resterez ici. Ainsi, si je me trompe, si le tueur est toujours à Paris, c'est peut-être vous qui retrouverez sa trace le premier. Moi, je pars pour Madrid. Tenons-nous informés par courriers. Faut-il qu'elle le redoute, cet « intrus », pour qu'elle ait choisi de le fuir en allant se réfugier dans un pays au bord de la guerre…

— Je vous répète que vous n'avez aucune légitimité pour aller enquêter à l'étranger.

— Je vais demander l'autorisation au Soleil.

Chapitre 17

Madrid, 1er mai 1808

Ayant transmis sa requête aux Tuileries, Dalvers a obtenu quelques jours plus tard un ordre de mission signé de l'Empereur l'autorisant à se rendre en Espagne et à solliciter le concours des autorités civiles et militaires. Le document restant évasif sur le motif de cette « mission », c'est une carte blanche pour agir à sa guise. Ayant demandé au service des postes qu'un messager le précède pour annoncer sa venue à Madrid, le cavalier s'élançait une minute plus tard ! On lui a certifié que sa lettre serait remise à l'état-major du maréchal Murat sous cinq jours.

Il s'est embarqué pour Saint-Sébastien. Là-bas l'attendaient une monture et une escorte de dragons. Averti de son arrivée, Murat a fait organiser son voyage avec minutie. Tout a été pensé, Dalvers n'a qu'à se laisser porter.

Durant ce périple, il a pris le temps de se renseigner sur la situation en Espagne, qui est d'un flou inquiétant.

Après des siècles de guerres, l'Espagne s'est alliée à la France en 1796. Mais ces liens sont précaires. Napoléon a convaincu le roi Charles IV d'autoriser les armées françaises à traverser son pays, pour aller envahir le Portugal pro-Anglais. Commandés par le général Junot, vingt-cinq mille soldats, renforcés par des régiments espagnols, ont mené une campagne fulgurante. Déclaration de guerre le 17 octobre 1807, prise de Lisbonne le 30 novembre. Tel un gâteau, un *pastéis de nata*, le Portugal a été partagé entre les vainqueurs.

Mais des troupes françaises continuent de se rendre en Espagne. Officiellement, elles viennent renforcer celles occupant le Portugal. Mais alors pourquoi s'installent-elles à Pampelune, Saint-Sébastien, Figueras, Barcelone et un peu partout ailleurs ? Cent mille soldats impériaux se trouvent maintenant dans la péninsule. Quant au maréchal Murat, il campe aux abords de Madrid avec cinquante mille hommes.

Du côté espagnol, la confusion règne. Charles IV est impopulaire. Il ne s'occupe guère du pays, les finances sont saignées à blanc, l'armée est laissée à l'abandon… Aux yeux des Français, il n'est qu'un roi décadent, le cousin de Louis XVI dont il partage le sang vicié. Une émeute a éclaté, aboutissant à une révolution de palais. Menacé par une foule en colère, Charles IV a été contraint d'abdiquer en faveur de son fils. Celui-ci s'est fait proclamer roi sous le nom de Ferdinand VII. Le peuple espagnol l'adore. De son côté, Charles IV s'est empressé de se placer sous la protection de l'armée française, et il a aussitôt annulé son abdication. Le pays se retrouve donc au bord de la guerre civile… Chacun des deux camps tente d'obtenir le soutien de Napoléon, qui est devenu « le faiseur de rois » de cet imbroglio. L'Empereur a invité les deux souverains à Bayonne, pour arbitrer leur conflit. Le maréchal Murat maintient l'ordre en attendant que Napoléon tranche ce problème dans les jours qui viennent.

Les anti-Français forment une coalition hétérogène. Une partie de la noblesse espagnole s'oppose à la présence de ces troupes imprégnées des idéaux de la Révolution. Le clergé est bien plus virulent. Pour certains religieux, Napoléon est l'Antéchrist et ses armées d'hérétiques veulent abattre la chrétienté. Pour les nationalistes, ces soldats étrangers sont des envahisseurs, les nouveaux Maures. De leur côté, des bandes de paysans harcèlent les Français, par esprit d'indépendance, ou par vengeance après avoir subi des exactions. Enfin, des agents anglais nouent des alliances et préparent le débarquement d'une armée qui viendra « libérer » la péninsule. Initialement, le camp des anti-Français était minoritaire. Mais, ces derniers temps, il se renforce…

L'esprit accaparé par son enquête, Dalvers n'a prêté qu'une attention superficielle à toutes ces informations.

*

Arrivant enfin à Madrid, Dalvers, épuisé, tient à peine en selle. Accoutumés aux chevauchées interminables, les dragons en sourient. Eux se pavanent au milieu des passants, dos droit, tête haute, main gauche posée sur la hanche. En plaisantant, leur capitaine lui lance :

— Vous, vous n'êtes pas encore devenu un léopard…

De l'index, il montre la peau de félin qui orne son casque à la Minerve.

Parvenu devant une demeure élégante, Dalvers est accueilli par des hussards, tandis que les dragons saluent et s'en vont. Maladroit comme un somnambule, il met pied à terre. Malgré son pantalon charivari renforcé de cuir à l'entrejambe, ses cuisses sont en feu, comme s'il s'était ébouillanté avec une cafetière. Coiffé d'un colback, le bonnet à poil d'ours, un officier marche à sa rencontre et lance :

— Nous sommes du 5e hussards. Bienvenue en enfer, monsieur Dalvers !

— Oui, je vois que j'ai l'honneur d'être accueilli par la brigade infernale du général Lasalle.

Son commentaire suscite des sourires de satisfaction. Enorgueillie de ses exploits, la Grande Armée toise les civils, pressés de toute part de s'enrôler. Que cet inconnu soit au courant des usages militaires apaise l'irritation de ces hommes, obligés de s'encombrer de ce paquet-là. Les 5e et 7e hussards sont si redoutés qu'ils ont gagné le surnom de « brigade infernale », leur manquer d'égard est une offense.

— Je suis le chef d'escadron Hector Alzana. Le maréchal Murat m'a confié la tâche de veiller sur vous. Je suis d'origine madrilène et je parle castillan. Je serai donc votre interprète.

Les cavaliers du 5e hussards ont pour uniforme une pelisse blanche aux brandebourgs torsadés, un dolman bleu ciel et un pantalon du même bleu. Mais Alzana s'affiche dans une tenue non réglementaire. Lui a conservé la pelisse écarlate chamarrée d'or arborée autrefois par le régiment. La sienne est bordée d'une fourrure de renard. Seul signe visible de ses origines hispaniques, il porte, passée à sa ceinture, une navaja, le couteau rasoir repliable que les Espagnols ont si souvent sur eux. Brun, âgé d'une trentaine d'années, il a la coiffure extravagante des hussards : deux nattes tressées et une petite queue-de-cheval. Sa moustache, taillée et cirée, vieillit son visage juvénile. Avec son sourire en coin, il semble considérer que la vie n'est qu'une brève plaisanterie.

— Le 4e escadron du 5e hussards assurera votre protection. Cent dix cavaliers. C'est dire à quel point le maréchal vous tient pour une personne d'importance…

Dalvers commence à réaliser que l'ordre signé de l'Empereur lui octroie des privilèges inouïs. Il est accueilli comme quelqu'un qui se présenterait au Vatican avec une lettre de mission rédigée par Dieu le Père… L'officier poursuit :

— Nos hommes sont de beaux sabres. Pour l'heure, sous le commandement de mon second, le chef d'escadron Bigrat, ils chassent les rebelles qui rôdent dans les campagnes. Dès demain, ils seront de retour dans leur campement, et nous les rejoindrons pour nous mettre en route.

— En route ? En route pour où ? Je veux rencontrer Mme Reuty au plus vite.

— Je suis au courant. Les détails du courrier que vous avez adressé au maréchal m'ont été transmis. Seulement, cette personne ne se trouve plus à Madrid.

Les épaules de Dalvers s'affaissent.

— Mais cette femme existe-t-elle réellement, à la fin ? Je la cherche partout sans jamais la trouver.

— Elle existe, mais pas à Madrid. Son mari vient d'être envoyé en Vieille Castille, elle l'a accompagné.

Ils résident au palais Orgullo, à quelques lieues de Ségovie. Un bien bel endroit qui mérite son nom de « palais Fierté » ou « palais Orgueil ».

— Je n'ai besoin que de trois heures de repos. Ensuite, rendons-nous là-bas.

— Oui, mais demain. Vous ne quitterez pas Madrid sans escorte. Hors des villes, les insurgés s'agitent. On ne veut pas vous perdre dans une escarmouche. En outre, le maréchal tient à vous rencontrer personnellement. Je dois vous conduire à lui dès votre arrivée.

— Pourquoi m'a-t-on fait venir à Madrid, au lieu de me conduire directement chez Mme Reuty ?

— Je viens de vous le dire, le maréchal veut vous rencontrer. Il le fait systématiquement lorsque quelqu'un est porteur d'une « carte blanche » signée de l'Empereur. C'est assez rare…

Devenu l'un des plus célèbres héros de l'Empire, Murat est un mythe vivant. Rencontrer un tel personnage est un honneur inouï. La majorité des gens n'ont affaire qu'à la masse grouillante de ses adjoints. Il est impossible de refuser. En outre, depuis que Napoléon tient dans sa paume les deux rois rivaux, là-bas à Bayonne, ici c'est le maréchal qui fait la pluie et le beau temps…

— Puis-je au moins me reposer ? Deux heures ?

— Plutôt dix minutes. Juste le temps pour vous d'enfiler une tenue propre, tandis que je vous préparerai au protocole de cette entrevue.

L'officier le conduit dans un patio. Les fleurs fuchsia des bougainvilliers contrastent avec les géraniums rouges. Des citronniers et des orangers en pots sont eux aussi en pleine floraison. Des poissons nagent dans un bassin parsemé de nénuphars. Dalvers voudrait pouvoir somnoler dans ce jardin de fraîcheur.

— À qui devons-nous le plaisir d'être logés ici ?

— Nous sommes chez l'ennemi, donc nous sommes chez nous. C'était la demeure d'un agitateur anti-Français. Maintenant, c'est le cantonnement d'honneur du 5e hussards, réservé à une minorité d'élus. Voici votre chambre, à côté de la mienne. Dépêchez-vous de vous changer, on ne fait pas attendre un maréchal de France.

Pour Dalvers, épuisé, la réalité qui l'entoure n'est qu'un rêve. La voix d'Alzana lui parvient depuis le patio, affaiblie comme si elle avait traversé plusieurs voiles de coton. Le chef d'escadron expose une litanie de règles. « Adressez-vous au maréchal Murat en disant "Votre Altesse", puisqu'il est grand-duc de Berg. N'interrompez pas le maréchal. Évitez de le contredire, contentez-vous de nuancer. Pas de louvoiements, pas de digressions, allez droit au but. Éliminez le gras, raclez vos propos jusqu'à l'os ! Ne faites pas le courtisan mielleux. Ne citez pas le nom de Joseph Bonaparte, car il existe une rivalité entre eux… Le maréchal ne vous questionnera pas sur votre mission, puisque vous tenez celle-ci de l'Empereur. Vous lui en direz ce que vous jugez nécessaire, taisez le reste. »

Quand cette énumération cesse enfin, Dalvers lui précise :

— J'ai des questions à vous poser.

— Le contraire m'eût étonné. Dans votre courrier, vous avez demandé que l'on se renseigne sur la Chasse sauvage de la Reine Sorcière. Cette bande fait partie de celles que je traque avec mon escadron. Mais il y a aussi la Légion exterminatrice, les Défenseurs de la Foi, la guérilla de l'Obstiné *alias « el Empecinado »*… Nous les écrasons, elles renaissent, c'est sans fin. Clairement, les enragés de la Reine Sorcière sont les pires de tous. Le maréchal s'est renseigné à ce sujet et il tient à vous répondre lui-même. Concernant les Reuty, je ne les connais pas personnellement. M. Reuty a été promu commissaire ordonnateur en chef. Mais sa mission réelle est celle d'un gouverneur militaire, d'ailleurs il a déjà été autorisé à se prévaloir de ce titre. Pour la forme, il va obtenir une nomination espagnole, puis il dirigera une province, l'une des deux Castilles, la Vieille ou la Nouvelle.

Pour le coup, Dalvers secoue la tête en clignant des yeux.

— Comment ça ? Je n'y comprends rien… On nomme des gouverneurs militaires dans les pays ennemis conquis, or l'Espagne est notre alliée…

— Exact… La situation a évolué, ces derniers jours. L'Empereur a déjà obtenu l'abdication de Ferdinand VII. Charles IV ne va pas tarder à s'incliner à son tour. Au motif d'éviter une guerre civile, les deux détrônés demanderont à Sa Majesté de choisir le prochain souverain. Alors l'Empereur annoncera qu'il nomme son frère Joseph Bonaparte roi d'Espagne. Notez bien que tout cela n'est pas encore officiel. De son côté, le maréchal s'accroche à l'espoir que Sa Majesté va changer d'avis au dernier moment et lui attribuer le trône.

— C'est tout bonnement incroyable ! L'Empereur veut placer l'Espagne sous sa coupe ?

— Oui, ou bien il veut « raffermir les liens entre les deux pays », appelez ça comme vous voudrez. Ce pari repose sur deux idées clés. *Primo*, l'armée française est invincible, personne n'osera la défier. *Secundo*, Joseph devra très vite gagner le cœur du peuple espagnol, grâce à des réformes inspirées de l'esprit des Lumières et de la Révolution.

— Êtes-vous certain de ce que vous avancez ?

— Oui, j'ai des amis dans l'état-major du maréchal. L'armée est massivement en faveur de Murat. Il a la compétence, le talent et le prestige ! Et puis, après tout, lui aussi est un Bonaparte, puisqu'il a épousé l'une des sœurs de l'Empereur. Murat roi d'Espagne, ça aurait été quelque chose ! Mais ce sera Joseph, nous ferons avec.

— Comment les Espagnols vont-ils accueillir cette décision ?

— Je suis heureux de constater que quelqu'un d'autre que moi s'en soucie… Nous le saurons dans les semaines qui viennent. Moi qui suis franco-castillan, j'en ai le cœur coupé en deux.

— Joseph Bonaparte, roi d'Espagne… Cela me paraît… Je ne trouve pas de mots…

— « *Completamente loco* » ?

Enfin prêt, Dalvers sort de sa chambre. Un hussard lui tend un verre.

— Prenez ça, monsieur, ça va vous requinquer. Quand nous sommes épuisés, mais que la mission doit continuer, nous prenons des réveille-cadavre. Voilà notre dernière trouvaille : piments macérés dans de l'alcool, jus de citron, poivre et poudre à canon.

Les usages sont d'adopter les habitudes du régiment. L'esprit de corps l'exige. Dalvers vide donc son verre d'un trait, le liquide l'écorche comme des tessons de verre. Effectivement, ce mélange le ravive avec la violence d'un seau d'eau jeté à la figure. On lui propose également un bol de café brûlant, qu'il avale avec joie. Alzana désigne un hussard qui vient de les rejoindre. L'homme, d'une belle carrure, affiche une assurance arrogante. Ses yeux, écarquillés en permanence, lui donnent un air un peu fou.

— Voici le sapeur Rengonde, que tout le monde appelle « Sardine ». Il sera votre garde du corps.

Les sapeurs ouvrent la voie, érigent des ouvrages de siège, abattent les retranchements ennemis… Ils sont très exposés, d'où leur tradition de ne pas se raser. Celui-là affiche une barbe fournie, signe qu'il est un vétéran qui a bravé tous les dangers. Il porte à la ceinture les deux symboles de son monde, le sabre et la hache. Alzana explique :

— Quand nous l'avons accueilli dans le régiment, sa maigreur faisait pitié. À l'entraînement, c'était un patatras, il tombait de selle en sautant les obstacles. Il s'est cassé le bras, puis le nez, bref : les ennuis pleuvaient sur sa tête. Puisqu'il était malheureux comme un poisson sur la paille, nous l'avons surnommé « Sardine ». Et aujourd'hui, admirez ce gaillard ! Désormais, notre sardine mange même les requins.

Ayant enfilé des gants en chevreau, le chef d'escadron consulte sa montre à gousset.

— Il est l'heure, filons !

Dans la rue, tandis qu'un hussard amène une monture fraîche à Dalvers, Alzana précise :

— Dans les fontes d'arçon, vous trouverez deux pistolets. Je vois que vous portez l'épée, c'est bien. Gardez-la toujours près de vous, même pour dormir.

— Ici, à Madrid ?

— Tous les jours, on recense des affrontements entre nos soldats et la population, avec des blessés et des morts… Sans parler des Français qui « disparaissent ». Dans nos registres, nous les consignons comme « déserteurs ». Mais il faudrait plutôt les chercher au fond des caves des maisons, six pieds sous terre… Pas plus tard qu'hier, deux caporaux ont été égorgés en pleine rue, dans ce quartier des ambassadeurs.

— Quand je pense qu'à Paris, les journaux nous répètent à foison que la population espagnole se réjouit de la présence française !

— Bon alors ce devait être des égorgements de joie…

— La situation est si différente de ce à quoi je m'attendais…

— Tous ceux des nôtres qui arrivent dans ce pays ont la même surprise. C'est parce qu'il y a deux Madrid : celui rêvé par Paris, et le vrai, ici. N'allez pas croire que tous les torts sont chez les autres. Certes, il se trouve parmi les Espagnols des fanatiques religieux et des forcenés qui ne supportent pas les « étrangers ». Mais sachez que certains de nos soldats pillent et violent, et ensuite ils « s'étonnent » de se faire poignarder en représailles. D'autres profanent les églises, comme lors des heures fiévreuses de la Révolution. Il faut faire cesser ces abus, faute de quoi la situation deviendra incontrôlable.

S'amusant de l'air dépité de Dalvers, il ajoute :

— Vous n'avez pas l'air de croire au succès futur de cette nouvelle amitié franco-espagnole imposée par l'Empereur… En tout cas, les événements s'accélèrent. Le maréchal a posé un ultimatum à la junte de gouvernement, qui gère les affaires courantes. Ces officiels ont jusqu'à demain pour accepter que les derniers membres de la famille royale encore à Madrid partent pour Bayonne. Cela inquiète le peuple, qui commence à parler d'un guet-apens fomenté par Napoléon pour s'emparer de la couronne d'Espagne. D'ailleurs, c'est exactement le cas… Ce matin, en se rendant à la messe, Murat a été hué par la foule. On n'avait jamais vu cela… Jusqu'à présent, dans la capitale, les conflits étaient fréquents mais isolés, l'affaire de quelques individus. Là, c'était autre chose : une colère collective…

L'officier enfourche sa jument avec une aisance gracieuse. Une peau de panthère noire lui sert de tapis de selle, la tête a été conservée et semble plonger ses crocs dans l'encolure de son cheval. Dans ce corps d'élite de la cavalerie légère, les officiers dépensent des fortunes pour leur apparence. L'extravagance est leur mode de vie. Tandis qu'ils se mettent en route, Alzana lui dit :

— Dans votre lettre, vous êtes bien laconique. Vous indiquez seulement que vous êtes aliéniste et que vous êtes chargé d'une mission. M'en direz-vous un peu plus, docteur ?

— Non, je suis désolé. Tout ce que je peux ajouter, c'est que je ne connais pas encore les liens qui existent entre mon enquête et cette « reine » qui commande à des insurgés. Mais, si je dois effectivement me lancer dans cette chasse aux sorcières, j'aurai besoin de vous…

— Comptez sur moi, je vous suivrai sans savoir. Au vent la vie !

Chapitre 18

Près de Madrid, 1er mai 1808

Le camp français frappe par son gigantisme. À perte de vue, ce sont des feux de camp, des tentes, des alignements de chariots, des canons, des cuisines roulantes, des écuries… Dans les prairies, des cavaliers s'entraînent à charger, des bataillons manœuvrent. On comprend l'inquiétude des Espagnols. Madrid est une balle à jouer posée devant le museau de cet énorme dogue.

Alzana conduit Dalvers jusqu'au sommet d'un petit plateau aux pentes abruptes, une île au milieu de l'armée. Un piquet de garde les arrête, un officier vérifie leur ordre de mission. Ayant confié leurs montures à un fourrier, ils poursuivent à pied, guidés par un grenadier. La garde d'honneur du maréchal campe ici, trois cents chasseurs basques à l'uniforme singulier, vestes et bérets rouges. Arrivés dans une clairière cernée de chênes, ils doivent patienter, en compagnie de la trentaine de personnes qui s'y trouvent déjà, des civils, des officiers, des messagers… Un lieutenant vient de nouveau contrôler leurs documents. Le maréchal est en train de déjeuner, il les recevra durant son repas. Près d'eux, un officiel se plaint à un aide de camp. Il est l'envoyé de l'alcade de Madrid, voilà une heure qu'il attend, cela frise l'offense ! L'officier accueille ces récriminations avec courtoisie, le maréchal va vous recevoir très bientôt, mais comprenez que Son Altesse a tant à faire, souhaiteriez-vous un verre de cognac ? Ce spectacle consterne Dalvers. Murat est l'archétype de la réussite basée sur le talent, la preuve que certaines des promesses de la Révolution sont tenues. Dans sa jeunesse, il a été commis d'épicerie, bref, un sans-culotte, et le voilà aujourd'hui maréchal ! Ce meneur de cavalerie dirige souvent l'avant-garde de la Grande Armée, impulsant l'élan général et imposant son rythme effréné. Or donc : qu'est-ce que c'est que cette histoire d'audiences données durant le déjeuner ?

N'y tenant plus, il se confie à Alzana :

— Je ne veux pas offenser qui que ce soit, mais je suis surpris par ces manières dignes d'un roi. De Marat à Murat, le monde a bien changé…

— Oui, je comprends… Rassurez-vous, on s'habitue très vite au faste.

— C'est justement ça qui m'inquiète ! Après l'époque des audiences au lever du roi, voici venu le temps des audiences au déjeuner du maréchal !

— Je crois que vous n'avez pas bien saisi la situation. J'apprécie votre franchise, alors je vais vous répondre de même. L'Empereur se croit dans une maison de jeu, et il tente de gagner l'Espagne ! C'est au maréchal de lancer sans cesse les dés. Son ultimatum expire demain, donc il enchaîne les entretiens, pour convaincre, intimider, promettre… Faisons-lui confiance. Il a l'habitude de tenir des rênes, le cheval ne devrait pas s'emballer.

— Vous commencez à m'alarmer... Nous logeons dans Madrid... Est-ce bien prudent ?

— Vous êtes en Espagne, est-ce bien prudent ? Vous voulez chercher des noises à la Chasse sauvage et vous ne vous sentez pas en sécurité dans la capitale ? Sachez que dix mille des nôtres sont hébergés dans Madrid même. Quant au maréchal, il réside le plus souvent au palais Grimaldi, non loin du Palais royal.

— C'est bon, oubliez ma remarque.

— Nous avons reçu pour consigne de nous comporter comme d'habitude, de ne pas laisser percevoir d'inquiétude. Je logerai donc dans cette demeure où je vous ai accueilli. Mais, si vous le souhaitez, je peux obtenir que vous campiez avec l'armée, et je viendrai vous chercher demain.

— Non. Procédons comme vous l'avez prévu.

Informé de l'identité des nouveaux venus, l'aide de camp les rejoint aussitôt.

— Vous êtes sur la liste des prioritaires. Par ici, je vous prie.

Dalvers et Alzana s'engagent sur un chemin traversant une chênaie, tandis que, dans leur dos, l'envoyé de l'alcade s'exaspère de plus belle. Le long de ce parcours, des mamelouks se tiennent en faction. Leur présence exotique rappelle que Napoléon (à l'époque encore Bonaparte) a conquis l'Égypte, très brièvement, à peine le temps d'un rêve. Lors de la bataille des Pyramides, Murat s'est illustré en renversant la cavalerie égyptienne. Par admiration pour le courage de ces ennemis, un escadron de mamelouks a intégré la Garde impériale. Les voilà donc, ces fameux combattants que l'on s'enorgueillit d'avoir vaincus. Flamboyants avec leurs pantalons bouffants écarlates, leurs courtes vestes et leurs turbans, ils sont aussi irréels que des djinns.

Ils atteignent une clairière au fond de laquelle sont attablés une vingtaine d'officiers supérieurs, tous placés face aux visiteurs. Le maréchal se tient au milieu, Jésus de cette cène impériale. Tandis qu'ils se dirigent vers cette assemblée, Murat lève le bras, tel un chef d'orchestre signalant que le début de la symphonie est imminent. À ce signal, des Basques sortent des bois et s'alignent pour border l'allée, à la droite du maréchal. De l'autre côté, en miroir, des musiciens se déploient, en uniforme bleu et bicorne à plumet. Murat se lève, ses convives l'imitent. Il baisse le bras d'un geste sec, la musique de l'état-major joue *La Victoire est à nous* tandis que les chasseurs rouges présentent les armes.

Les deux hommes traversent cette haie d'honneur. Dalvers connaît suffisamment les usages de la Grande Armée pour savoir que cet accueil est disproportionné pour un « simple » chef d'escadron, et ne parlons même pas de sa personne… Alzana salue le maréchal, tandis que le médecin incline la tête. Murat et ses convives rendent son salut militaire au hussard, puis ils accueillent le médecin de même, ce qui, à l'intention d'un civil, est une marque de respect.

— Soyez le bienvenu, docteur Dalvers. Quant à vous, « général » Alzana, je suis heureux de vous revoir.

À ces mots, la haie d'honneur brandit ses fusils en criant :

— Vive le « général » Alzana !

Les soldats se mettent à scander cet éloge, et cela vous emplit la tête comme si le ciel lui-même hurlait avec eux. D'un geste, Murat impose le silence. Sur ce point du globe, il est Dieu le Père, celui qui fait jaillir le bruit, l'éteint, déplace des foules du bout de l'index… S'il s'exclamait : « Nuit ! », peut-être que le soleil s'éteindrait subitement, bougie soufflée. Remarquant le trouble de Dalvers, il s'étonne :

— Alzana ne vous a pas raconté son exploit ? Bataille d'Austerlitz, 2 décembre 1805. Onze heures, le moment est critique. Nous avons pris l'avantage, mais l'ennemi jette toutes ses forces dans une contre-attaque. Plusieurs combats se déroulent en même temps. L'un d'eux est particulièrement préoccupant : la cavalerie lourde russe est en train de refouler nos voltigeurs. Notre réserve de cavalerie va tenter de les contrer.

Emporté par son récit, Murat est demeuré debout, et tous les autres officiers également. Il n'est plus vraiment là, d'ailleurs, il frissonne en souvenir dans les plaines enneigées de Bohême-Moravie.

— L'Empereur envoie la cavalerie de la Garde. Mais ces hommes vont se battre à un contre quatre. Alors il leur adjoint tous les cavaliers qu'il a sous la main, dont Alzana, à l'époque un capitaine des hussards à la tête du peloton d'escorte de l'un de mes aides de camp. Sa Majesté suit à la longue-vue cet affrontement. Elle repère un cavalier qui rallie des chasseurs à cheval de la Garde bousculés par le choc, puis qui traverse la mêlée en sabrant les chevaliers-gardes, et le voilà qui réapparaît pour se jeter sur un étendard russe qu'il enlève… Alors Sa Majesté demande à son état-major : « Voyez ce hussard rouge : qui est ce général que je ne reconnais pas ? » Or l'Empereur n'a jamais tort ! Donc, depuis ce jour, dans ma cavalerie, Alzana est « général ». Et il peut continuer à porter la pelisse écarlate qu'il arborait ce jour-là sur le champ de bataille.

L'intéressé n'a pas bronché, comme si l'on parlait de quelqu'un d'autre. Le maréchal se rassied, imité par ses convives, et ajoute :

— Je me réjouis de vous revoir. Vous nous avez fait une belle frayeur, à Eylau…

— Cette blessure n'est plus qu'un mauvais souvenir, Votre Altesse. Je suis pleinement rétabli, or les médecins me maintiennent en convalescence pour des séquelles imaginaires, trois fois rien, la moitié d'une égratignure. Je sollicite donc l'autorisation de réintégrer le service actif.

Songeur, le maréchal entrecroise les doigts, semblable à un juge qui cherche à doser sa sentence.

— Non, pas encore… Mon chirurgien personnel vous a examiné et, comme vous le savez pertinemment, il estime qu'il vous faut encore du temps.

— La guerre me guérira !

— Non, Alzana. Estimez-vous déjà heureux que je vous laisse chasser les bandes d'insurgés, alors que c'est à Bigrat de le faire. La convalescence au galop, ce n'est pas très médical… De plus, je vous ai confié la mission d'escorter M. Dalvers.

Âgé d'une quarantaine d'années, Murat affiche cette forme physique insolente des soldats forgés par les campagnes militaires. Ses manières sont élégantes, on le dit cultivé et galant. Sa chevelure, luxuriante et bouclée, lui donne une allure de séducteur. Il est célèbre pour ses tenues extravagantes, « dignes d'un cirque », ironise-t-on dans son dos. Aujourd'hui, il ne déroge pas à la règle. Le col, le plastron et les manches de son habit sont surchargés de broderies dorées, comme si les lauriers de la gloire proliféraient sur lui au point de le recouvrir.

Dalvers se présente comme étant « un civil chargé d'une mission confidentielle ». Ce peu-là suffit au maréchal, qui lui répond :

— Monsieur, vous êtes investi de la confiance de l'Empereur, je n'ai pas à en savoir plus. Vous souhaitez obtenir des informations sur la Reine Sorcière et ses sanguinaires. J'ai donc ordonné que l'on se renseigne à ce sujet. Voici ce que je puis vous en dire. Plusieurs bandes d'irréguliers anti-Français tendent des embuscades et harcèlent nos convois. Ce sont des crapules, des voleurs de chevaux, des gibiers de potence ! Eux prétendent être des patriotes. Cela me fait mal au cœur, d'entendre cela. S'ils veulent nous combattre, qu'ils mettent des uniformes, et réglons nos comptes sur un champ de bataille ! Mais non, avec eux, c'est *la guerra a cuchillo*, « la guerre au couteau ». Souvent, ils massacrent leurs prisonniers, mutilent les cadavres… Ils mènent une guerre d'épouvante.

Avec aplomb, il précise :

— Mais moi, devant ces horreurs, je ne suis pas épouvanté, je deviens épouvantable.

Dalvers est parcouru d'un frisson, ces paroles sont une eau glacée glissant sur son dos.

— La violence est une maladie contagieuse… commente-t-il.

— Leur violence est la maladie, la mienne sera le remède. De toutes ces bandes, celle de la Reine Sorcière est à part. Ceux-là sont les plus féroces d'entre tous. Ce qui est frappant, c'est leur rage. Ils sont déchaînés ! Durant leurs attaques, ils poussent des hurlements stridents, comme des possédés. Je reconnais qu'ils méritent leur nom de guerre : « Les Furieuses. »

Machinalement, il passe sa main sur la nappe blanche, rectifiant un pli. Finalement, ces temps-ci, n'est-ce pas ce qu'il fait toute la journée ? Il lisse les désordres, aplanit le terrain… L'argenterie luit au soleil, des domestiques servent le vin dans des verres en cristal. Les viandes rôties et les pains sortis du four libèrent des parfums qui exaltent l'appétit. Des coupes de fraises côtoient des brioches et des gâteaux. Pour finir, il y aura même, folie suprême, des sorbets au citron.

— Cette bande s'est formée en janvier, en amalgamant des paysans, des bouviers et des déserteurs de l'armée espagnole. Tout de suite, elle a fait parler d'elle. Elle rôde autour de Madrid, dans un rayon de trente lieues. Ces derniers jours, ils ont frappé au nord-ouest.

— Du côté de Ségovie ?

— Oui, par là-bas, en effet. Cette guérilla est devenue célèbre, de nombreux volontaires la rejoignent. Mais ses attaques et nos ripostes la saignent. On évalue leurs effectifs actuels à trois cents combattants. Leur cruauté est connue de toute notre armée. Les cadavres, ils les barbarisent. Quant à leurs prisonniers, ils les torturent avant de les exécuter. Si vous êtes sur le point de tomber entre leurs mains, tuez-vous ! Vous vous rendrez service…

— Avez-vous une idée de l'identité de leur reine ?

— Pas la moindre.

— Elle serait française…

— Oui, c'est ce qui se raconte. Elle s'exprime en français et sa garde rapprochée traduit en castillan. Au vu de ses crimes, je préfère me dire qu'elle est belge.

— Vous ne savez rien de plus sur elle ?

— N'est-ce pas déjà trop ? Nous la tuerons, on l'oubliera.

— « La Chasse sauvage de la Reine Sorcière » et « Les Furieuses », c'est ainsi que nous, les Français, nous les appelons. Mais quels noms se donnent-ils à eux-mêmes ?

— Qu'en sais-je ? Et d'ailleurs, en quoi cela a-t-il la moindre importance ?

— Le nom qu'ils ont choisi nous en dira long sur la façon dont ils se voient eux-mêmes et dont ils veulent qu'on les voie.

Le maréchal se tourne vers ses convives.

— Quelqu'un connaît-il la réponse ?

Un général espagnol se manifeste d'un geste de la main. La blancheur neigeuse de sa veste contraste avec le noir de son col et de ses revers. De larges galons dorés luisent sur ses manches. Mais sa flamboyance est bien terne comparée à l'aura éblouissante des officiers de la Grande Armée. Il n'est qu'un ver luisant côtoyant des soleils.

— Je suis le général Javier Jagal. Ils se sont fait connaître sous le nom de « *La Cacería Salvaje de la Reina Negra* » : « La Chasse sauvage de la Reine noire ». Ils se surnomment aussi « *Las Furias* », « Les Furies », au sens des divinités romaines de la vengeance. Les Français ont mal traduit par « Les Furieuses », mais cette erreur a dû plaire à ces rebelles, puisqu'ils se signalent désormais comme « *Las Furiosas* ».

Malgré son accent, cet officier s'exprime très bien en français. Dalvers demande :

— Cela me surprend, que des hommes choisissent un nom de guerre qui les désigne comme des femmes. Comment expliquez-vous cela ?

— Ma foi, je ne l'explique pas.

— Croyez-vous qu'ils prennent leur chef pour modèle, même si c'est une femme ? Ils s'identifient à elle ?

— Dieu seul le sait.

— Justement, à propos de Dieu : votre pays chérit sa foi catholique. Je m'étonne que ces Espagnols acceptent d'obéir à une femme surnommée « la Reine Sorcière », même si ce n'est pas le surnom qu'elle-même se donne. N'est-ce pas paradoxal ?

— Parmi mes compatriotes, beaucoup s'inquiètent de votre athéisme révolutionnaire. Vous, les Français, pas tous mais nombre d'entre vous, vous avez renié le Christ. Certains insurgés affirment que Napoléon est l'Antéchrist, l'envoyé du diable. Des paysans croient que la Reine noire est la Vierge Marie descendue sur terre pour affronter l'ennemi suprême de son fils.

— Une Vierge Marie combattante ?

— Dans les discours des uns et des autres, elle prend différents visages : une *Mater dolorosa* qui veut venger son fils assassiné par les Français, une véritable sorcière mais patriote… Les Français l'ont surnommée « la Sorcière », et de plus en plus d'Espagnols l'appellent également ainsi, d'autres continuent de la désigner comme « la Reine noire ». Ses soldats lui sont voués corps et âme.

D'un revers de main, Murat balaie tous ces discours.

— Je vais mettre un terme à ce sabbat, en capturant cette reine de carnaval. Et, comme toute sorcière, elle aura droit à son bûcher. Les Espagnols seront contents, je vais leur offrir leur Jeanne d'Arc.

Dalvers s'apprête à répondre à ce qu'il prend pour une provocation lorsqu'il réalise que les convives demeurent impassibles. Le maréchal parle-t-il sérieusement ?

Il se contente donc de préciser :

Si l'on parvient à s'emparer de cette femme, j'aurai besoin de l'interroger.

— Comme il vous plaira. Cette illuminée est secondée par deux lieutenants, l'Ogre et le moine Pieds rouges. Quand vous apercevez l'un, les deux autres ne sont jamais bien loin. Le premier, un colosse, combat avec un hachoir ! Il inflige aux prisonniers ce qu'il appelle « la Mort horrible ». Allez savoir comment un homme en arrive à commettre de telles cruautés ! C'est un ancien boucher ambulant. Enfin, « ancien »… c'est toujours un boucher, il a seulement changé de viande…

— Je vois…

— Quant au moine… Un jour, alors que l'un de nos bataillons passait près de son monastère, un coup de feu a tué un capitaine. Le tir provenait des bâtiments. En représailles, la troupe a donné l'assaut, anéanti les religieux et nettoyé les lieux à la torche. Celui-là a échappé aux balles et au brasier en se jetant dans un puits. La Chasse sauvage l'a récupéré. Plus tard, il est revenu fouiller dans les décombres, et a retrouvé un crucifix. Et qu'a-t-il fait avec ? Il l'a placé dans une fournaise avant de se l'appliquer lui-même sur le front ! Il s'est marqué comme on marque une bête au fer rouge ! Depuis lors, il chevauche au milieu des combats en lançant des anathèmes. Son nom de guerre, « Pieds rouges », est lié à une blessure qu'il a reçue je ne sais où… Voilà tout ce que je peux vous dire sur cette sarabande macabre. Avez-vous d'autres questions ?

— Oui, en effet. Je dois rencontrer Mme Clarisse Reuty. Voyez-vous des éléments particuliers à me préciser à son sujet ?

— Je la connais peu. Sa vivacité d'esprit est pétillante. Si vous défendez une opinion, et elle la thèse opposée, attendez-vous à mordre la poussière…

Dalvers remercie le maréchal et s'apprête à prendre congé, mais Murat le retient. Les convives posent leurs couverts, leurs gestes s'estompent.

— Monsieur Dalvers… Savez-vous ce qui s'est passé, à la bataille d'Eylau ? Le 8 février 1807, après sept heures de combats acharnés, la situation devient critique pour nous. L'armée russe lance une contre-attaque générale. Alors l'Empereur se tourne vers moi et me dit : « Nous laisseras-tu dévorer par ces gens-là ? »

Prenant ses généraux à témoin, il demande :

— Il l'a dit ou il ne l'a pas dit ?

Des officiers acquiescent. L'un d'eux, en uniforme des grenadiers à cheval de la Garde impériale, annonce d'une voix forte :

— Je suis le général Lepic. Ce sont les mots exacts prononcés par l'Empereur. J'y étais, je confirme. Si quelqu'un certifie le contraire, c'est donc qu'il me traite de menteur et je lui en demanderai raison !

Sur ce, il plaque avec force son sabre au fourreau sur la table.

Radieux, Murat reprend :

— Des dizaines de milliers d'ennemis forment trois longues lignes qui avancent vers nous. Alors je rassemble toutes les cavaleries : douze mille hommes. Et je lance la plus grande charge de cavalerie de l'histoire ! Moi, Murat, je déferle sur eux, rien ne nous arrête ! Les soldats russes, nous les renversons comme des quilles ! Leurs rangs sont piétinés, sabrés, tronçonnés et disloqués. J'enfonce les trois formations les unes après les autres. Arrivé à l'autre bout du champ de bataille, je me retourne, et qu'est-ce que je constate ? Figurez-vous que les rescapés se rassemblent et reconstituent leurs lignes ! C'est à croire que même les morts se sont relevés pour aller reformer les rangs. Alors moi, qu'est-ce que je décide ? Une nouvelle charge ! Et je relance ma cavalerie, dans l'autre sens, déchiquetant de nouveau les masses ennemies. Ah, la belle avalanche ! Ensuite, elles ne sont plus réapparues. Donc, à Eylau, j'ai enfoncé l'armée russe *deux fois*. À l'aller ! Et au retour !

Il ne va jamais finir de chanter sa gloire ? À moins qu'il n'ait une idée derrière la tête... songe Dalvers. Le maréchal ajoute :

— Depuis que nos quarante-huit mille sabots ont piétiné l'armée du tsar, les gens croient que les fers à cheval portent bonheur. Voilà pourquoi ils les clouent sur leur porte.

— C'est tout de même plus pratique que d'y clouer un soldat russe…

Passé une seconde de surprise, Murat éclate de rire.

— Bravo ! Bien parlé ! Vous me plaisez ! s'enthousiasme-t-il.

Posant ses coudes sur la table, il joint les mains.

— Vous l'avez vu, j'ai fait tout mon possible pour vous aider. J'avoue que j'attends de vous un petit service en échange. Lorsque vous rendrez compte de votre mission à Sa Majesté, pourrez-vous lui parler de moi ? Dites-lui que le grand Murat s'ennuie.

Ses généraux s'amusent de sa formule. Mais leurs sourires ne sont que des paillettes jetées en l'air pour masquer l'amertume. La nouvelle que Murat ne sera pas couronné roi d'Espagne a commencé à se répandre. Immense est leur déception.

— Jusqu'à quand vais-je demeurer ici, à faire le chien de garde devant Madrid ? Jusqu'à la Saint-Joseph ?

Sa provocation consterne ses officiers. Fixant Dalvers, le général Lepic pose l'index sur ses lèvres. Silence et oubli épargnent les ennuis… Le maréchal conclut :

— Pourrez-vous dire à l'Empereur que son fidèle Murat a hâte qu'on lui confie une nouvelle mission à la hauteur de ses compétences ? Dites-lui que je brûle d'offrir le meilleur de moi-même, pour la gloire de la France et la grandeur de l'Empire.

Il y a du tragique dans sa requête. Son désespoir est plus profond qu'il n'y paraît. Choisir Joseph Bonaparte au détriment de Murat, c'est mâcher de la limaille de fer et délaisser le caviar. De toute façon, Dalvers ne comprend toujours pas par quelle folie on envisage qu'un Français puisse devenir roi d'Espagne sans déclencher une guerre. Faut-il mal le connaître, ce pays, pour imaginer une chose pareille. Que ce soit l'un ou l'autre, Napoléon va couronner un mirage.

— Je crains que Votre Altesse ne me prête plus de pouvoir que je n'en ai réellement. Mais j'informerai Sa Majesté de l'aide précieuse que vous m'avez apportée et je transmettrai votre souhait d'action.

— Vous m'en voyez ravi ! Ravi et reconnaissant. Pour finir, j'ai un petit cadeau pour vous. Nous avons réussi à capturer l'un de ces apprentis sorciers, ce qui est bien rare. Je vous laisse l'interroger. Puis nous lui paierons son dû. Six balles tirées dans le dos. Ces bandits ne méritent même pas qu'on les fusille de face.

Ayant pris congé, Dalvers et Alzana sont invités à suivre un garde d'honneur. Celui-ci les entraîne sur un chemin grimpant à travers un bois. Après être passés devant un campement où logent les aides de camp, ils atteignent l'extrémité du plateau. Sur ce point dominant trône la grande tente du maréchal. La vue embrasse l'immensité. L'armée, Madrid, le monde : tout semble être à portée de main ! Fasciné, Alzana tend le bras vers la capitale et, d'un geste vif, referme le poing. Leur route bifurque, empruntant un sentier qui descend à flanc de falaise pour mener à un plateau secondaire, lui aussi couvert d'un bois dans lequel on a aménagé des clairières. Finalement, ce promontoire tout entier est un palais titanesque aux pièces à ciel ouvert.

Leur parcours labyrinthique s'achève dans un lieu lugubre. Une palissade isole cet espace. Des grenadiers jouent aux cartes, non loin d'un civil assis en tailleur, le crâne entouré d'un bandage sanglant, les mains liées dans le dos. Ayant rejoint le captif, Dalvers s'accroupit pour se porter à sa hauteur, car celui-ci n'a pas daigné se lever. Le rebelle tourne vers lui un visage surprenant. Il possède de grands yeux noirs. Cette impression est due à ses pupilles dilatées.

— Qu'est-il arrivé à tes yeux ? lui demande Dalvers.

Alzana traduit, l'Espagnol répond :

— J'ai vu ma vérité !

— Quoi ? Quelle vérité ?

— Ma Reine me l'a révélée. Si tu as de la chance, elle te montrera la tienne avant de te tuer.

Dalvers insiste, l'homme se mure dans le silence. Changeant d'approche, il désigne les grenadiers, qui ont interrompu leur jeu et viennent prendre leurs fusils placés en faisceau.

— Moi aussi, je peux te la montrer, ta vérité. Dans une minute, tu seras mort. Tu connais les lois de la guerre. Tu as été capturé en train de combattre sans uniforme, on va te traiter comme un assassin. Ils vont te passer par les armes. Mais je peux te sauver. J'en ai le pouvoir, je le ferai, je te le jure ! Dis-moi ce que tu sais, et tu vivras.

Pour l'Espagnol, ces paroles sont des brindilles soufflées par le vent. Toujours mutique, il suit des yeux une sauterelle, qui bondit d'un brin d'herbe à un autre.

— Parle-moi de ta reine. Qui est-ce ? Quel est son nom ?

Le prisonnier se met à rire, le voilà joyeux comme un enfant qui voit quelqu'un glisser et s'étaler dans la boue. Dalvers peine à contenir son irritation.

— Pourquoi obéis-tu à une Française ?

— Tu crois savoir, mais tu ne comprends rien... Tu es un aveugle qui ignore qu'il est aveugle, et qui est persuadé qu'il fait nuit noire. Ma Reine m'a ouvert les yeux.

— Ne veux-tu pas vivre ? Gâcheras-tu ta dernière chance ?

— Tu jacasses sans arrêt, mais tu n'es qu'un mouton qui bêle en croyant dire des choses intéressantes.

— Tu parles le charabia de ceux qui suivent un fanatique !

— Tu crois courir partout, tu t'agites, mais tu n'es qu'un cul-de-jatte qui se dandine sur sa planche.

— C'est Clarisse Reuty qu'il veut, n'est-ce pas ?

Enfin le prisonnier réagit, plongeant son regard dans les yeux de son interlocuteur. Ses immenses pupilles, d'un noir liquide, mettent mal à l'aise. L'Espagnol murmure :

— Finalement, tu n'es pas aveugle. Seulement borgne...

Dalvers dissimule son sentiment de triomphe. *Il connaît l'homme que je cherche et il croit que je sais de qui il s'agit... La reine et le tueur forment un duo. Sont-ils amants ?*

L'insurgé se lève et s'étire comme il le peut.

— La nuit tombe... annonce-t-il.

— Qu'est-ce que tu racontes ? C'est l'après-midi…

— Pour toi oui, pour moi la journée est finie, plaisante-t-il en désignant du menton les grenadiers. Bonne nuit !

Sur ce, d'un pas tranquille, il rejoint le peloton d'exécution.

Chapitre 19

Madrid, 2 mai 1808

La matinée est fraîche, ils se mettent en route, les chevaux frissonnants. Ne pensant qu'à son enquête, Dalvers aimerait traverser Madrid au trot, pour rejoindre au plus vite leur escadron de protection, et filer à bride abattue jusqu'à cette insaisissable Mme Reuty. Sans en laisser rien paraître, Alzana s'inquiète. En ce jour final de l'ultimatum, ordre a été donné aux troupes impériales de se faire discrètes. Les derniers membres de la famille royale doivent quitter la capitale avec une escorte dérisoire, comme si ce départ n'était qu'anecdotique. En réalité, c'est un coup d'État qui avance à pas de loup. Les Espagnols croient-ils encore que Napoléon va leur renvoyer Ferdinand VII ou Charles IV ? Quoi qu'il en soit, Alzana a dû restreindre leur escorte à Sardine et à quatre hussards. Et aucune force amie n'est visible dans les parages, seulement des habitants hostiles. Le grondement d'une foule parvient jusqu'ici, atténué par la distance. Cela provient de l'ouest, du côté de l'esplanade du Palais royal… Tandis qu'ils progressent dans la rue des Ambassadeurs, il aperçoit une patrouille arrivant en sens inverse. Shakos noirs, vestes bleues, bufflèteries et pantalons blancs : ce sont des soldats français ! Huit fusiliers conduits par un jeune lieutenant fringant. Bien, on se sent un peu moins seuls…

La clameur enfle subitement et se propage, la voilà qui retentit aussi au cœur de la ville, du côté de la Plaza Mayor. Le vent porte des cris confus : « Trahison ! », « … Français ! »… Cessant de s'imaginer déjà au palais Orgullo, Dalvers se réveille à la réalité qui l'entoure. Autour d'eux, la foule se densifie. Alzana abandonne l'idée de passer par la rue de Tolède pour gagner la Plaza Mayor. Ils vont bifurquer par la rue du Duc-d'Alba. C'est un détour, mais cela les rapprochera du parc du Retiro, dans lequel des troupes impériales ont pris leurs quartiers.

Des groupes font exprès de traverser devant eux, les obligeant à interrompre leur progression. Mentons levés, regards de défi, des femmes les maudissent. Des coups de feu retentissent au loin et la tempête éclate. Un Espagnol se précipite vers Dalvers et poignarde son cheval au poitrail, la bête se cabre en hennissant, désarçonnant son cavalier. L'assaillant se rue sur ce Français à terre, mais Sardine lui tranche la carotide d'un mouvement de sabre, éclaboussant la foule d'une pluie écarlate. Sortant un tromblon dissimulé sous sa cape, un vieillard tire sur le sapeur, abattant sa monture. Les autres cavaliers ont dégainé leurs lames et sabrent à tour de bras, faisant s'effondrer les corps autour d'eux. Dalvers se relève, l'épée à la main. Une femme vêtue de blanc se précipite dans sa direction, et lui croit qu'elle s'enfuit. Il entrevoit son visage, d'une beauté saisissante, avant de réaliser qu'elle brandit un couteau ! D'un geste vif, il lui transperce le poignet. Une autre Madrilène s'élance vers lui, des ciseaux à la main, mais glisse sur les pavés inondés de sang et chute sous les sabots d'un hussard. Autour de lui, les gens affluent, armés de bric et de broc, couteaux, faucilles, haches, gourdins… L'escorte se jette sur ces masses et les pourfend. Prenant l'un de ses pistolets d'arçon sur la dépouille de son cheval, il tire dans le tas, un homme s'écroule en arrière, tombant dans les bras de ceux qui le suivent. Un borgne veut l'embrocher avec un épieu de chasse, mais Alzana le percute du poitrail de sa jument et le piétine. Déchaînés, les Espagnols se jettent sur les rênes et s'agrippent aux cavaliers pour tenter de les désarçonner… Un hussard décapite un rebelle qui vient de le blesser à la cuisse, un autre assaillant grimpe sur la croupe de son cheval et le poignarde avant d'être abattu d'un coup de pistolet par Alzana. Abasourdi, Dalvers titube au milieu des flaques de sang.

Tout devient de plus en plus confus, des silhouettes accourent, attaquent, tombent… Des coups de feu éclatent, très près. On distingue des vestes bleues et des shakos, ce doit être la patrouille qui vient à leur aide. Mais ces renforts ne parviennent pas à rompre l'assaut ennemi. Des insurgés se jettent sur eux, les fantassins percent à la baïonnette et expédient des coups de crosse, fracassant des têtes et des mâchoires. Dalvers rejoint Sardine, chacun couvre les arrières de l'autre. Un hussard s'approche, mais son cheval se retrouve piégé dans une mêlée inextricable. Un révolté se glisse sous la monture et l'éventre avec sa navaja. La pauvre bête répand ses entrailles et s'effondre, une grappe d'assaillants se jettent sur le cavalier pour l'écharper. Quatre bras agrippent Alzana par le côté gauche et le tirent ; impitoyable, il les tranche d'un coup de sabre, les mains tombent comme des fleurs coupées. Exaspérée par cette multitude, sa jument se met à ruer, brisant les crânes comme des œufs et enfonçant les cages thoraciques. Elle se cabre, désarçonnant son cavalier qui s'écrase sur un amoncellement de corps. Les assaillants refluent tandis qu'elle tournoie sur elle-même en hennissant et en continuant à expédier des ruades. Un révolté tente de l'abattre au pistolet, mais la bousculade lui fait rater sa cible. Effrayé par cette détonation si proche de son oreille, le cheval le mord au visage et lui arrache la face, révélant une tête de mort sanglante hurlant de douleur.

— À l'écurie ! lui ordonne Alzana, qui craint qu'elle ne se fasse tuer d'une seconde à l'autre.

Sa jument hésite à l'abandonner, puis obéit en s'élançant au galop, renversant ceux qui ne s'ôtent pas assez vite de son chemin. En traçant au sabre de grands arcs de cercle devant lui, il force les insurgés à reculer, et rejoint Dalvers et Sardine. Un hussard les rallie. Lui aussi doit abandonner son cheval, qui boite parce qu'une navaja lui a tranché un jarret. Quatre fusiliers le suivent, seuls rescapés de la patrouille. À coups de sabre et de baïonnette, les Français refoulent les émeutiers et les maintiennent à quelques pas de distance. Des détonations retentissent dans un pâté de maisons proche, un soldat traverse une fenêtre en pulvérisant les vitres et chute depuis le premier étage. Il s'étale sur les pavés, mais ramasse son fusil et se relève d'un bond en pointant son arme vers les rebelles qui accourent. Ce voltigeur rattrape le petit groupe de Français qui se dirigent vers une ruelle.

— Mon commandant ! Ceux chez qui je logeais, ils ont assassiné mes deux camarades ! signale-t-il à Alzana, le seul officier présent.

Et puis, en apercevant les corps étendus partout, il réalise que son malheur n'est que l'infime fraction d'un désastre gigantesque. Partout retentissent maintenant des clameurs, des fusillades… L'insurrection embrase Madrid.

Alzana lance à Sardine :

— On se replie au parc du Retiro. Là-bas, nous retrouverons les nôtres.

Se détachant de la foule, un homme apparaît avec deux dogues, des molosses au pelage fauve et aux gueules massives. En leur désignant les Français, il crie : « Tue ! », et les bêtes se ruent à l'attaque en aboyant.

— Foutue chiennerie ! s'exclame Alzana.

D'un cinglant coup de taille en revers, il décapite le premier chien, qui vient de bondir sur lui. Un hussard a juste le temps de protéger sa gorge avec son avant-bras, mais l'autre dogue y plante ses crocs. Il se met à hurler tout en se débattant, l'animal ne lâche pas prise, le sang coule. Un fusilier accourt et, d'un planter de baïonnette, perfore le crâne de la bête. Sans s'en rendre compte, ces deux Français sont venus se placer au pied des balcons. De là-haut, des Madrilènes lancent des projectiles sur eux. Un pot de fleurs s'écrase sur le fantassin, puis une chaise, un vase… Hors de lui, le soldat charge la foule à la baïonnette et enferre un meneur armé d'une hache. La nuée se jette sur cet isolé, des mains l'agrippent, des coups de couteau le criblent, son uniforme est mis en lambeaux. L'homme disparaît, englouti par la multitude. Puis il réapparaît, suscitant une liesse féroce. Son cadavre, nu et ruisselant, s'élève, tiré par une corde nouée autour de ses pieds. Le voilà maintenant qui se balance, la tête en bas, pendu à un lampadaire comme une carcasse au croc d'une boucherie.

Les insurgés, toujours plus nombreux, hésitent devant ces Français qui se replient sans céder à la panique. Une femme s'extirpe des masses humaines. D'une grande beauté, elle serre dans sa main son poignet transpercé par Dalvers. Avec sa robe blanche trempée par la tuerie, elle ressemble à une mariée sanglante. Elle crie aux Espagnols :

— N'y a-t-il que des lâches, ici ?

À ces mots, la foule se précipite à la poursuite de ces soldats, qui viennent de disparaître dans une ruelle. Alzana et Sardine ouvrent la voie. Dalvers suit tout en enveloppant l'avant-bras du hussard dans un bandage de fortune. Le voltigeur et les trois derniers fusiliers forment l'arrière-garde. Ayant eu le temps de recharger, ils visent la cohue canalisée par ce goulet d'étranglement. Leur salve abat les quatre rebelles les plus avancés, brisant net la course des suivants. Les insurgés continuent de les pourchasser, mais en évitant le contact direct. Marchant en tête, la blessée les exhorte :

— Plus vite, ils s'échappent !

Des dizaines de voix vocifèrent « Mort aux Français ! ». Cette horde ressemble à un monstre, un Léviathan.

Les pots de fleurs pleuvent autour de Dalvers et éclatent à ses pieds. De l'eau bouillante l'atteint au bras droit, il hurle, déclenchant les cris de joie de deux femmes, trois étages au-dessus de lui. Un Espagnol s'apprête à jeter un coffre sur eux, mais le voltigeur l'abat, le rebelle bascule en avant, chute et vient s'écraser devant lui. Tirée depuis une fenêtre, une balle frôle Sardine et va ricocher sur un pavé, un coup de fusil de chasse crible de plombs la pelisse du hussard blessé. Apparaissant au bout de la rue, des silhouettes leur coupent la route.

— Chargez ! s'exclame Alzana.

Mal armés de couteaux et de barres à mine, ces émeutiers sont sabrés, percés et décimés. Un ouvrier brandit une pioche et en plonge le fer dans la poitrine d'un fusilier, avant d'être aussitôt foudroyé d'un coup de sabre. Se dégageant du lacis des ruelles, le groupe s'engage dans la rue du Duc-d'Alba. Un grenadier impérial apparaît à l'autre bout de celle-ci, accourant vers eux à toutes jambes. Un torrent humain se matérialise derrière lui, engorgeant le passage. Un deuxième Léviathan…

— Français ! Français ! hurle le fugitif à l'intention du petit groupe.

Plus il se rapproche, plus la nuée se densifie dans son dos. Des centaines d'insurgés sont à ses trousses.

Alzana attend qu'il les rejoigne, le visage du grenadier s'illumine d'un sourire éperdu.

— Par ici ! indique le chef d'escadron en les guidant dans une venelle, sur sa gauche.

Se replongeant dans le labyrinthe des ruelles, ils dévalent des escaliers, bifurquent à chaque croisement… Leur parcours embrouillé désoriente Dalvers, qui a l'illusion de courir le long de la spirale d'une coquille d'escargot. Les façades défilent devant ses yeux, leur course est un vertige. Atteindra-t-on jamais le Retiro ? À un balcon, il aperçoit brièvement une vieillarde vêtue de noir qui se signe en le regardant, et il a l'impression d'être déjà mort, gisant égorgé dans un caniveau. Leur arrière-garde se réjouit, la foule, bernée par tous ces changements de direction, s'est lancée sur un mauvais chemin. Hélas, des femmes, perchées sur les terrasses, agitent des tissus blancs pour attirer l'attention et crient :

— Ici ! Les Français sont ici !

Le Léviathan réapparaît sur leurs talons. Massés aux fenêtres, les habitants acclament les émeutiers et les applaudissent. Leurs cris de « Vive l'Espagne ! » sont comme des fleurs qu'ils lancent par brassées aux révoltés. Dans tout Madrid, le fracas des combats s'est encore intensifié ; maintenant, on entend même retentir des tirs de canon.

— Plus vite ! ordonne Alzana.

— Il faut que je lui mette un garrot ! implore Dalvers.

— Non, ça va... objecte le blessé. Je préfère rejoindre d'abord nos camarades...

Le hussard voudrait en dire plus, mais ces quelques mots l'ont déjà épuisé. Il a enroulé son bras dans un pan de son dolman déboutonné. Le manteau, trempé de sang, commence à suinter. Son visage, exsangue, ressemble à un linceul voilant son cadavre. Pour reprendre son souffle, il s'arrête, et disparaît subitement. Une armoire vient de l'écraser. Depuis un balcon, deux hommes poussent des cris de triomphe. Alzana en abat un au pistolet, l'autre se replie en catastrophe dans son logement.

— Par ici, on va rejoindre la rue d'Atocha ! indique-t-il.

Ils font irruption dans une large avenue, mais se figent. Là, par terre, partout : des têtes coupées, des corps décapités ou aux crânes fendus, des dragons égorgés, des chevaux éventrés se tordant de douleur au milieu de leurs entrailles… Un parti de cavalerie est passé en tempête, balayant tout sur son passage. Glacé, Dalvers voit ramper vers lui un ver monstrueux. C'est un cheval, en réalité. Mais l'animal, ayant eu les jambes coupées par des sabres et des faux, progresse en se contorsionnant, d'où cette vision irréelle d'un ver géant gavé de charognes.

L'attaque vient d'avoir lieu. La foule, qui s'était débandée pour fuir la charge, reflue depuis les ruelles adjacentes. Les émeutiers se rassemblent, leurs groupes grossissent à vue d'œil. Voilà les Léviathans qui réapparaissent, au nord-ouest, en direction de la Plaza Mayor, où retentissent des fusillades ininterrompues, mais aussi au sud-est, vers le parc du Retiro, et, dans cette direction également, les combats font rage. Des insurgés désignent ces Français isolés en train de traverser l'avenue changée en ruisseau de sang. Des dizaines de personnes s'avancent vers ces nouvelles proies, puis se mettent à courir. Tous affluent vers cette promesse d'un carnage facile.

— Par là, annonce Alzana tout en s'engageant dans une autre rue.

« Par ici ! », « Par là ! » : Dalvers ne le croit plus. Il n'y a plus ni « ici » ni « là ». Ne restent que la course et la mort à leurs trousses.

Partout depuis les balcons, des gens les accablent de coffrets, bouteilles, tables, tonnelets, giclées d'eau bouillante… On leur crache dessus, quelques coups de feu claquent, souvent mal ajustés. Un tir plongeant frôle Dalvers, la balle passe tout près de son oreille en vrombissant comme un insecte.

Ils surgissent sur une petite place triangulaire, la Plaza del Beso. Devant l'entrée d'un monastère, des religieux leur font de grands signes.

— Venez vous abriter ici ! lancent les moines en castillan.

Alzana craint un piège. Sanglant et dépenaillé, un soldat français apparaît sur le seuil et les incite à venir. Mais s'agit-il bien de l'un des leurs ? Arrivant du nord, une colonne de rebelles longe les murs du monastère. Le blessé se réfugie dans le sanctuaire. Les révoltés tentent de l'y poursuivre, mais les religieux leur barrent le passage. Les assaillants n'insistent pas.

Des marées humaines obstruent les cinq rues qui convergent sur cette place. À sept contre mille, ou beaucoup plus, les Français sont au bord de l'anéantissement. Dalvers rêvait de découvertes, de voyages et de rencontres, mais son monde vient de se réduire à ce triangle dérisoire. Alzana désigne une belle bâtisse haute de trois étages.

— Sardine, ouvre-moi cette porte !

Le sapeur attaque l'obstacle à la hache. La lame s'enfonce avec vigueur dans le bois, disjoignant les planches. Les insurgés leur lancent des pavés, eux répliquent par des coups de feu. Les foules se rapprochent. Les plus impétueux défient déjà les soldats. Dalvers se rend compte qu'il a perdu son épée dans la confusion. Peut-être l'a-t-il lâchée quand il a été ébouillanté. N'ayant plus que sa « dernière chance », il sort le couteau dissimulé dans sa botte.

— *¿A cuchillo?* lui lance un émeutier en riant.

Le rebelle exhibe sa navaja. Alzana et les quatre autres soldats sont piégés dans des corps à corps, tandis que Sardine continue de disloquer la porte comme un dément. L'Espagnol fait aller et venir sa lame, menaçant son adversaire avec son tranchant en rasoir. Mais son attaque en devient prévisible. Lorsqu'il bondit sur Dalvers pour l'égorger, celui-ci bloque son geste en parant de l'avant-bras gauche et frappe en piqué cœur-gorge-rate. Le rebelle s'effondre et les autres refluent, sidérés. Alzana, qui venait de se dégager et se précipitait à son secours, en est lui-même surpris.

— Ça, c'est de la belle médecine, docteur…

Sardine se retourne, ses yeux écarquillés lui font une tête de poisson jeté hors de l'eau.

— Porte ouverte ! s'exclame-t-il.

Ils s'engouffrent dans la maison et, aussitôt, malgré les pavés qui pleuvent sur eux, ils font basculer une armoire en travers du passage, puis ils accumulent des chaises et un coffre. Sabre à la main, Alzana et Sardine explorent les lieux. Une famille se tient blottie dans un angle de la salle à manger. Ces pauvres ères ressemblent à des lapins fixant deux renards qui se faufilent dans leur terrier.

— Nous ne vous ferons aucun mal, leur promet Alzana. Y a-t-il d'autres personnes, ici ?

Des coups de masse défoncent les volets et brisent les vitres. Les enfants de la maisonnée hurlent de terreur. La foule attaque aussi les fenêtres de la façade arrière. Depuis l'entrée, les émeutiers tentent de repousser les meubles et de percer les Français avec des piques. Le grenadier défend le vestibule à la baïonnette, pendant que ses camarades rechargent leurs fusils dans la précipitation. Un cri de triomphe survient dans leur dos. Quelqu'un a réussi à s'introduire dans la demeure, ils vont être pris à revers.

— Tous à l'étage ! ordonne Alzana.

Leurs pas précipités font gronder les marches en bois, tandis que les rebelles s'échinent à dégager les obstacles. La pression de la foule est si forte que les premiers assaillants sont écrasés contre l'armoire et finissent par s'effondrer avec elle. En quelques instants, le rez-de-chaussée se retrouve envahi par une cohue en armes. Un homme en redingote vise les Français avec son escopette, la balle érafle le bras d'un fusilier. Les nuées s'écartent pour laisser passer un sous-officier dont l'uniforme blanc est éclaboussé de sang. On ne voit que très peu de soldats espagnols dans les rues, car la junte leur a donné l'ordre de rester dans leurs casernes. Mais ce sergent a désobéi, et le voilà promu chef de meute. La belle blessée marche à ses côtés, on dirait des mariés criminels se dirigeant vers l'autel.

Pendant que ce duo de meneurs organise l'assaut à venir, les Français se retranchent en catastrophe. Les fantassins rechargent leurs armes et les pistolets des hussards. Dalvers aide Alzana et Sardine à transporter des lits et une commode, qu'ils retournent pour les transformer en parapet de fortune. La balustrade du palier et le seuil de l'escalier se retrouvent barricadés.

Quand les rebelles ont rassemblé assez de fusils, le sergent donne l'ordre d'ouvrir le feu. Bien abrités, les défenseurs ne sont pas touchés, leurs ripostes couchent les tireurs. La fumée des fusillades emplit les pièces, on recharge en toussant. Des insurgés s'élancent dans l'escalier. Ils tentent de renverser le mobilier, ou d'atteindre les défenseurs de l'autre côté. Mais les baïonnettes les transpercent, des coups de crosse les propulsent en arrière et les renvoient dévaler les marches. Très vite, les corps s'amoncellent, entravant la progression des nouvelles vagues d'assaillants. On continue de se fusiller mutuellement. Sur les sommiers et les matelas, les trous s'accumulent. Accaparés par l'affrontement, les défenseurs ont quitté la « mariée » des yeux, alors que celle-ci vient d'échafauder un nouveau plan. Sur son ordre, les insurgés dans l'escalier se replient et des lampes à huile sont jetées sur les Français. L'une d'elles se brise sur la tête d'un fusilier, qui s'embrase. Dalvers voit cette silhouette tituber vers lui, ruisselante de liquide enflammé et agitant les bras, la bouche hurlant de douleur au milieu de ce visage en feu. L'homme s'écroule, lui tente d'éteindre les flammes avec sa veste, mais le combustible ruine ses efforts.

— Repli ! Repli ! ordonne Alzana.

Les lampes continuent de s'abattre, car les rebelles en ont réclamé aux voisins. Le temps que les défenseurs atteignent le deuxième étage, le premier palier s'est déjà transformé en mer de flammes.

Agrippant Sardine par le bras, Alzana lui dit :

— Trouve un accès qui mène au toit, ou débrouille-toi pour en percer un.

Une accalmie étrange, presque onirique, s'installe. Les coups de feu ont cessé dans la bâtisse, un brasier les sépare de leurs ennemis qui refluent dans les rues. En silence, les Français rechargent leurs armes.

La fumée s'accumule et les repousse au grenier. Là-haut, perché sur une table remisée là, Sardine attaque la charpente des combles à la hache. Le plancher est brûlant, la sueur coule sur les visages. Le sapeur pousse un cri de joie tandis que des madriers et des tuiles lui tombent dessus. Par le trou qui vient d'apparaître, on aperçoit le ciel, bleu, beau comme un miracle !

S'aidant les uns les autres, ils s'empressent de monter là-haut.

De l'air respirable, une vue dégagée : le soulagement est sans bornes. Ils marchent avec précaution sur la toiture. Depuis les balcons, des Madrilènes les désignent aux émeutiers en criant :

— Ils sont ici ! Sur les toits !

Madrid est à feu et à sang. Des nuages de fumée blanche, accumulés par les fusillades, planent par endroits et imprègnent l'air d'une odeur de poudre brûlée. Alzana évalue la situation. Ils doivent fuir ce chaos. Impossible d'aller au sud, la place del Beso leur barre le passage. De même, à l'est, une rue les sépare des murs du monastère de Santa Ana. Ils peuvent se déplacer de toit en toit vers l'ouest, ou bien sauter par-dessus une ruelle pour se diriger vers le nord. S'approchant du vide, il jette un coup d'œil en contrebas. La multitude des insurgés noircit les rues. En l'apercevant, certains brandissent des piques en hurlant :

— *¡Pollo! ¡Pollo!*

— Qu'est-ce qu'ils crient ? demande Dalvers.

— « Du poulet ! Du poulet ! » traduit Alzana tout en reculant pour ne pas s'offrir en cible.

Le grenadier le rejoint, pour lui désigner un filet de fumée qui se faufile entre les tuiles. Le feu se propage plus vite que prévu…

— On fait quoi ? Il y a…

Une balle lui troue la poitrine, il tombe en avant et chute pour aller s'écraser sur les pavés, déclenchant une clameur de joie. Son corps est embroché par les piquiers, puis mis en pièces par des gens déchaînés, comme si chacun voulait se tailler un bout de chair en guise de porte-bonheur.

Alzana appelle à lui le voltigeur.

— Tu as vu qui a tiré ?

— Non, mon commandant.

— Ça venait forcément des toits. Il a fait mouche de manière impeccable, c'est l'œuvre d'un soldat armé d'un fusil militaire. Si tu ne nous débusques pas ce tireur, il va nous cueillir les uns après les autres.

— Ben, vous êtes hussard et officier, mais il ne vous a pas pris pour cible. Cette cheminée, derrière vous, a dû le gêner. Vu les éclaboussures de sang, la balle venait du sud-ouest. Donc le coup est parti de ce clocher, là-bas. Moi, si j'étais espagnol, placé là-haut, je soufflerais vos têtes comme les bougies d'un gâteau d'anniversaire…

— Tu es sûr ? Ce n'est pas un peu loin ?

Sans plus l'écouter, le voltigeur vient s'appuyer contre la cheminée et épaule. Alzana aperçoit une silhouette qui les vise, depuis le dernier niveau du clocher en question. Oui, ce doit être lui, voilà leur ennemi le plus dangereux du moment ! Le Français fait feu le premier, sa balle traverse le tireur et vient percuter la cloche qui résonne.

— Bravo ! Tu l'as eu, et, en prime, tu lui sonnes le glas ! plaisante Alzana.

Du sabre, il désigne l'ouest.

— On se déplace ! Par là !

Ils s'engagent sur la toiture, depuis laquelle des fumerolles s'élèvent maintenant partout. Des panaches s'échappent des fenêtres de la bâtisse, les isolant du reste de la ville.

La maison suivante, un peu plus élevée, les contraint à franchir un décrochage de niveau. Un mètre seulement, mais il faut se hisser. Sardine est passé le premier, suivi du voltigeur qui tend la main à Dalvers pour l'aider. Des rebelles apparaissent à l'autre extrémité du toit, brandissant des barres de fer, des gourdins et des navajas.

— En voilà encore ! s'exclame le dernier fusilier, désemparé.

Désignant ces nouveaux assaillants à son ami, Alzana lui lance :

— Sardine, défonce-moi ces portes !

Les yeux exorbités, le sapeur empoigne sa hache et se précipite vers eux en hurlant comme un possédé. Il fracasse l'épaule du premier, entaille jusqu'à l'os la cuisse du deuxième, broie les côtes du troisième. Alzana en abat un quatrième au pistolet, puis sabre à tout-va, rabattant des ennemis vers la rue avant de les précipiter dans le vide sous ses coups. Les derniers insurgés s'enfuient. Tandis que le voltigeur recharge son arme, Dalvers tend le bras au fusilier pour l'aider. Mais celui-ci, à bout de nerfs, rebrousse chemin, cherchant des yeux une autre voie de fuite.

— Reviens ! Rejoins-nous ! lui hurlent ses compagnons, stupéfaits.

Subitement, le soldat disparaît dans l'effondrement du toit, englouti par la gueule des Enfers, tandis qu'une colonne de fumée noire s'élève, constellée de milliers de débris incandescents.

Les Français continuent de progresser, courbés sous les tirs. De temps en temps, une balle vient faire éclater une tuile à leurs pieds. Alzana les guide jusqu'à un point qu'il juge favorable. Là, assis sur une toiture pentue et adossés à une large cheminée, les quatre rescapés forment un dernier bastion.

Le bruit de milliers de sabots trottant sur les pavés se met à retentir. Ailleurs, conduites par des roulements de tambour, d'innombrables chaussures cloutées marchent en cadence. Des ordres sont criés, des trompettes sonnent la charge. Dans les grandes artères de Madrid, des troupes s'élancent à l'attaque.

— Je reconnais cette musique ! Ça, c'est du Murat ! annonce Alzana, transfiguré par un sourire de triomphe.

Mais, dans la ville déchaînée, les Espagnols poursuivent le combat, affrontant les troupes impériales avec un courage que personne n'avait anticipé. Des torrents de violence déferlent dans les rues, et les insurgés en oublient complètement ces quelques Français perchés.

Dalvers contemple le ciel. Pris d'un léger vertige, il a l'impression de tanguer, comme un naufragé allongé sur un radeau.

— On s'en souviendra longtemps, de ce 2 mai à Madrid… murmure-t-il.

— Et je crains que ce ne soit que le début… renchérit Alzana.

— Vous avez l'air si serein, comment faites-vous pour garder votre sang-froid ?

— Le chaos me calme.

Pour narguer la mort qui continue de frapper partout autour d'eux, l'officier s'allonge sur le côté, un coude plié, sa tête reposant sur sa paume.

— Nous, les hussards, nous chérissons nos traditions. L'une de mes préférées est la suivante : lorsque quelqu'un a gagné notre estime, nous lui attribuons un surnom. Vous connaissez « Sardine ». Moi, je suis « le Général », ou bien « la Panthère », car c'est le nom de guerre que m'ont décerné les insurgés, à cause de mon tapis de selle et de mon acharnement au combat. Toi, la voltige, en souvenir de ton exploit d'aujourd'hui, je te surnomme « Sonne la Mort ».

Le voltigeur hoche la tête, semblant beaucoup apprécier.

— Quant à vous, docteur, ce sera « Belle Surprise ».

Chapitre 20

En route vers le palais Orgullo, campagne espagnole, 3 mai 1808

La veille, le maréchal Murat a fini par écraser l'insurrection. Tant les Français que les Espagnols sont encore éberlués par cette explosion de violence. Les morts, les blessés et les disparus se comptent par centaines, peut-être même par milliers… Mais les rapports officiels minimisent les pertes des deux camps, pour masquer la gravité des événements.

Après avoir été libérés par les troupes impériales, Dalvers, Alzana et Sardine sont retournés à leur point de départ. Le chef d'escadron a eu la joie d'y retrouver sa jument, qui a réussi à regagner son écurie. En voyant revenir ce cheval, les quelques hussards disponibles se sont lancés à la recherche de leur chef, mais n'ont réussi qu'à s'engluer dans les combats.

Ayant été forcés de remettre leur périple au lendemain, Dalvers et ses compagnons ont traversé ce matin un Madrid rouge sang. Des troupes et des canons gardaient les carrefours, les Madrilènes restaient cloîtrés chez eux. Au pied des façades criblées d'impacts de balles et de mitraille, d'innombrables cadavres espagnols jonchaient les rues, car Murat a donné l'ordre de les laisser pourrir sur place, à titre d'exemple.

Une fois leur escadron d'escorte enfin rejoint, ils se sont mis en route.

*

Les cinq éclaireurs apparaissent à l'horizon. L'un d'eux file jusqu'au sommet d'une colline. Sa silhouette se découpe maintenant sur le ciel. Brandissant sa carabine au-dessus de sa tête, il l'agite lentement. La mine d'Alzana s'assombrit.

— Ils ont découvert quelque chose.

Prenant le galop, il entraîne la colonne vers ce nouveau cap. Le martèlement des sabots produit un grondement de tonnerre, le sol tremble, un nuage de poussière vient couvrir les uniformes. Les hussards longent des champs de blé aux épis encore verts et des prairies assoiffées où s'enfuient des troupeaux de chèvres. Les fermes ont l'air d'être désertes. Avec leurs murs blanchis, leurs volets clos et leurs portes barricadées, elles ressemblent à des coquillages échoués là. L'air est déjà brûlant, ces premières heures du jour sont une pelletée de braises. Les chevaux sont en nage, leur bave blanchit les mors. Au loin, les éclaireurs obliquent vers le nord-ouest, pour se diriger vers un bois aux couleurs claires. Ils se dissolvent dans cette étendue végétale, déclenchant une grande envolée noire. Des centaines de corbeaux s'élèvent en croassant et se mettent à tournoyer dans le ciel, avant de finir par aller s'accumuler sur trois platanes isolés au milieu d'un champ.

L'escadron les rejoint enfin, la fraîcheur de l'ombrage apaise les visages ruisselants de sueur. Apercevant un étang, les chevaux s'empressent de s'abreuver. Des soldats se sont détachés du groupe pour monter la garde en vedette, à cheval, la carabine à la main. Les éclaireurs se trouvent un peu plus loin, près de bœufs morts. Réprimant la soif de sa monture, Alzana longe des roseaux dont les plumeaux s'agitent dans la brise. Sardine et six autres cavaliers l'escortent.

— Vous n'êtes pas obligé de vous imposer cela, lance-t-il à Dalvers qui les suit.

— Je veux vivre les yeux ouverts.

Là-bas, ils découvrent un chemin encombré de chariots calcinés semblables à d'énormes scarabées piétinés. Aux branches des tilleuls sont pendus des dizaines de soldats dénudés. Les rebelles ont planté un panneau avec écrit en espagnol « Fruits français ». Il flotte une odeur de sang, de poudre et de brûlé. Bigrat, le commandant en second de l'escadron, arrive à son tour. Se figeant devant les pendus, il ne peut s'empêcher de se masser le cou.

Alzana inspecte les débris de ce convoi de ravitaillement. Des bœufs, des chevaux et des mulets sont tombés un peu partout, tués dans l'affrontement ou achevés à cause de leurs blessures. Étrangement, plusieurs animaux ont été décapités et les têtes sont manquantes. Les insurgés n'ont pas eu le temps d'ensevelir leurs morts ni même de les emporter. Les corps de ceux-là ont été alignés, en retrait du champ de bataille. Plongés dans l'ombre des arbres, ils semblent dormir, comme s'ils faisaient la sieste après s'être épuisés dans ce massacre.

— L’attaque est récente. Quel dommage que nous ayons raté cette bande…

Se retournant sur sa selle, il ordonne à un caporal d’aller chercher des volontaires pour enterrer ces corps. Les corbeaux sont revenus dans le bois, leurs croassements sont partout.

Un sous-lieutenant a été cloué à un tronc. On lui a laissé son uniforme, trop déchiré pour être récupéré. Les insurgés l’ont figé dans une position singulière. Debout, il semble tendre le bras droit, désignant de l’index un sentier.

Alzana interroge du regard l’un des éclaireurs, qui hoche la tête. Oui, les lieux sont sûrs. Il s’engage sur ce chemin, suivi par son escorte et Dalvers. Par surcroît de précaution, il scrute les buissons, au cas où l’ennemi aurait abandonné derrière lui un tireur embusqué.

Dans la clairière, ils découvrent une sorte de culte archaïque et barbare. Des créatures ensanglantées, des hommes aux têtes de chevaux ou de mulets, font cercle autour d’un petit autel. Cloués aux arbres, ces êtres paraissent guetter l’arrivée de leur divinité. En retrait, d’autres victimes ont été mutilées différemment. Celles-ci n’ont pas été décapitées, mais on leur a élargi le sourire au couteau et déboîté la mâchoire. Avec leurs gueules démesurées, on dirait des démons carnassiers hurlant de rire.

Sidéré, Dalvers se tient immobile. Machinalement, il pose les mains sur les pommeaux de ses armes, sa nouvelle épée et un couteau qu’il porte désormais à la ceinture, en plus de celui glissé dans sa botte. Pour se ressaisir, il se raccroche à sa quête. Il veut percer les mystères de la violence ? Eh bien, la voilà justement qui lui sourit. *Comment en est-on arrivé là ?* Les hussards éclatent de rire. Ces manifestations de joie le font tressaillir. Il est pris d'un vertige, le pressentiment de la chute. Pas de son cheval. Pire. À l'intérieur de son esprit, il existe un abîme, et ces rires dans l'horreur l'ont amené au bord de ce gouffre. Alzana s'approche de lui.

— Ils veulent nous terrifier. Nous ne leur ferons pas ce plaisir.

Se dressant sur ses étriers, l'officier cherche en vain à repérer une silhouette tapie dans les bois. Il doit se contenter de crier aux arbres, en castillan :

— Je suis le chef d'escadron Hector Alzana, du 5e hussards ! J'ai hâte de vous rencontrer. Vous contre nous ! Nous verrons bien lequel des deux camps clouera l'autre !

Brandissant leurs sabres, ses cavaliers hurlent :

— Gloire au 5e hussards ! Vive l'Empereur, vive l'enfer !

Il observe Dalvers, blême, qui fixe un cadavre « grotesque » allongé dans les herbes, avec ses membres amputés et permutés, bras pour jambes, et *vice versa*.

— Dans son courrier adressé au maréchal, l'Empereur donne des renseignements sur vous. On m'a dit que vous étudiiez la violence. Vous avez même écrit une thèse sur le sujet, fort intéressante, paraît-il. Alors ? La journée est-elle fructueuse ?

— Comment en est-on arrivé là ?

Pour l'instant, cette pensée est tout ce qu'il peut prononcer.

— Ah, la belle question ! J'aimerais pouvoir vous dire que ces rebelles sont des rustres bestiaux maintenus dans une bêtise crasse par la monarchie et le clergé espagnol… Seulement, tout ça, c'est trop facile ! Nous avons des soudards qui pillent et assassinent. Nous aussi, parfois, nous semons l'horreur. À ce propos, au sujet de l'Ogre… Pendant qu'il était sur les routes pour son commerce, des traînards de notre armée ont enfoncé la porte de sa demeure et violé sa femme avant de la pendre. C'est après ce crime que cet homme a rejoint la Chasse sauvage. C'est *nous* qui avons changé ce boucher en ogre ! Il faut absolument que le maréchal réussisse à mettre un terme à ces abominations. Et aux nôtres, et aux leurs !

Au souvenir de commentaires méprisants d'officiers envers cette « racaille stupide », il ajoute à voix basse :

— Ils sont très intelligents, au contraire. Il suffit de tomber dans l'une de leurs embuscades pour s'en convaincre…

Secouant la tête, il tente de se réveiller de ce cauchemar.

— Mais où est-elle passée, la Révolution ? Renverser la monarchie, forcer l'Église espagnole à se réformer… C'est pour cela que nous sommes venus en Espagne ! Enfin, je crois… Or maintenant, voilà que Joseph Bonaparte va être couronné…

Un corbeau vient se poser près d'une dépouille, clouée à quatre pattes sur une souche. Ce corps-là est doté d'une tête de chien.

— J'adore les animaux, annonce Alzana.

Dégainant un pistolet de sa fonte d'arçon, il vise et tire. L'oiseau explose dans une bulle de sang et de plumes tourbillonnantes.

— Sauf les corbeaux qui mangent de la chair humaine…

Des volontaires les rejoignent et commencent à creuser une fosse commune ici aussi. L'horreur est partout, Dalvers a du mal à respirer. Cherchant un peu de répit, il lève la tête et laisse son regard errer dans les feuillages ondulant au gré du vent. Là-haut, les corbeaux sautillent sur les branches en croassant et font claquer leurs becs. Alzana observe le cadavre d'une jument. Elle a été éventrée et ses organes ont été retirés. Dans cette béance, on a disposé un corps nu recroquevillé. Cela ressemble à une gestation contre nature, comme si les Français naissaient des chevaux.

— Vous m'impressionnez, monsieur Dalvers. Après la révolte de Madrid, j'étais persuadé que vous prendriez vos jambes à votre cou pour regagner Paris. Or vous êtes toujours là.

— Je veux poursuivre mon enquête. Je veux savoir !

— C'est tout à votre honneur. Attention à vous, cependant. Savez-vous ce qu'est une « chevauchée vers la mort » ?

— Non…

— Sur le champ de bataille, on nous confie une mission précise : harceler, contrer un déploiement de troupes, décimer la cavalerie adverse… Quand nous chargeons, l'esprit est saisi d'une sorte d'ivresse, un mélange de peur, de rage, de joie et de puissance. Souvent, nous triomphons ! Alors nous nous replions, pour aller nous regrouper à l'abri, derrière nos lignes. Mais il arrive que certains hussards se laissent griser ! N'écoutant plus les appels, ils poursuivent leur galop, dévorent les distances, attaquent d'autres unités, sabrent à tout-va… Quand leurs chevaux finissent par s'épuiser, ils se sont engagés si profondément dans les formations ennemies que plus personne ne peut leur porter secours. Alors la cavalerie de réserve les attaque et les submerge. C'est cela, une chevauchée vers la mort. En conclusion : parfois, il faut savoir lâcher prise et tourner bride. Vous m'avez l'air d'être complètement absorbé par votre enquête. Attention à ne pas vous aventurer trop loin…

Ces paroles laissent Dalvers sans voix.

Au centre de la clairière, ils découvrent une poupée de paille et de chiffon. Habillée d'une robe noire, elle est assise sur une bûche sculptée en trône. Elle a des boutons en guise d'yeux, de la laine jaune pour cheveux. Les hommes-bêtes alentour semblent la contempler. À ses pieds, on a déposé des offrandes : des pommes, des noix et une outre qui a répandu du vin. Tout en mettant pied à terre, Alzana explique :

— Voilà leur signature. Vous cherchez la bande de la Reine Sorcière ? C'est peut-être plutôt elle qui va vous trouver…

Prenant la poupée dans sa main, il la jette en l'air. Quand celle-ci retombe, il dégaine son sabre pour la fendre en deux d'un seul mouvement.

Chapitre 21

Palais Orgullo,
campagne espagnole, 3 mai 1808

Coiffant une colline, le palais Orgullo domine les environs. La pierre de construction, un calcaire très pur, a été laissée nue. Dans la lumière, elle brille d'une couleur sable doré. Quelques bois parsèment de vastes étendues herbeuses. Les oliveraies éparpillent des taches vert argenté. Des bourrasques se succèdent, faisant glisser des vagues immenses sur les prés.

Cette résidence luxueuse appartenait à un comte espagnol, un absolutiste anti-Français. Celui-ci s'étant réfugié au Mexique, ses biens ont été saisis. Butin de guerre, fortune facile.

L'escadron s'éloigne pour aller installer son bivouac sur un plateau surplombant une rivière. Alzana et Dalvers poursuivent leur route, avec Sardine et six autres cavaliers. Massés au sommet de l'enceinte et devant les portes grandes ouvertes, les soldats de la garnison acclament les nouveaux venus.

— En temps de guerre, les hussards deviennent vite vos meilleurs amis… plaisante Alzana.

Pour atteindre l'entrée, on doit franchir un fossé grâce à un pont, dont le tablier est composé de deux passerelles escamotables. La toiture des pavillons a été abattue, pour aménager des plateformes de tir. On a juché là-haut deux canons.

La garde leur présente les armes avant de contrôler leur ordre de mission. Le palais est en plein branle-bas de combat. Des sapeurs s'activent à créneler les murs et à percer des meurtrières. Pour réduire le risque d'incendie, on badigeonne de chaux les bâtiments en bois. En avant de la porte secondaire, des fantassins, torse nu, ruisselant de sueur, creusent un fossé. La terre qui s'amasse est tassée par le piétinement d'autres soldats. Peu à peu s'élève un retranchement avancé, une demi-lune tracée au cordeau. Dalvers murmure :

— C'est la fin de l'insouciance…

Ils descendent de leurs montures, le maréchal des logis fourrier se charge des chevaux. Interpellant un sous-lieutenant, Alzana demande :

— Qu'est-ce que c'est que cette porte de l'enfer ?

Du menton, il indique une béance trouant un piton rocheux, au nord. Contrastant avec les couleurs alentour, saturées de lumière, l'ombre là-bas est d'un noir absolu.

— Ce sont les anciennes carrières, mon commandant. C'est avec ce calcaire qu'on a construit le palais. Elles servent de cave. Mais ce n'est pas le plus intéressant, ici. Vous avez vu ça ?

Le jeune officier désigne une vaste construction circulaire, située du côté sud-ouest. Euphorique, il explique :

— Ce sont des arènes. Les Espagnols y organisent des spectacles sanglants, avec des hommes qui affrontent des taureaux ! L'ancien propriétaire adorait ça, il élevait même des troupeaux de bêtes de combat. Monsieur le gouverneur veut maintenir cette tradition. Son Excellence pense que ça nous aidera à raccommoder les liens avec la population.

Sur ce, il salue et repart distribuer ses ordres. Tandis que Dalvers s'époussette du plat de la main, Alzana étudie les lieux. Le palais proprement dit, d'une élégance raffinée, occupe le flanc ouest, face à l'entrée principale. Les bâtiments annexes et les murs d'enceinte forment un vaste quadrilatère arrondi au sud-ouest. Au sommet de l'éminence rocheuse, des sentinelles surveillent l'horizon. Cette résidence n'a pas été conçue pour soutenir un siège. Mais, en l'englobant dans un système de retranchements à la Vauban, l'endroit deviendra bientôt une belle forteresse. Un clou français planté en Espagne.

Flanqué de son adjoint, le commandant de la garnison vient s'entretenir avec eux. Ce capitaine les informe que le gouverneur n'est pas là. Du fait des « événements récents », celui-ci doit se rendre à Madrid. Dans un premier temps, il va rejoindre d'autres officiers, à Ségovie. Ensuite, tous rallieront la capitale. En chemin, ils feront halte ici, cette nuit même.

— Je ne vous cache pas que le départ de l'escorte de Son Excellence a beaucoup diminué le nombre de défenseurs du palais. Qu'en est-il de votre escadron ? Allez-vous rester dans les environs ? Ou bien êtes-vous chargés d'assurer la sécurité du gouverneur ?

— Ni l'un ni l'autre. Nous protégeons M. Dalvers, ici présent.

Cette annonce plonge l'officier dans la stupéfaction. On dirait qu'il vient d'apprendre que ce petit caillou est en réalité un diamant. Toisant ce civil, il se lance dans des spéculations sur ses fonctions, tandis que celui-ci demande :

— Mme Reuty est-elle ici ?

— Oui. Mais peut-être plus pour longtemps… Son Excellence va repasser pour tenter de nouveau de la convaincre de l'accompagner à Madrid.

— Je dois m'entretenir avec elle. J'ai un ordre signé de l'Empereur. Allez l'avertir de mon arrivée, je vous prie.

Le capitaine claque des doigts et son adjoint se précipite vers le bâtiment principal. Par sa désinvolture, il signifie qu'ici, ce ne sont pas les pékins qui commandent. Les saluant, il prend congé, car le renforcement des défenses requiert toute son attention. Dalvers libère Alzana, qui va à son tour inspecter les travaux.

Fuyant la chaleur, il se réfugie dans un jardin minuscule. Une fontaine rafraîchit l'air, entourée de grenadiers et de pommiers. Les jasmins embaument l'ombre. À quelques pas de lui, des fusiliers s'entraînent à l'escrime à la baïonnette. Comme ils commencent à fatiguer, un sergent leur lance :

— Allez, mes petites guêpes, du nerf ! On va leur crever la panse !

L'adjoint réapparaît à la porte du palais et lui fait signe de le rejoindre.

Chapitre 22

Palais Orgullo, 3 mai 1808

Comme il l'avait deviné, en rencontrant enfin cette femme, il est frappé par une impression de déjà-vu. D'une grande beauté, Mme Reuty se comporte avec naturel et simplicité. Sa robe est d'une décence à la mode espagnole, bien loin des audaces françaises de la Révolution et de l'Empire, avec leurs décolletés affolants, leurs tissus translucides et leurs fantaisies à l'antique…

— Ainsi, monsieur Dalvers, on me dit que vous êtes chargé d'une mission spéciale et que vous devez me parler.

— C'est exact, madame. Pour être plus précis, j'aide la police.

— Oui, au vu de sa balourdise et de son incompétence, elle a bien besoin d'aide, en effet.

— Mais je ne souhaite pas en dire davantage sur mes compétences.

— Les secrets de votre enquête, je suppose. Asseyez-vous, je vous en prie.

La décoration du salon est raffinée sans tomber dans le mauvais goût doré. Les rideaux et les revêtements des fauteuils, de couleur crème, sont brodés de roses rouge carmin. Des guéridons en acajou et des tables de marqueterie ajoutent des touches boisées. Jaillissant de vases en cristal d'opale, des gerbes de genêts parfument les lieux. Le regard de Dalvers s'attarde sur le piano-forte. La seule touche d'originalité est un tableau, une nature morte représentant un empilement de six dorades aux grands yeux jaunes.

— Que puis-je vous servir à boire ? s'enquiert Mme Reuty.

— Je vous remercie, mais je préfère en venir directement au but de ma visite.

— Je m'en doute, mais vous avez tort. Un inconnu qui arrive avec un ordre de mission signé de l'Empereur, pour me parler à moi et non à mon époux… Vous êtes un oiseau de mauvais augure. Vous allez m'annoncer une catastrophe. Remarquez, je n'en suis pas étonnée. Je l'attendais, cette méchante nouvelle. Disons simplement qu'elle arrive plus tôt que je ne l'avais espéré, et que le messager qui la porte est pour le moins inattendu. *Il* m'a retrouvée, n'est-ce pas ?

Déconcerté, Dalvers cligne des yeux.

— Oui, c'est cela. Mais qui est cet homme qui vous cherche ? Quel est son nom ? Que vous veut-il ?

— Ah, mais si vous ne voulez rien boire, c'est votre choix, pas le mien !

S'adressant à une domestique, elle demande du thé, avant de sourire au spectacle du visage dérouté de son visiteur.

— Ma réaction vous surprend ? C'est pourtant clair, je veux vivre ! Alors quoi ? Vais-je laisser cet homme me gâcher la vie au point de ne même plus pouvoir passer une minute sans parler de lui ? Comme l'a si bien dit Beaumarchais : « Je me presse de rire de tout, de peur d'être obligé d'en pleurer. » J'ai donc l'intention de passer un moment agréable, malgré ce que vous avez à me dire...

— Excusez-moi, je n'avais pas vu la situation sous cet angle...

— Vous n'êtes pas le seul. Pour comprendre, il faudrait être à ma place.

— Si vous avez du café, j'en prendrai avec joie.

— Nous avons cela, bien sûr. Du fait de ses nouvelles fonctions, mon mari reçoit souvent des dignitaires, des gens un peu trop habitués à voir leurs désirs toujours comblés. Si vous aviez été d'humeur à boire un vieux bourgogne, du xérès ou une infusion à la vanille, je vous aurais répondu le plus naturellement du monde : « Mais avec plaisir. »

Tandis que ses yeux parcourent la salle, s'étonnant de la voir vide et silencieuse, elle confie :

— Toutes ces invitations me donnent le tournis. Elles sont comme des valses qui s'enchaînent. Murat, les généraux espagnols, des ministres royaux qui tentent de surnager malgré le naufrage de Charles IV : tous viennent chez nous, nous allons chez eux, je dois apprendre le castillan et les manières de ce pays... J'aurais préféré une vie plus calme. Mais, le pire, c'est l'hypocrisie. La moitié des Espagnols que nous rencontrons haïssent les Français. Néanmoins, ils composent avec le pouvoir en place. Les nôtres, ce n'est guère mieux. Certains jalousent mon mari et prient pour sa chute, d'autres lui sourient parce qu'ils ont un service à lui demander. Le maréchal Murat semblait apprécier les réceptions que nous donnions dans notre demeure, à Madrid. En réalité, il tirait des ficelles pour obtenir que mon époux soit envoyé ici. Parce que le maréchal place ses pions sur l'échiquier, dans l'espoir que l'Empereur le nomme roi d'Espagne. Or mon mari n'est pas assez « pro-Murat » à son goût. L'administration impériale a donc repris la maison qu'elle venait de nous attribuer. Adieu, Madrid. Je déteste la politique, cette plaie qui suppure sans fin. Quand mon époux était commissaire des guerres, nous avions une vie autrement plus tranquille. Mais, depuis qu'il a été propulsé gouverneur, ma vie scintille d'or et de mondanités. Cette promotion mirobolante est à la fois une chance et un fardeau. Enfin, c'est l'époque qui veut ça. Rien ne s'immobilise, tout bouge, tout change ! On s'élève de manière vertigineuse, on chute, on meurt, et le jeu s'arrête, ou bien on se relève et le cycle recommence, tout cela à toute vitesse.

Elle parle beaucoup, repoussant le moment où elle devra l'écouter. Dalvers respecte ce répit, la dernière minute d'insouciance. Deux domestiques apportent les boissons. La vaisselle attire son attention. Prenant une tasse, ornée d'abeilles impériales et colletée d'un liseré d'or, il l'examine comme s'il s'agissait d'une chose incroyable. Mme Reuty lui dit :

— Mon mari a fait expédier ce service de France, par convoi spécial. Quelque chose vous chagrine ?

En songe, Dalvers voit ressurgir les foules du 2 mai. Ah oui, c'était vraiment la chose à faire, que de se préoccuper des services à thé ! Qu'est-ce que cela a été utile, quand Madrid s'est embrasé !

— Ce n'est rien, madame. Je me disais seulement que, ici, en Espagne, la porcelaine française tinte bizarrement.

— Vous semblez contrarié. C'est à cause de ce qui s'est passé à Madrid ? On m'a dit qu'il y avait eu de l'agitation.

— De l'agitation, oui ! C'est le mot juste.

— Ne soyez pas ironique, je ne suis pas naïve. Mon mari m'assure que la situation est sous contrôle. Et, en même temps, il a fait doubler la garde du palais, notre demeure se transforme en camp retranché, il doit se précipiter à Madrid avec une escorte considérable… Donc, en Espagne, tout va pour le mieux, c'est l'évidence même. Vous y étiez ?

— Pardon ?

— À Madrid. Le 2 mai.

— Le jour « agité »… Oui, je me trouvais là-bas.

Lisant sur son visage, elle se contente de dire :

— Alors cela va si mal que ça ?

— Nous allons vivre des temps acides, je le crains…

Il avale une gorgée de café, la saveur fait émerger des souvenirs de nuits à Charenton, lorsqu'il doit rester sur place, pour accueillir les aliénés amenés par la police.

— Je recherche un homme dont j'ignore le nom. Quelqu'un qui a fixé ses pensées sur vous. Il…

— Je vois très bien de qui vous voulez parler et je suis prête à vous répondre. Mais pouvez-vous me jurer que ce que je vous dirai restera confidentiel ? Mon mari et moi voulons éviter le scandale et je ne sais quels autres ennuis encore. C'est une longue histoire…

— Vous avez ma parole d'honneur. Je ne communiquerai ces informations qu'à des personnes de confiance, dans l'intérêt de cette enquête. Si je puis me permettre : je me suis rendu à Valdevent, où j'ai rencontré une foule de gardes armés. Tout ce que vous avez mis en œuvre jusqu'à présent pour régler ce problème a échoué. Il est temps d'essayer une nouvelle stratégie.

— Et c'est vous, la nouvelle stratégie ?

— Tout à fait.

Un valet apporte des gâteaux, des confiseries et des biscuits aux amandes. Ces manières mettent Dalvers mal à l'aise. Trop aristocratique. On se croirait revenu dans l'ancien monde. Devinant ses réticences, Clarisse Reuty lui avoue :

— Moi aussi, cette façon de vivre me déroute. Je suis républicaine de cœur. Mais, depuis que mon mari a été promu, nous avons un rôle à jouer. Nous devons incarner la gloire de l'Empire. Alors, que voulez-vous, je m'*impérialise*.

— Madame, qui est cet homme qui vous cherche ?

— Il a dû faire quelque chose de dramatique, pour que la police daigne enfin s'occuper de son cas…

Dalvers a la confirmation de ce qu'il supposait : elle n'est pas au courant des meurtres commis à Paris. Il ne lui répond pas et, durant ce silence, des peurs naissent et pullulent dans l'esprit de la jeune femme. Elle finit par céder :

— Vous avez raison, changeons de stratégie. Il se nomme Honoré Sergemont. Il est riche comme vous ne pouvez même pas l'imaginer. Riche à faire l'aumône à Crésus. Il a hérité de son père, qui a fait fortune en spéculant durant la Révolution. Que voulez-vous savoir exactement ?

— Tout ce qu'il est possible de savoir.

— Il est né en 1776. Longtemps, nous avons été amis. Que vous dire ? Fils unique. Ses parents sont morts quand il avait vingt ans. Extrêmement intelligent, cultivé, raffiné… Un temps, il a été marchand d'art. Il gagnait des milliers de francs comme on ramasse des mûres au bord des chemins. Rien ne laissait présager ce qui allait arriver, tout ce qui suivit ce jour de juillet 1804. Ou alors si, peut-être… Il y a eu des signes avant-coureurs, que je n'ai pas su voir.

Dalvers l'écoute avec acuité. Aussitôt qu'il vide sa tasse de café, le valet le ressert. Clarisse Reuty poursuit son récit, avec à la main un fruit confit qu'elle a pris et semble avoir oublié.

— Il a toujours été d'un naturel lugubre et solitaire. Personne ne l'intéresse, à quelques exceptions près. Comme vous l'avez compris, j'ai le malheur de faire partie de ces exceptions… Il lui arrive de plonger dans une langueur mélancolique qui peut durer des jours. Au contraire, si quelque chose le passionne, il s'anime et déploie une ténacité hors du commun. Une fois, il a traversé l'océan pour se rendre en Amérique, juste pour contempler les toiles d'un artiste et revenir avec l'une de ses œuvres. L'Atlantique pour un tableau. Enfin, pourquoi pas… Il a une expression curieuse : « Les nobles ont le sang bleu, le peuple a le sang rouge, moi, j'ai le sang chagrin. »

— Comme s'il était unique, différent du reste de l'humanité.

— Oui, c'est ainsi qu'il se voit. Malgré ces bizarreries, nous nous entendions à merveille. Je le faisais rire, nous discutions d'art et de littérature. Il a cette qualité rare de reconnaître que les femmes sont aussi spirituelles que les hommes. Un jour, je lui ai dit que je m'inquiétais pour lui, à cause de ces périodes d'abattement, quand il se noyait dans ses sombres pensées. Il m'a confié qu'il avait tout essayé pour se soigner : les alcools forts, les décoctions de plantes… À l'époque, il fréquentait les pharmaciens et les herboristes, il voulait inventer des remèdes pour l'esprit, c'était sa nouvelle lubie. Il a conclu en m'annonçant que seuls deux « trésors » réussissaient à lui rendre sa joie de vivre. Une plante, il ne m'a pas précisé laquelle, et moi. J'aurais dû me méfier, mais j'ai pris cela pour le compliment d'un ami et confident. Il a ajouté une phrase étrange : « Tu es ma *Bella Donna.* »

— Je ne comprends pas. C'est de l'italien ? Du corse ? Il faut traduire par « belle femme », c'est cela ?

— Moi non plus, je n'ai pas bien saisi. Pourtant, il s'est réjoui de ses paroles, comme s'il avait dit quelque chose de prodigieusement pertinent. Il adore l'Italie, pour ses paysages, ses ruines et ses tableaux. J'ai pensé qu'il faisait référence à un portrait découvert là-bas.

Apercevant la friandise oubliée dans sa main, elle la pose dans une coupelle. Elle hésite, avant de se résoudre à se confier.

— Un soir de juillet 1804, lors d'une réception, il m'a déclaré son amour. Je n'avais rien vu venir. À mes yeux, il était une sorte d'âme sœur pour ce qui concerne la sensibilité artistique. J'ai décliné ses avances avec tact, il en a eu les jambes coupées, j'ai cru qu'il allait s'effondrer devant moi. Je me suis empressée de rejoindre les autres convives. Naïvement, j'ai espéré que ce malentendu se dissiperait au fil des jours. En réalité, ce fut le début de l'enfer.

L'amertume vient altérer ses traits.

— Vous pensez que j'exagère ? Quand j'étais encore à Paris, il s'est mis à m'écrire tous les jours ! Sans cesse, un domestique apparaissait à ma porte avec une lettre à la main, ou bien des confiseries, du thé, un foulard… Puisque j'apprécie les bleuets, il m'en faisait livrer, il parfumait ses missives avec de l'essence de cette fleur… Depuis, quand je sens ce parfum, j'ai l'impression qu'il est là. Lorsque je me promenais, je l'apercevais parfois, car il me suivait en cachette dans les rues ! Mes parents et moi avons eu beau lui dire de cesser, tout était vain. Selon lui, nous étions faits l'un pour l'autre, il n'en démordait pas. Il avait des raisonnements étranges. Il disait que j'étais comme endormie, mais que son amour allait me réveiller. Alors j'ouvrirais les yeux, je l'aimerais, et ma vie véritable commencerait. Il me citait le conte de la Belle au bois dormant. Finalement, à l'entendre, quand je le repoussais, je n'étais pas moi-même, ce n'était qu'un mauvais rêve, *mon* cauchemar.

À l'évocation de ce souvenir, sa voix s'est éraillée. Elle prend le temps d'avaler une gorgée de thé.

— Un jour, mon père et moi avons réussi à parler de ce problème à Fouché en personne. Le ministre a accepté d'intervenir, tout en nous faisant comprendre que nous étions ses débiteurs… Il a convoqué Sergemont. Je n'ai pas la moindre idée de ce qu'ils se sont dit. Mais, la semaine suivante, quand le ministre est venu nous trouver, il souriait comme si toute cette histoire n'était qu'une plaisanterie. Voici sa réponse : « Mademoiselle, je ne vous comprends pas. Être courtisée par un homme amoureux, n'est-ce pas le plus beau compliment qu'une femme puisse recevoir ?

De plus, ce M. Sergemont est de belle apparence et fortuné. Quand je vous écoute, j'ai l'impression d'entendre Cendrillon se plaindre du prince charmant. » Et il s'est mis à rire, je l'entends encore, ha ha ha… À ses yeux, j'étais une fillette capricieuse qui trouve que son cadeau n'est pas assez bien pour elle. Sur ce, il m'a conseillé d'accepter cette proposition inespérée de mariage ! Le pire, c'est qu'il était sincère. Voilà ce qu'a fait le ministre de la Police pour moi !

Elle a lancé les mots « ministre de la Police » comme on recrache un grain de raisin croqué par inadvertance, la bouche emplie d'amertume. Dalvers remarque :

— C'est étrange, que Fouché ait fait référence à Cendrillon… Sergemont vous avait parlé de la Belle au bois dormant. Deux contes…

— Mais c'est parce que c'est du Sergemont, pas du Fouché ! Il est si persuasif et il a un tel sens de la formule qu'il arrive à amener les gens à répéter ses propos comme si c'étaient les leurs !

Ses yeux se posent sur le piano et glissent sur les touches, jouant quelques notes de mémoire.

— En 1806, je me suis mariée avec l'homme que j'aime. J'ai cru que cela réglerait le problème. Effectivement, pendant deux mois, je n'entendis plus parler de Sergemont. Plus tard, j'appris qu'il avait sombré dans l'abattement le plus total. Il ne sortait plus de chez lui, ne se nourrissait quasiment pas… J'étais désolée, parce que c'est un ami de longue date, je vous l'ai dit. Cependant, j'étais convaincue qu'il allait surmonter ce chagrin. C'est ce qui s'est passé, en effet. Mais pas du tout comme je l'imaginais… Il est réapparu, pour recommencer comme avant, en pire.

Et voilà que de nouveau des livreurs se présentaient chez moi, maintenant à Valdevent, avec des lettres et des cadeaux… Mon mari et moi avons essayé de lui écrire, de lui parler… Quand je lui disais que je ne l'aimais pas, il me répondait qu'il savait pertinemment que c'était mon époux qui m'obligeait à proférer des horreurs pareilles, et que je pensais tout le contraire ! Nous avons fait jouer nos relations, mais Sergemont a les siennes. Et il est doué pour manipuler les gens, je vous l'ai dit. Il se faisait passer pour un homme romantique transi d'amour, et moi j'étais la cruelle qui s'offense de ses intentions louables. Ou bien il laissait entendre que mon mariage m'avait été imposé, et que je l'aimais réellement ; du coup, c'était mon mari le bourreau ! Par ses belles paroles, il empoisonne les gens.

— Il *empoisonne* les gens… Croyez-vous qu'il pourrait utiliser du véritable poison ?

— Il ne manquerait plus que ça ! Dieu merci, nous n'en sommes pas là.

Malheureusement si, songe Dalvers.

Elle entrecroise ses doigts qui s'impatientent. Tout à l'heure, elle jouera du piano, un air rapide et gai qui l'emportera loin de ces souvenirs.

— Nos tentatives de conciliation ayant échoué, nous l'avons menacé d'intenter un procès. Du fait de ses fonctions, mon mari doit éviter tout scandale. Cependant, il était prêt à mettre son poste en jeu pour moi. Par chance, des amis m'ont alertée. En réalité, aboutir au procès faisait partie du plan de Sergemont ! Il y voyait l'opportunité de briser la carrière de mon époux, et de détruire notre couple. Il se réjouissait également de pouvoir profiter de cette procédure pour me revoir. Mais, tout à sa joie, il a commis la maladresse d'en parler à des connaissances communes, qui m'ont révélé son projet. En désespoir de cause, nous avons essayé d'autres types de menaces…

Elle a baissé la voix.

— Je ne suis pas policier, lui rappelle Dalvers. Et je crois que je peux imaginer votre souffrance à l'époque. Parlez sans crainte.

— Bref, perdant son calme, mon mari a payé des gens pour qu'il y ait des menaces plus « inquiétantes »… Des rustres devaient le bousculer dans la rue, l'effrayer sans toutefois aller trop loin. Mais Sergemont avait anticipé cette manœuvre. Sa demeure est protégée et, quand il en sort, des gardes veillent sur lui, à distance. Nos hommes se sont battus avec les siens et l'empoignade a tourné court quand les uns et les autres ont commencé à brandir des couteaux.

Elle choisit une noix.

— Quand j'étais enfant et qu'un souci me préoccupait, mon père me disait : « Prends une noix et serre de toutes tes forces. Si tu réussis à la casser, tu parviendras à résoudre ton problème. » Je choisissais celle qui me paraissait être plus fragile que les autres. Ensuite, je la serrais dans mon petit poing, à m'en faire blanchir les phalanges. Souvent, la coquille ne cédait pas. Alors mon père la prenait et la faisait craquer dans sa main. J'avais l'impression que, toute ma vie, sa poigne pulvériserait mes peurs…

Dans son poing crispé, la coque se brise.

— Hélas, le crâne d'Honoré est une noix beaucoup plus dure… Que dois-je faire ? Je ne vais tout de même pas le faire tuer ! Je ne suis pas une meurtrière ! Si je m'abaissais à cela, je ne pourrais plus me regarder dans un miroir. De guerre lasse, j'ai fini par supplier mon époux de solliciter une affectation à l'étranger. Ce qu'il a accepté. Voici comment nous nous sommes retrouvés à Madrid. Là, nous avons vécu des mois de pur bonheur. Mais voilà, Sergemont a fini par me retrouver. C'est bien cela, n'est-ce pas ? Il est venu jusqu'en Espagne ?

— Oui, c'est exact.

— Parce qu'il en a encore après moi, avec son amour suffocant ? Il n'est pas passé à autre chose ? J'avais espéré que, le temps qu'il retrouve ma trace, il en rencontrerait une autre sur laquelle jeter son dévolu. À l'époque où nous nous parlions encore, je lui faisais remarquer toutes ces femmes qui tentaient d'attirer son attention. Il me répondait que, comparées à moi, elles étaient aussi transparentes que des reflets sur des vitres. N'a-t-il donc rien de mieux à faire de ses journées que de venir gâcher les miennes ?

Sur son visage se mêlent l'inquiétude et la colère.

— Madame, temporairement, je vous conseille de partir pour v…

Elle pousse un petit rire exaspéré. Son corps se crispe comme une rivière gelant subitement.

— Partir ? Encore ? À cause de lui, j'ai quitté Paris pour l'Espagne. Et maintenant, où devrais-je aller ? En Chine ? Sur la Lune ? Sous terre ? Où donc aurai-je la paix ? Je n'en peux plus, de le fuir ! Mais qui me débarrassera de lui ? Vous ? Vraiment ? Ne le prenez pas mal, mais vous ne m'avez pas l'air d'être de taille.

Et dire qu'elle ignore que Sergemont a basculé dans la folie, qu'il a tué à Paris, et qu'il est probablement lié à une bande d'insurgés qui rôde dans les environs… Elle ajoute :

— Je vous remercie pour votre aide, même si je n'ai pas la moindre idée de ce que vous comptez faire. Néanmoins, je ne fuirai plus. D'ailleurs, comment pouvez-vous me donner un tel conseil alors que je vis dans une forteresse ?

Pris au dépourvu, Dalvers cherche ses mots. Mais comment argumenter sans révéler ? Son silence est éloquent. Penchant la tête, la jeune femme murmure :

— Honoré… Qu'est-ce que tu as encore fait ?

Il y a des traces d'affection dans sa voix. Parce qu'elle parle de l'ancien Sergemont, l'ami d'autrefois, celui dont la raison n'avait pas encore été gangrénée.

— Je reste ! conclut-elle. J'ai bien compris que vous le croyez assez insensé pour oser venir ici. Même si, par quelque impossible malheur, il arrive jusqu'à moi, je préfère l'affronter. Ne prenez pas à la légère ce que je viens de vous dire.

— Je vous crois. Mettons ce sujet de côté pour le moment. Je suis forcé de vous poser des questions intimes. Vous êtes-vous embrassés ? Avez-vous été amants ?

— Non !

— Peut-être y a-t-il eu seulement une ambiguïté ?

— Pour lui peut-être, jamais pour moi. Mais qu'ai-je donc fait pour m'attirer un fléau pareil ?

— Ne perdez pas votre temps à vous faire des reproches injustes. Tout est de sa faute. Vous, vous avez autre chose à faire : vivez !

Sur ce, prenant la cafetière des mains de ce valet qui l'énerve avec ses manières affectées, il se ressert de café. Elle retrouve le sourire, un instant.

— Oui, c'est que je vous ai dit tout à l'heure, merci de me le rappeler. Mais j'aimerais quand même savoir ce qui a déclenché tout cela...

— La réponse ne se trouve pas dans vos souvenirs, un geste que vous auriez fait, des propos que vous auriez tenus... Non, elle est logée quelque part dans son esprit. La vision qu'il a du monde s'éloigne de plus en plus de la réalité.

Elle plisse les yeux, comme si elle observait un curieux insecte.

— Ce que vous dites est singulier... Votre pensée prend parfois des chemins inattendus. D'habitude, ce sont les écrivains ou les peintres qui me surprennent ainsi. Êtes-vous un artiste ?

Il rit avec franchise.

— Non...

— Dire que tout a commencé par une amitié... Et maintenant, depuis presque quatre ans, il me fait traverser tous les cercles de l'enfer.

Les yeux baissés, songeuse, elle chuchote :

— « La vie n'est qu'une ombre errante, un pauvre acteur qui se donne en spectacle et se tourmente durant son heure sur la scène, et qu'ensuite on n'entend plus. C'est une histoire racontée par un idiot, pleine de bruit et de fureur, et qui ne signifie rien. »

— *Macbeth*, de Shakespeare.

Elle plonge sur lui un regard vif.

— Vous ne cessez de me surprendre, monsieur Dalvers.

— Je lis aussi souvent que possible.

— À Valdevent, je tenais un salon des idées neuves. Rien de prétentieux. J'invitais des écrivains, des philosophes, des artistes, des gens à l'esprit vif comme vous, et nous discutions pendant des heures. J'ai l'intention de faire de même en Espagne. À Madrid ou à Ségovie, enfin, là où le vent me portera. Connaissez-vous Goya, le célèbre peintre ?

De la main, elle désigne le tableau aux dorades, et Dalvers se jure de ne pas quitter ce palais sans avoir pris le temps d'apprécier cette œuvre. Elle poursuit :

— Le maître est célèbre pour ses portraits de la Cour, mais moi, ce sont ses natures mortes que j'adore.

— Notez que, en peignant des aristocrates décadents ou bien des poissons morts, on reste dans le même thème.

Elle éclate de rire, déploie d'un geste vif un éventail et vient masquer le bas de son visage. Tout à fait l'étiquette castillane, elle apprend vite.

— Goya m'a promis qu'il participerait à mon futur salon, car lui aussi chérit l'esprit des Lumières. Je serais heureuse de vous y accueillir. Le café y coulera à flots, si cela peut vous convaincre.

Dalvers ne s'attendait pas à cela.

— Je n'ai pas prévu de rester en Espagne. Mais si jamais cela arrive, et que ce n'est pas six pieds sous terre, je viendrai avec plaisir.

— Qu'est-ce que vous êtes ironique… Vous plaisantez souvent de manière aussi morbide ?

— Oui. Mais la Mort est une vieille connaissance, elle ne le prend pas mal. J'ai encore des questions à vous poser.

— Tout ce que vous voudrez pourvu que vous me débarrassiez de lui. Sans toutefois le tuer. Enfermez-le et cachez bien la clé.

— Connaissez-vous le mythe de Platon sur l'androgyne ?

Stupéfaite, Mme Reuty manque de renverser sa tasse avant de la reposer de justesse sur la table. Quelques gouttes de thé font apparaître une constellation sur sa robe.

— Comment pouvez-vous savoir cela ? Quand Honoré m'en a parlé, nous étions seuls… Je vais finir par croire que vous me tendez un piège, que c'est lui qui vous envoie…

— Non, rassurez-vous. Concernant ce sujet de l'androgynie, j'ai été aidé par une personne… atypique.

— C'était le lendemain de sa déclaration. Il s'est précipité chez moi, pour me parler en privé. J'ai accepté, espérant dissiper ce malentendu. Mais il n'entendait rien de ce que je lui disais. Il suivait uniquement son idée : *notre* amour. « Clarisse, tu es ma raison de vivre. Sans toi, je cesse d'exister… » C'est là qu'il m'a parlé de ce mythe. Il semblait y croire. Selon lui, nous sommes faits pour être ensemble, puisque nous sommes les deux parties d'un seul et même corps. Il affirmait que j'étais sa moitié perdue, que nous nous complétions à merveille…

— Avez-vous entendu parler de la « Reine Sorcière » ?

— Pardon ? De quoi parlez-vous ? Qu'est-ce que c'est encore que cette folie ? Des sorcières, maintenant ? Sergemont n'a jamais évoqué ce sujet. Reine, en revanche, oui… Un jour, lors d'un bal, quelqu'un m'a dit que je portais une robe digne d'une reine. Sergemont a répondu quelque chose, je ne sais plus quoi… Par la suite, il promettait de faire de moi une reine. « Tu es faite pour régner, Clarisse, le monde s'agenouillera devant toi. » Ce genre de phrases insensées… Ah, oui ! Pire ! « Tes sujets seront tes esclaves, ils t'obéiront aveuglément. »

Se reprenant, elle précise :

— Remarquez que Napoléon Bonaparte s'est bien fait proclamer empereur… Et Murat, Joseph, les autres frères et sœurs de l'Empereur : tous rêvent de devenir rois et reines. Sergemont a la folie de son époque…

— Ça alors ! En voilà, une remarque… Mais c'est brillant !

Son enthousiasme la fait sourire.

— On dirait que vous venez de recevoir une friandise… Ma tristesse vous touche, et vous essayez de me faire rire. J'apprécie votre sollicitude. Mais je préfère que vous vous comportiez normalement.

— Se comporter normalement, je n'ai jamais bien compris ce que cela voulait dire.

Elle le regarde comme un objet singulier, un livre inclassable.

— Vous êtes un esprit original, c'est appréciable. Avez-vous encore d'autres questions ? D'autres clous à planter pour ma crucifixion ?

Elle a beau plaisanter, il la voit pâlir. À mi-voix, elle ajoute :

— Je me doute que vous savez des choses terribles sur Sergemont… Il a tué, n'est-ce pas ? Mais qui ? Pourquoi ? Sa part d'ombre a fini par le submerger. Est-ce que je vais survivre à sa folie ? J'ai l'impression qu'elle va tous nous engloutir : mon époux, nos soldats, moi, et vous aussi…

— Il n'a pas ce pouvoir.

— Vous avez l'air de bien le connaître. Est-ce un ancien ami à vous ? Cela me surprendrait, parce qu'il n'a pas d'amis, seulement quelques fréquentations. Quoi qu'il en soit, vous savez qu'il est capable de tout. Pour lui, rien n'est jamais extrême.

Voilà déjà le crépuscule. La lumière du couchant colore les blancs de tons fauves et exalte les rouges. Sur les rideaux et les fauteuils, les roses deviennent extraordinairement visibles. On se croirait dans une roseraie fleurissant à la nuit tombante.

— Madame, voyez-vous un souvenir qui associerait votre robe de soirée, celle de votre portrait à Valdevent, des papillons et Sergemont ?

— Oui, bien sûr… C'était ce jour de juillet 1804, dont je vous ai parlé tout à l'heure.

Elle lui raconte ce souvenir, la prairie, ses éclats de rire quand les papillons viennent se poser sur les fleurs brodées, Sergemont qui l'embrasse par surprise dans le cou, elle sursaute, recule de quelques pas, il lui fait sa déclaration…

— Je crois que c'est à ce moment-là qu'il a définitivement sombré. Quand je lui ai répondu non. Ça lui a fêlé l'âme.

— Vous n'êtes pas la cause de cette folie.

La lumière décline, des ombres engloutissent les recoins. La fraîcheur du soir suscite des frissons. Il lui demande :

— L'avez-vous emportée, cette robe ? Est-elle dans ce palais ?

— Bien entendu. Une tenue aussi belle…

— J'en aurai peut-être besoin.

La jeune femme ne cache pas sa surprise.

— Voyez-vous cela ? Et que comptez-vous en faire, au juste ?

— Je ne le sais pas encore. Mais elle exerce un tel pouvoir sur Sergemont… On dirait que, dans son esprit, elle vous incarne. Vous connaissez l'expression « Il ne faut pas lâcher la proie pour l'ombre » ? Vous êtes sa proie, la robe noire est votre ombre. Peut-être pourra-t-elle m'aider à mettre au point un stratagème… J'en prendrai grand soin, je vous l'assure.

— Vraiment, vous dites parfois des choses incroyables…

Un domestique vient allumer un feu dans la cheminée. Est-ce bien utile ? Il fait frais, pas froid. Cependant, les flammes et le crépitement des bûches créent une ambiance agréable. L'âme se tranquillise. Dans ce palais qui sera peut-être attaqué un jour, alors qu'en Espagne commencent des temps difficiles, ce foyer consume les inquiétudes du moment présent.

— Pouvez-vous me le décrire physiquement ?

— Une peau blanche, un visage glabre, des traits gracieux, des cheveux noir corbeau. Prévenant, attentionné, avec des manières délicates. Des yeux marron boueux comme sa pensée. Quoi d'autre ? Je suis désolée, je ne supporte plus de le voir, même en souvenir.

— Je vous remercie pour ce que vous m'avez confié.

— Vous vous croyez vraiment de taille à le vaincre ? C'est plutôt lui qui vous battra à votre propre jeu. Si vous lui parlez, il vous emmêlera l'esprit. Si vous tentez de l'effrayer, il vous épouvantera. Appelez de l'aide, et il la retournera contre vous.

Si vous insistez, il vous achètera. Si vous l'attaquez, ses pions vous tueront.

— Je n'ai pas encore joué mes coups.

— J'attendais du secours, mais j'imaginais autre chose. J'aurais voulu que Fouché se réveille ! Qu'il réagisse en envoyant une foule de policiers comme on lâche une meute de chiens… Au lieu de quoi : vous voilà…

— Tenez bon ! Tout sera bientôt terminé.

Elle regarde l'âtre, les flammes lui paraissent froides. Tandis que Dalvers se lève pour prendre congé, elle murmure :

— Oui, tôt ou tard, il y aura bien une fin à cette folie. Mais laquelle ? Une fin de conte ? Clarisse et Honoré se marièrent, ils vécurent heureux et eurent beaucoup d'enfants.

Chapitre 23

Palais Orgullo, 3 mai 1808

Les soldats allument des lampes à huile et des braseros, illuminant la cour intérieure et les alentours. Des fusiliers patrouillent au flambeau. Dans la campagne environnante, les bois sont devenus des formes noires se découpant sur le ciel bleu nuit. Les stridulations des grillons nocturnes font un étonnant vacarme. Ces insectes se sont massés là par milliers, attirés par ces lumières.

Dalvers s'allonge dans l'herbe du jardin, le regard perdu dans les étoiles qui pointent les unes après les autres. Les idées se bousculent dans sa tête. Certains aliénistes affirment que la passion amoureuse peut conduire à la folie. Sergemont est atteint de monomanie érotique, c'est un « meurtrier amoureux », mais à sa façon pervertie. Il a déclaré à Clarisse : « Vous êtes ma raison de vivre », il aurait plutôt dû dire : « Vous êtes ma folie de vivre »... Tout devient clair. Cette Chasse sauvage est à ses ordres et il va la lancer à l'assaut de cette forteresse. Pour s'emparer de Clarisse et l'épouser de force. Il fera d'elle sa reine prisonnière. Jusqu'à ce qu'elle « revienne à la raison », c'est-à-dire qu'elle adhère à sa folie. Mais, quand il découvrira qu'elle ne l'aime réellement pas, ni aujourd'hui ni jamais, son monde volera en éclats. Alors il la tuera, puis il se suicidera à côté de son cadavre. Une fin à la Roméo et Juliette, mais dans une variante viciée. Il existe une seconde possibilité, une autre voie d'écoulement pour cette folie. Au lieu de mettre un terme à son existence, Sergemont pourrait aussi conclure qu'il s'est trompé, que Clarisse n'était pas « son autre moitié ». Du coup, brûlant de nouveaux espoirs, il se lancera à la recherche d'une autre femme, et tout recommencera.

Mais comment un Français peut-il commander à des insurgés espagnols ? C'est absurde ! Autant imaginer une souris donnant des ordres à une armée de chats. Le début, on peut le déduire facilement. Sergemont a dû recruter des mercenaires. Le voilà donc qui arrive en Espagne avec ses gardes du corps. Mais ensuite ? Pourquoi les rebelles ne les taillent-ils pas en pièces ? Qu'a-t-il à leur offrir en échange de leur aide ? De l'or ? Des armes ?

Dalvers songe à ce prisonnier, dont la loyauté à sa « Reine » n'a pas flanché, même devant le peloton d'exécution. Ses yeux aux pupilles dilatées… Sergemont a dit à Mme Reuty que seules une plante et elle, Clarisse, avaient le pouvoir de lui rendre sa joie de vivre. « Vous êtes ma *Bella Donna* » : la belladone ! À partir de cette plante, on peut obtenir un poison ou bien une drogue hallucinatoire qui vous plonge sous sa coupe. La belladone dilate les pupilles, on s'en sert d'ailleurs pour opérer la cataracte. Sergemont « soigne » sa mélancolie à la belladone… Et il parvient à en faire prendre aux Espagnols qui rejoignent sa Chasse sauvage. Une fois devenus dépendants, ceux-ci se vouent corps et âme à la seule personne capable de leur en procurer de nouveau… Voilà comment son surnom de « Reine noire » a glissé progressivement vers celui de « Reine Sorcière » : il les tient asservis avec ses breuvages… Cela explique aussi l'automutilation du moine Pieds rouges et la frénésie des Furieuses…

Sergemont mène sa petite guerre privée. Sa troupe s'aguerrit, elle attire toujours plus de volontaires… Patiemment, il tisse sa toile autour de Clarisse. S'il n'a pas assailli ce palais jusqu'à présent, c'est parce qu'il n'était pas prêt. Mais il ne peut plus temporiser. Depuis la révolte de Madrid, les Français réagissent et se renforcent. Cette nouvelle donne bouscule ses plans et va précipiter son action. Dans quelques heures, M. Reuty repassera ici avec son escorte. Il faut que son épouse accepte de l'accompagner, mais secrètement, habillée en homme. Après le départ de cette force, si Sergemont croit que Clarisse se trouve toujours ici, il lancera l'assaut.

Le ciel est maintenant d'un noir profond. Dalvers s'amuse à imaginer que chacune de ses déductions allume quelques étoiles de plus. Il veut continuer à réfléchir jusqu'à ce que tout devienne blanc.

Qui est la Reine Sorcière ? Il s'assied brusquement, un vertige fait tournoyer les étoiles. La Reine, c'est Sergemont… Celui-ci prend ce mythe de l'androgyne au pied de la lettre. Son idéal, c'est Clarisse et lui *unis*, qui ne feront plus qu'un, mais littéralement. Voilà qui explique le mystère de la femme au pénis cousu. Sergemont porte cette robe noire qui l'obsède. Ses cheveux, il les a laissés pousser et les a teints en blond vénitien. Il est elle, elle est lui. Il est « double », à la fois elle et lui. Quant à ses soldats, quoi qu'il fasse, aussi loin que le mène sa folie, ils le suivront. Parce qu'il est la Reine Sorcière, celle qui sait préparer la belladone et les ensorcelle.

Depuis ses premiers crimes à Paris, sa monomanie a considérablement évolué ! À son « romantisme dévoyé » sont venus se mêler une cruauté sanguinaire, un désir illimité de puissance et un bouleversement complet de la façon dont il se perçoit.

Dalvers se lève et fait quelques pas. Aussi déroutantes que soient ses déductions, elles s'imposent à lui. Il a l'impression d'avoir réussi à déchiffrer un message écrit dans une langue inconnue, uniquement en s'imprégnant de la logique propre à ce système de pensée étranger. Les hiéroglyphes de Sergemont… Désormais, il connaît vraiment son ennemi.

Le manque de sommeil alourdit sa tête. Tout à l'heure, il ira dormir, car des combats arrivent, il en est certain. Dormir, récupérer… Mais d'abord, il se lance à la recherche d'Alzana. Ici et là, des soldats jouent aux cartes ou fument la pipe. Certains essaient la cigarette, une bizarrerie du pays, une sorte de cigarillo bon marché. Un hussard le renseigne, le « général » se trouve avec les chevaux, comme à son habitude. Dans les écuries, en effet, Alzana flatte l'encolure des bêtes tout en leur parlant. Dalvers le rejoint, sa nervosité inquiète les montures, qui renâclent.

— Ce palais va être attaqué par la bande de la Reine Sorcière. Seule la présence de vos hussards retient encore l'ennemi. Il nous faut agir très vite. J'ai un plan.

Le hussard ne peut s'empêcher de sourire.

— Mais tout le monde a un plan. Chaque soldat fait son général, et à Madrid comme à Paris les buveurs transforment les tavernes en états-majors… Allez-y, expliquez-moi comment gagner la guerre.

— Je suis sérieux ! M. Reuty va repasser ici. Je convaincrai son épouse de l'accompagner. Vos hussards vont se joindre à son escorte. Ils se comporteront comme s'il s'agissait de leur mission : protéger le gouverneur. Mais, au bout de quelques lieues, ils feront demi-tour et viendront se dissimuler dans les parages. Ils devront demeurer invisibles et observer de loin ce qui se passe ici.

— Un hussard excelle dans ce genre de mission.

— Lorsque la Chasse sauvage attaquera, la forteresse les fixera ici, tandis que vos hussards viendront les attaquer à revers. Vous serez le marteau frappant l'enclume.

— C'est du très classique, mais efficace. Cette place est défendue par une centaine de soldats assez bien retranchés. Avec la charge de l'escadron, nous devrions réussir à anéantir l'ennemi, en effet.

— Vous devez réussir à capturer la Reine Sorcière.

— Vous avez vu les suppliciés, non ? Mes cavaliers se sont juré de venger les nôtres. L'Ogre et elle ne nous échapperont pas. Nous les aurons, morts ou vifs !

— Je la veux vivante !

— Je donnerai des ordres en ce sens. Mais vous aurez ce que vous aurez. Si cela ne vous convient pas, eh bien, puisque vous êtes docteur, vous n'aurez qu'à vous débrouiller pour ranimer son cadavre. Vous lui recoudrez la tête sur le cou…

Les chevaux frémissent et s'agitent, comme si eux aussi brûlaient de venger les leurs. Alzana entortille l'une de ses nattes, une manie de hussard.

— Je dois vous souligner un point, docteur. Vous prévoyez, je suppose, de rester dans la forteresse. Or le maréchal a été clair : je dois veiller sur vous. Par conséquent, Sardine et moi, nous ne vous lâcherons pas d'une semelle. Bigrat commandera la charge. Il sera à la hauteur, n'ayez crainte.

— Parfait, agissons ainsi.

— On voit que vous n'avez pas l'habitude des batailles.

— Pourquoi dites-vous cela ?

— Parce que vous élaborez vos plans en oubliant un élément fondamental : l'ennemi *lui aussi* réfléchit et prépare quelque chose.

— Et quoi donc, selon vous ?

— Si je savais anticiper les manœuvres adverses, je serais déjà général. Réellement, je veux dire. Mais je m'y emploie.

Un hibou fait retentir son hululement, ce qui ne plaît guère aux sentinelles. Ce rapace a la réputation de porter malheur. Si ces hommes le repèrent, ils l'abattront pour le clouer à un arbre.

— Les Furieuses vont lancer une attaque massive, insiste Dalvers. Pour l'ennemi, c'est maintenant ou jamais.

— Alors ils miseraient tout sur une seule action ? Supposons que vous ayez raison. Si, contre toute attente, l'affaire tourne mal pour nous, quel est votre solution de repli ?

— Eh bien…

— Eh bien, quoi ? Eh bien, rien du tout ! Et quand il n'y a rien de prévu, c'est le repli général dans la fosse commune. Vous êtes beaucoup trop sûr de vous. Heureusement que j'en ai un, moi. Si, par malheur, nous sommes submergés, nous nous retrancherons dans les galeries de la carrière. J'ai étudié les lieux et je vais vous les faire visiter. Mémorisez tout. L'axe principal conduit à une chambre d'extraction vaste comme la nef d'une cathédrale. Des ramifications secondaires en partent, sans jamais mener bien loin. Ce n'est pas là qu'il faut aller. Lorsqu'on emprunte la première partie de la grande galerie, on prête peu attention à un petit passage, sur la gauche. Celui-là mène à une pièce de la taille d'une grange. Au bout, le couloir continue, et c'est là que nous trouverons le salut ! On atteint une succession de tunnels étroits menant à des cavités de dimensions diverses. Dans chacun de ces goulets, un seul soldat peut arrêter une armée entière, comme le général Horatius Coclès barrant le pont de Rome aux Étrusques. Je vous vois sceptique. Nos ennemis seront forcés d'attaquer l'un après l'autre, et l'un après l'autre nous les tuerons.

— Votre idée est excellente.

— J'ai fait dissimuler les extrémités des puits d'aération, au cas où les rebelles tenteraient de les boucher. Les Espagnols auront du mal à nous enfumer, car le réseau est étendu. J'y ai fait entreposer de l'eau et des vivres. Nous tiendrons jusqu'à l'arrivée des secours. Cette deuxième forteresse, souterraine celle-là, constituera notre ultime retranchement, le bastion de la dernière chance.

Dalvers le regarde avec étonnement. Il prend conscience que, jusqu'à présent, il n'avait pas envisagé l'éventualité de se faire tuer. Les paroles de Clarisse Reuty lui reviennent en mémoire : « Est-ce que je vais survivre à sa folie ? J'ai l'impression qu'elle va tous nous engloutir : mon époux, nos soldats, moi, et vous aussi… »

Chapitre 24

Campagne espagnole, 4 mai 1808

Les hussards n'ont pas dormi de la nuit. Suivant les ordres d'Alzana, ils ont accompagné l'escorte du gouverneur, puis décroché pour venir se cacher dans ce bois. On n'a même pas dessellé les chevaux, afin de pouvoir repartir au plus vite. Le café est en train de chauffer. Pas sûr qu'on ait le temps de le boire… Car quatre chasseurs à cheval viennent de les rejoindre, avec de nouveaux ordres qui, visiblement, contrarient le chef d'escadron…

Bigrat n'en croit pas ses yeux. Il lit et relit ce document qui lui enjoint de partir sur-le-champ pour Valladolid. La signature de Murat est limpide, ainsi que le sceau aux armes du maréchal.

— Je ne comprends pas, d'abord on me dit que…

— Le temps presse ! s'exaspère le messager. Nous avons déjà perdu des heures à battre la campagne pour vous trouver.

— Mais mes instructions sont formelles, je…

— Vos instructions formelles sont périmées ! Valladolid est à feu et à sang. Depuis le soulèvement de Madrid, la rébellion se propage. Le maréchal veut tuer cette folie dans l'œuf. Foncez à Valladolid et sabrez tout ce qui ressemble à un émeutier.

Bigrat hésite. L'ordre paraît incontestable. Les chasseurs à cheval qui viennent de le lui remettre sont français, à n'en pas douter. Mais quelque chose d'indéfinissable le perturbe.

— Vous êtes bien téméraires, de vous déplacer en si petit nombre, s'étonne-t-il.

— L'urgence l'exige.

— Je pense qu'il y a une erreur quelque part. Je tiens mes ordres du maréchal Murat, ils m'ont été remis en main propre par le colonel d'état-major Borrelli. J'assure une mission de protection.

— Ordre, contre-ordre, désordre, discorde… C'est le foutoir habituel.

— Oui, certes… Mais comprenez mon trouble : je me retrouve avec deux ordres contradictoires, or ma mission initiale est prioritaire. Je commande en second ce détachement. Mon supérieur, le chef d'escadron Alzana, loge au palais du gouverneur Reuty. Je dois le faire avertir, c'est à lui qu'il appartient de trancher ce dilemme.

— Pas le temps ! Vous plaisantez ? Il vous est notifié de partir à l'instant même où vous prendrez connaissance de ces nouvelles instructions. Vous contestez les ordres de Son Altesse ?

Le capitaine des chasseurs fait pirouetter son cheval pour s'adresser aux hussards.

— J'agis sur ordre du maréchal Murat ! Qui est le premier capitaine de cet escadron ? Que cet officier se fasse connaître !

Éberlué, Bigrat s'en trouve bouche bée. Voilà que cet impudent, ce nain des nabots à poney, veut le relever de son commandement ! D'une voix blanche, il dit au chasseur :

— Holà, tout doux, mon petit poulain… Regarde un peu par ici, tu sais ce que ça veut dire, ça ?

Il désigne le premier bouton de sa pelisse, abîmé par une entaille. Le capitaine lui répond :

— Cela signifie que vous êtes un « loustic », un querelleur, l'un de ces « mauvais sujets » qui sont en réalité les meilleurs. Une fois que nos missions respectives auront été menées à bien, je veux bien demander à mon colonel de me promouvoir chef d'escadron, juste pendant quelques minutes, le temps pour nous de poursuivre cette discussion…

Voilà qui rassure pleinement Bigrat. Ce capitaine connaît les codes, l'argot et les usages de l'armée française. Et l'homme a compris que l'affaire allait tourner au duel, malgré l'interdiction de se battre lorsque les protagonistes sont de grades différents. C'est vraiment l'un des leurs ! D'un ton cherchant l'apaisement, il annonce :

— Non, inutile d'en arriver au fer. J'obéis aux nouveaux ordres du maréchal. Hussards, en selle !

Ayant désigné trois cavaliers pour aller porter la nouvelle à Alzana, il lance sa colonne au galop vers le nord.

Les visages de Vorace et de ses chasseurs à cheval s'illuminent de larges sourires. Les uniformes ont été pris à des prisonniers. Quant à l'ordre, c'est un faux. Cela a été assez facile, puisqu'on possède des modèles, avec tous ces messagers tués dans des traquenards…

*

Durant la grande révolte du 2 mai, deux soldats français ont été abattus ici, à Guadalroca. En représailles, le village a été incendié. C'est au milieu de ces pans de mur noircis que Sergemont a établi son campement provisoire.

Voilà deux jours que ses soldats ratissent les environs, capturant tous ceux qu'ils rencontrent. On s'est emparé de milliers de personnes, que l'on a réparties en deux groupes. Le premier rassemble les mères et leurs enfants. Ceux-là attendent dans un bois, anxieux de leur sort. Sergemont les appelle « les inutilisables ». Il les fera libérer dans un moment. Ce sont les autres qui l'intéressent : deux mille captifs que l'on vient de parquer sur la place centrale, comme du bétail un jour de foire. Bien sûr, les bandes rebelles de la région ont découvert cette chasse à l'homme, des émissaires sont venus poser des questions. Sergemont a prétendu vouloir mettre la population à l'abri, soutenant que les Français allaient mener une vaste expédition punitive. Ce mensonge ne va pas tenir longtemps. Il faut agir.

À cheval, habillé en Reine noire, il les observe. Pressés les uns contre les autres, ces gens forment une masse apeurée. Il y voit un amas d'argile qu'il va façonner à sa guise. C'est un pêle-mêle hétéroclite : gaillards rompus aux travaux des champs, bergers, artisans, adolescents, jeunes femmes, vieillards, voleurs de poule, vagabonds, ivrognes... Le vieux *padre* de Guadalroca s'avance vers lui. Il était revenu prêcher dans les décombres de son église, offrant ses sermons à ciel ouvert aux rescapés et aux corbeaux. Sa couronne de cheveux blancs contraste avec son crâne rougi par les brûlures du soleil. Si grande est sa terreur, si frêle son corps sénile qu'il tremble de la tête aux pieds. Tombant à genoux, il lève ses mains jointes en prière.

— J'implore votre pitié ! Nous savons qui vous êtes et nous soutenons votre combat. Nous prions Dieu pour qu'Il vous ait en Sa sainte garde. Mais les…

— Silence !

Le voilà qui tremble de plus belle, on dirait qu'il va tomber en morceaux.

Sergemont est encadré de ses lieutenants, l'Ogre et Pieds rouges. Leur protection est assurée par sa garde rapprochée, constituée des plus fidèles d'entre tous. Les autres combattants se sont déployés dans la campagne, pour donner l'alerte au cas où les Français approcheraient. Le boucher lui demande à voix basse :

— Ma Reine, peux-tu enfin nous dire ce que tu comptes faire de ces gens-là ?

Un interprète traduit en français. C'est l'un des mercenaires que Sergemont a recrutés avant de se rendre en Espagne. Il n'en reste plus beaucoup, de ces soldats de la première heure. Les combats et les désertions les ont écrémés. Qu'importe ? Maintenant, on recrute à tour de bras…

— Ils vont grossir nos troupes, et nous allons prendre d'assaut le palais.

— Avec *ça* ? demande l'Ogre en désignant les prisonniers.

— Oui, avec *ça*. Je vais leur faire boire de l'Eau de Furie.

Aussitôt ces mots traduits en castillan, l'Ogre et le moine échangent un regard interloqué. Pieds rouges est le premier à oser réagir.

— Ma Reine, ces pauvres bougres n'ont pas l'habitude de ce breuvage… Si tu leur en sers une pleine coupe pour le combat, beaucoup en mourront…

Effectivement, d'ordinaire, Sergemont fait absorber peu à peu ses préparations aux nouvelles recrues. Avec la complicité de ses fidèles, il drogue la nourriture et le vin. Le plus souvent, quand les nouveaux arrivés s'en rendent compte, ils sont déjà devenus esclaves de sa volonté. Quand l'un d'eux se rebelle, la mort est sa sanction.

Mais ses manipulations commencent à atteindre leurs limites. Aux yeux des autres guérillas, il devient de plus en plus clair que la Reine noire utilise la Chasse sauvage pour mener son propre combat, qui n'a rien à voir avec la libération de l'Espagne. Les patriotes la surnomment désormais « la Sorcière » et non plus « la Reine », ce qui est mauvais signe… Quand ils estimeront qu'elle fait plus de mal que de bien à leur cause, ils se retourneront contre elle. Avant peu, la Chasse sauvage se retrouvera en guerre contre le monde entier…

Sergemont répond à son lieutenant sans même le regarder :

— Une centaine va périr, peut-être plus… Ce sera la part de Dieu, moi, je prendrai le reste. Avec nos trois cents Furieuses, nous dépasserons les deux mille assaillants.

— Mais ceux-là ne sont pas des volontaires. Pire, certains ne partagent peut-être pas nos idées. Ne risquent-ils pas de nous massacrer, *nous* ?

— C'est un danger, en effet. Dès que nous aurons tous communié à l'Eau de Furie, il faudra lancer l'assaut, avant qu'ils ne deviennent incontrôlables…

C'est au tour de l'Ogre d'essayer de moduler l'avis de la Reine.

— Les soldats français sont redoutables…

— Le gouverneur et son escorte sont revenus et repartis, je me suis débarrassée des hussards, la garnison est réduite. Peut-on rêver meilleure opportunité ?

— Nous les battons dans les embuscades. Mais ceux-là sont retranchés…

Inclinant la tête, Sergemont le regarde de biais. Quand la Reine a cette attitude, il devient dangereux de la contredire.

— Tu contestes ma volonté ?

L'Ogre, ce colosse, le boucher bourreau, blêmit. Ceux qui désobéissent subissent le châtiment de la privation. La Reine ne leur sert plus d'Eau de Furie. Au bout d'une journée, le puni se tord de douleur, ses boyaux se vident, il hallucine de la vermine qui grouille dans ses entrailles… On a vu d'anciens officiers de l'armée espagnole, des aguerris ayant déserté pour venir combattre les Français, pleurer et supplier la Reine comme des gosses terrifiés agrippant la robe de leur mère.

— Non, ma Souveraine. Ta volonté est ma loi.

— Je suis heureuse que tu t'en souviennes enfin.

Sergemont a dit « heureuse » comme il aurait pu dire « heureux ». Parlant de lui, il utilise indistinctement le masculin ou le féminin.

— Regardez, le temps est idéal. Avec ce ciel nuageux, nous ne serons pas éblouis quand nos yeux s'ouvriront.

Il aime répéter à ses soldats qu'ils sont aveugles, et que lui seul peut leur ouvrir les yeux. Quand il prononce ces paroles alors que ses pupilles sont dilatées à l'extrême, l'impact sur son auditoire est considérable.

Toujours recroquevillé dans son monde en ruine, le *padre* balbutie :

— Je fais appel à votre clémence. Si nous vous avons offensés, punissez-moi et épargnez les autres. Je paierai pour tous.

D'un regard, la Reine fait comprendre à Pieds rouges qu'il lui incombe d'apaiser cette populace. Le moine approche son cheval des prisonniers. Relevant les pans de son froc monacal, il ôte ses bandages pour révéler ses jambes. Un murmure d'effroi parcourt la foule. Ses pieds déchiquetés ont perdu des orteils, du pus suinte de ses mollets boursouflés et rougis, par endroits la chair est à vif, ailleurs elle a été cautérisée au fer rouge…

— Mes sœurs, mes frères, la terre d'Espagne souffre, chaque pas français la meurtrit. J'ai fait le vœu de partager sa peine.

Descendant de monture, il pose ses membres martyrisés sur les gravats. Des grimaces de douleur déforment son visage. Les tuiles brisées et les tessons de verre l'entaillent, des débris s'enfoncent dans sa chair… Il boitille vers les captifs, laissant un sillage de pas sanglants.

— Tant que les envahisseurs demeureront dans notre pays, j'irai pieds nus, pour souffrir avec chaque pierre et chaque plante.

Perdant l'équilibre, il s'écroule sur les décombres d'une charpente calcinée. Des paysannes se précipitent pour l'aider à se relever, couvert de cendres et de suie. On dirait qu'il a brûlé avec le village. S'il le pouvait, il irait se jeter dans les rivières dans lesquelles l'ennemi a noyé des prisonniers, se pendre à côté des pendus, s'allonger auprès des fusillés… S'obstinant à vouloir marcher, il chancelle. Les femmes le soutiennent, chaperons d'un martyr patriote. Prenant le crucifix qu'il porte autour du cou, il le place devant son front brûlé.

— Je n'ai pas peur, non… Tuer le Mal, c'est faire le Bien ! Les Français sont les nouveaux Maures. Tuer les Français plaît à Dieu. Je porte la Croix de Feu, la Colère de Dieu ! Et je vous le dis aujourd'hui : voici venu le temps pour vous de devenir des croisés, des malicides, des tueurs du Mal ! Parce que Dieu le veut !

« Dieu », « Dieu », « Dieu »… Sergemont n'en laisse rien paraître, mais ce mot l'amuse. *Moi, je me suis voué à mes dieux et à mes déesses les têtes coupées…*

Pieds de Sang ordonne :

— Agenouillez-vous !

La foule apeurée obéit, les soldats de la Chasse mettent pied à terre et s'exécutent eux aussi. Seule la Reine demeure en selle, les dominant tous.

— Armez-vous !

Les combattants empoignent leurs sabres, leurs lances ou leurs pistolets, l'Ogre serre la poignée de son hachoir. Les paysans et les artisans prennent leurs outils : fourches, faux, faucilles, haches, marteaux… Les autres n'ont que des couteaux et des gourdins.

Brandissant son crucifix déformé depuis qu'il a été chauffé au rouge, il lance :

— Présentez vos armes au Christ !

Tous tendent leur armement de fortune vers ce crucifié tordu et aux jambes fondues.

— Ô Dieu, Père éternel, nous Te demandons, au nom de Ton fils Jésus-Christ, de bénir et de sanctifier nos armes. Trace de Ton doigt une croix sur nos fronts. Illumine notre guerre ! Que nos lames tranchent le Mal, que nos feux le brûlent et que notre course le piétine ! Amen.

— Amen, répond la foule en écho.

Des combattants viennent emplir des bols dans des jarres. Les prisonniers s'inquiètent de ce qu'on veut leur faire avaler. La Reine noire est servie la première, ce qui les rassure. À elle revient le privilège de boire dans une coupe en or, volée par des maraudeurs dans un palais, puis volée aux voleurs massacrés. En la brandissant, elle semble tenir un demi-soleil. Elle lance en castillan ces mots appris par cœur :

— Écoutez-moi tous ! Buvons ensemble. Et que ce Vin de Guerre chasse vos peurs, vous ouvre les yeux et vous libère !

Tandis qu'elle porte la boisson à ses lèvres, elle perçoit, enseveli sous les puissants parfums boisés du vin, le discret relent fétide de la belladone. Maintenant, tout va aller très vite.

Chapitre 25

Palais Orgullo, 4 mai 1808

La cloche de la chapelle du palais se met à sonner l'alarme. Les rebelles se sont approchés subrepticement, à travers les bois. Mais les voilà maintenant forcés de s'avancer à découvert. Ils arrivent de toutes les directions. Leurs groupes convergent vers la colline, formant un large anneau, un nœud coulant qui se resserre.

Les murs se garnissent de tireurs, les artilleurs chargent leurs pièces. Les sapeurs s'empressent de retirer les passerelles du pont. Les deux portes sont barrées et renforcées par des poutres obliques. Les volets des fenêtres sont fermés, mais on les a percés de meurtrières. Le commandant de la garnison fait distribuer des fusils aux domestiques qui ont refusé de partir. Puisque les cavaliers ennemis les cernent déjà, il décide de ne pas tenter d'envoyer des messagers requérir de l'aide.

Perché au sommet du mur d'enceinte défendant l'entrée principale, Dalvers se rapproche d'Alzana.

— Ils sont infiniment plus nombreux que prévu…

— Eh oui… De plus, le plan marteau-enclume était prometteur, mais notre marteau est parti taper à Valladolid… C'est ça, la guerre, figurez-vous. De l'inconnu, de l'imprévisible, des plans de bataille qui s'envolent… Mais ne vous inquiétez pas outre mesure. Nous sommes à un Français contre vingt Espagnols : l'ennemi n'a aucune chance !

Sa bravade fait rire Sardine et les autres hussards. Une colonne de fumée s'élève depuis le sommet du piton rocheux.

— C'est un feu d'alarme, explique Alzana. D'ici deux à trois heures, une colonne de secours viendra déloger l'ennemi, si celui-ci ne s'est pas déjà replié d'ici là.

— Deux heures, c'est deux siècles…

— Oh, que oui ! Mais vous verrez, ce soir, au crépuscule… Savez-vous quel est le plus beau spectacle du monde ? C'est contempler un coucher de soleil en se disant : « Finalement, ce n'était pas aujourd'hui mon dernier jour… »

Les assaillants entament la montée des pentes. Leur déploiement devient plus lisible, leurs plans se dévoilent. Ils sont organisés en deux vagues d'assaut. La première se compose d'une multitude de paysans mal armés. Beaucoup transportent des fagots, pour combler les fossés, et des échelles. Quant à la seconde, ce sont des cavaliers bien armés qui s'annoncent par des drapeaux noirs. La Chasse sauvage.

Les yeux de Dalvers parcourent ces grappes humaines.

— Où est la Reine Sorcière ?

Cette remarque amuse Alzana.

— Elle se tient à l'abri dans les bois. Autrement, nous nous ferions une joie de tous lui tirer dessus… Si vous finissez par la voir : inquiétez-vous ! Cela signifie que le coup de grâce arrive… La Reine noire est une vraie dame blanche…

— Comment pouvez-vous rester aussi calme ?

— Seules les Furieuses m'inquiètent. Les autres ne sont qu'une foule en colère, des lapins qui ficheront le camp dès les premières fusillades.

Quelques paysans tournent le dos pour s'enfuir, mais les cavaliers viennent leur barrer le chemin. La plupart se résignent à remonter à l'assaut. Quelques-uns parviennent à se faufiler et filent en bondissant de rocher en rocher, pour empêcher les chevaux de les suivre. Cependant, arrivés dans les prairies, ils se retrouvent à découvert. Tandis qu'ils courent à perdre haleine pour rejoindre les bois, les *garrochistas* galopent vers eux et les embrochent à la lance…

Les nuées de la première vague se mettent à courir. Même si l'ennemi concentre ses forces en direction des deux portes, il va attaquer de tous les côtés, ce qui oblige le commandant de la garnison à redéployer une partie de ses hommes.

Alzana, qui dirige la défense du front ouest, s'exclame :

— Aux artilleurs : vous tirerez à volonté ! Aux tireurs : attendez mes ordres pour faire feu. Nous commencerons par des salves. Si l'ennemi ne cède pas et arrive au pied des murs : nous passerons au feu à volonté. Vive la France, vive l'Empereur !

Tous les défenseurs reprennent en chœur : « Vive la France, vive l'Empereur ! »

— Et vive l'enfer ! renchérissent les hussards.

S'adressant à Dalvers, il ajoute :

— Une dernière fois, docteur : allez vous mettre à l'abri dans les galeries !

— Non, je veux défendre moi-même ma vie. Ceci dit, quand nous aurons des blessés, j'irai m'occuper d'eux. Je suis aliéniste, mais je m'y connais aussi un peu en chirurgie de guerre. L'infirmerie du palais est bien pourvue en matériel.

— Voilà une excellente nouvelle ! Je veille sur vous avec mon sabre, veillez sur moi avec votre scalpel.

Les canons tonnent, les boulets traversent la masse humaine en disloquant les corps, traçant deux chemins sanglants. Dalvers regarde ce carnage sans broncher. S'il laisse l'effroi le submerger, ses chances de survie fondront.

Les hordes continuent de progresser, couronnées d'une forêt de fourches et de faux. Les Furieuses demeurent silencieuses, se contentant de presser la première vague. Dalvers aimerait entendre leur célèbre cri de guerre. Puis il songe qu'il est aussi fou qu'Ulysse rêvant d'écouter le chant des sirènes…

Les canons tirent de nouveau, forant dans les multitudes. Alzana hurle :

— Ils arrivent à portée de tir ! Prenez soin de viser. En joue !

Sur le mur d'enceinte, tous épaulent.

— Feu !

La fusillade frappe le premier rang, des assaillants s'effondrent ou titubent en se tenant le ventre, des blessés à terre lèvent la main pour implorer du secours… Les canons tirent désormais à la mitraille, criblant des dizaines de corps ; des lignes entières s'écroulent, mais les suivantes ne ralentissent même pas… Éclaboussés de sang, les rebelles approchent à toute vitesse. Nouvelle fusillade, nouveau carnage, partout des Espagnols tombent, d'autres sautent pardessus les cadavres avant d'être fauchés à leur tour, mais il en vient toujours plus, donnant l'illusion que les Français tirent à blanc. La cohue arrive au niveau de l'enceinte. On les vise de si près que chaque coup fait mouche. Les insurgés commencent à jeter des fagots dans le fossé. Sans cesse, un corps tressaille et chute dans la tranchée, les autres continuent d'y lancer du bois. Dans leur rage, certains ne veulent pas ralentir, une bousculade survient, précipitant des rebelles dans la fosse, les assaillants leur passent sur le corps pour atteindre la porte, qu'ils attaquent à la hache. Les canons tirent maintenant à double mitraille, transformant cette foule en une explosion liquide. Une béance est apparue dans la masse, des flots de sang ruissellent et emplissent le fossé dans lequel pataugent des rescapés. Les rangs suivants ne fléchissent pas et comblent ce vide en piétinant les débris humains. Les coups de hache continuent de retentir, mais leur intensité diminue, car les défenseurs ciblent ces sapeurs. Depuis les remparts, les Français font désormais feu à volonté, tuant systématiquement les porteurs d'échelle. L'ennemi tente de faire rouler une charrette chargée de ballots de paille, pour incendier l'entrée. Les tirs convergent vers ceux-là. Ces Espagnols tombent, d'autres les remplacent pour s'écrouler l'instant d'après, et en voilà encore qui les relaient avant d'aller rejoindre l'amoncellement de cadavres…

Tout en rechargeant sa carabine, Alzana confie à Dalvers :

— Mais ils ne vont jamais céder ? Comment peuvent-ils supporter ça ? Ils courent à la mort !

— C'est de la chair à canon droguée.

En son for intérieur, il songe : *Pour obtenir un tel état de fureur, Sergemont n'utilise pas que de la belladone. Il mélange les substances, selon l'effet qu'il veut obtenir. On dit que « Dieu a fait l'homme à Son image », lui agit de même. C'est un dieu fou qui rend déments ceux qui le rejoignent.*

La Chasse sauvage continue de presser les foules déchaînées. Depuis leurs montures, certains tirent à la carabine, essayant d'abattre les artilleurs. Des assaillants tentent de fuir, les cavaliers les sabrent pour relancer les autres au combat. De nouveau, les canons font feu, liquéfiant la foule. La charrette n'avance plus, ses roues sont bloquées par les amas de corps. L'attaque de la porte à la hache a cessé sous les balles, elle aussi. Aucune échelle n'a réussi à s'approcher des murs, toutes gisent à terre, ensevelies sous les cadavres. Dix rebelles se détachent de la Chasse. Poussant le cri des Furieuses, ils forcent leurs chevaux à travers la nuée, piétinant leurs propres troupes. Une monture dérape dans une flaque de sang, désarçonnant son cavalier, qui est aussitôt écrasé par la piétaille.

— Ils se dévorent même entre eux ! s'exclame Sardine.

Alzana tire sur l'un de ces audacieux et sa cible explose, créant une trouée dans la cohue !

— Abattez les cavaliers qui approchent ! Les cavaliers !

Mais la garnison, assourdie par le fracas de la bataille, est incapable de l'entendre.

— Ils vont faire sauter la porte ! s'époumone Alzana, inaudible.

Sardine en abat un second, qui tombe avec le tonneau de poudre qu'il transportait. D'autres chasseurs sont touchés, l'un d'eux explose lui aussi, semant le carnage autour de lui… Un cavalier s'est dangereusement rapproché. Frappé au poitrail, son cheval bascule dans le fossé comblé. L'homme se relève au milieu du charnier. Le visage radieux, il lance son hurlement de Furieuse. Prenant le tonneau de poudre sur la dépouille de sa monture, il vient le placer devant la porte. Cependant, la mèche, trempée de sang, ne peut plus fonctionner. Près de l'Ogre, qui dirige cet assaut, un fin tireur vise l'explosif et presse la détente. La porte de la forteresse vole en éclats, soufflant les défenseurs placés derrière elle. La détonation a été si puissante que Dalvers en est assourdi, ses oreilles bourdonnent douloureusement. Alzana l'attrape par le bras.

— Vite ! Les galeries ou la mort !

Une foule hurlante s'engouffre par l'ouverture. Des défenseurs se précipitent vers ces enragés et les fusillent à bout portant, puis ils les transpercent à la baïonnette et les fracassent à coups de crosse. Mais la masse les submerge. Un grenadier en blesse cinq, puis se fait enfourcher et égorger. D'autres fantassins sont éventrés à la faux, assommés au marteau, poignardés de tous les côtés à la fois… Quelques Furieuses chevauchent parmi les paysans en leur criant : « Pas les Françaises ! Épargnez les femmes ! »

Dalvers talonne Alzana et Sardine, trois autres hussards ferment la marche. La marée humaine les rattrape. Deux ennemis surgissent pour leur barrer la route, Alzana les lacère. Un hurlement suraigu retentit, très proche, « Yiiiiiiiiiiiiiiiiiii ! »… Les Furieuses se jettent dans le combat. Les canons tirent de nouveau à double mitraille, criblant les cavaliers. Mais ce sera leur dernier carnage. Des paysans courent déjà le long de l'enceinte, précipitant les fusiliers dans le vide. Les artilleurs doivent se battre au corps à corps… Les rescapés des autres fronts sont en train de se replier vers le bâtiment principal. Quelques-uns grimpent au sommet du piton, d'autres tentent eux aussi de rejoindre les galeries.

Alzana et Sardine se démènent pour ouvrir la voie qui s'encombre continuellement d'adversaires. Ils sabrent, tirent au pistolet dans des visages hilares… Leurs coups sont systématiquement mortels. Mais, « mourir », ceux qui les attaquent ne semblent même plus savoir ce que cela veut dire. *Ils sont en pleine fureur maniaque*, songe Dalvers, consterné. Des rebelles se dressent devant lui, mais ses années d'entraînement portent leurs fruits. Avec précision, il esquive, pare, transperce. La foule commence à les déborder. Une femme se jette au cou d'un hussard et lui écorche les yeux de ses ongles, dilacérant les paupières. Le blessé se met à taillader à l'aveugle, avant de succomber sous une grappe humaine. Un autre Français est agrippé aux jambes par des blessés à terre. Tandis qu'il tranche leurs bras pour se dégager, des piques l'embrochent. Le dernier homme derrière Dalvers s'effondre, les jarrets sectionnés par des coups de serpe, et son corps est cloué au sol par des fourches. Le sabre de Sardine est contré par une faux qui casse net sa lame. Le sapeur empoigne alors sa hache et se fraie un chemin, frappant les corps comme des bûches. Alzana continue de sabrer, faisant reculer ceux qui lui barrent le passage. Le cri exaspérant des Furieuses est tout proche, l'Ogre hurle :

— Leur chef, le hussard rouge ! Je le veux vivant !

L'entrée des galeries n'est plus très loin. Hélas, plus on s'en rapproche, plus on est ralenti par des ennemis toujours plus nombreux. Dalvers balafre une femme qui allait lui briser le crâne avec un fléau à blé, mais un vieux *padre* se jette sur lui. Frénétique, le vieillard l'étrangle en hurlant : « Pitié ! Pitié ! Punissez-moi ! » Ayant lâché son épée, Dalvers frappe le religieux aux yeux, en vain. L'asphyxie obscurcit sa vision. Dégainant le couteau à sa ceinture, il plante son ennemi à la tempe, mort subite.

— Allez, nous y sommes presque ! encourage Alzana.

Dalvers sent qu'on le tire par le bras pour l'obliger à avancer. La vue lui revient par taches de couleurs chaotiques. Ils sont cernés par la multitude, qui tend vers eux des piques, des fourches et des faux. Partout, ce ne sont que des visages déformés par la rage.

Dressé sur son cheval et brandissant son crucifix tordu, Pieds rouges vocifère :

— Ne tuez pas le hussard rouge ! Ni le civil ! Ces deux-là, Dieu les veut vivants !

Gêné par la cohue, l'Ogre a préféré mettre pied à terre. Hachoir à la main, il affronte Sardine. On se croirait revenu au Moyen Âge. Le sapeur lance une attaque à fond, pour forcer tout blocage et entamer profondément son ennemi. Contre toute attente, malgré sa carrure massive, le boucher fait preuve d'agilité, esquivant au lieu de parer. Sardine ayant ouvert sa garde, l'Ogre lui entaille la gorge et l'achève d'une pluie de coups.

— Je suis désolé, docteur… s'excuse Alzana.

Dalvers n'a pas compris le sens de cette phrase. Il continue de tourner le dos au hussard, croyant que celui-ci protège toujours ses arrières. En réalité, Alzana s'est retourné et arme son sabre pour le tuer d'une frappe sur la nuque, afin de lui éviter la torture. Mais les paysans se jettent sur lui. Certains sont assez fous pour saisir sa lame, s'y tranchant les doigts sans réussir à le désarmer. On bondit aussi sur Dalvers, qui plante la multitude avec l'énergie du désespoir. Ployant sous le nombre, il s'écroule. Une femme est tombée sur lui, ils se retrouvent visage contre visage, ses énormes yeux noirs le fixent. Elle essaie de le mordre au cou, comme un chien enragé ! D'un coup de tête, il l'assomme en lui brisant le nez. Mais il ne peut plus bouger. Des dizaines de mains le plaquent au sol.

En contre-jour, l'Ogre apparaît au-dessus de lui. Sa tête cache le soleil. En cet instant, sa silhouette ressemble à celle d'un dieu antique.

— Le chef des hussards a tout tenté pour te protéger. Tu dois donc vraiment être précieux, toi…

Chapitre 26

Palais Orgullo, 4 mai 1808

Mains liées dans le dos, Dalvers est enfermé dans la chapelle, sous la vigilance de deux Furieuses. Les vitraux ont volé en éclats, les fenêtres brisées ressemblent à des yeux crevés. Alzana, lui, est emmené dans la forge, transformée en bastion par l'ennemi. La bataille fait rage pendant encore une demi-heure. Aucun Français ne réussit à atteindre les galeries. Le bâtiment principal est finalement pris d'assaut. Défendu par une poignée d'acharnés, le piton rocheux est l'ultime point à céder. Le feu d'alarme s'éteint, la forteresse a rendu son dernier souffle.

La Reine Sorcière survient, encadrée par sa garde rapprochée. L'Ogre la rejoint pour l'informer de la situation. Aussitôt, elle s'exclame :

— Comment ça, vous ne l'avez pas trouvée ? Eh quoi ? Il n'y a aucune femme ici ? Bande d'incapables !

Se dressant sur ses étriers, elle hurle à la ronde :

— Clarisse ! Clarisse, c'est moi ! C'est Honoré !

L'effet de l'Eau de Furie commence à s'estomper. Les paysans rescapés sont frappés d'exténuation. Les plus coriaces errent, hagards, au milieu du stupéfiant carnage. Partout, ce sont des amoncellements de cadavres, des blessés rampant, des chevaux aux jambes brisées qui tentent de se relever en hennissant… Une monture lèche le visage de son cavalier étendu dans la poussière.

Agenouillé, Pieds rouges trempe un linge dans le sang d'un fusilier à l'agonie. En castillan, il demande quelque chose à un renégat français. Celui-ci, vêtu d'un uniforme de chasseur à cheval impérial, a ôté son shako et porte un foulard de tête rouge, pour ne pas être abattu par erreur par les siens. S'approchant d'un mur blanchi à la chaux, le moine se met à tracer des mots en lettres de sang. Le mercenaire l'aide à traduire en français.

Français !
Vous rêvez de châteaux en Espagne ?
J'espère que celui-ci vous plaira !

Puis il rejoint sa Reine, avide d'entendre sa voix commander. Ses pieds nus blessés marchent dans les flaques de sang, et il est convaincu que c'est la terre espagnole elle-même qui saigne.

Sergemont fulmine :

— Les femmes ! Cherchez-les ! Elles sont cachées, forcément. Retournez tout de fond en comble. J'offrirai dix kilos de pièces d'or à celui qui m'amènera Clarisse saine et sauve !

Ses Furieuses s'éparpillent dans le palais, telles des abeilles s'empressant d'accomplir la volonté de leur reine.

Depuis sa prison, Dalvers a tout entendu. *Il est complètement fou. Mais, grâce à ses drogues, il masque sa folie en s'entourant de gens qu'il rend encore plus déments que lui...* Pour ne pas se laisser aller au désespoir, il se raccroche à sa stratégie : observer et écouter… Il s'approche des fenêtres, mais l'un de ses gardes lui expédie un coup de pied qui l'envoie à terre, au milieu des vitraux brisés, arcs-en-ciel en mille morceaux. Il en profite pour saisir un bris de verre tranchant. Tandis qu'il tente de se relever, la Furieuse lui assène un coup de crosse sur le crâne, l'assommant net.

*

Soucieux d'apaiser la Reine, l'Ogre propose :

— Pendant que nos hommes cherchent, nous pourrions nous occuper des prisonniers… Onze sont sans intérêt. Ceux-là, nos Furies les interrogent. Mais deux autres ont retenu mon attention. Commençons par la prise de choix : Alzana, le hussard à la pelisse rouge. Celui qui nous traque et qui nous a déjà bousculés deux fois !

— Oui, Alzana « la Panthère »… Pour celui-là, j'ai déjà une idée. Qu'on me l'amène !

L'officier est conduit devant la Reine, au milieu de la cour. Une escorte le protège, car des Espagnols veulent le massacrer sur-le-champ. Une femme réussit malgré tout à se jeter sur lui en brandissant un couteau, mais l'Ogre l'attrape par les cheveux et la tire en arrière, l'envoyant dans la poussière. La Reine lève la main, le silence, peu à peu, s'impose.

Par ironie, Alzana ne se trouve qu'à quelques pas de l'endroit où, tout à l'heure encore, il se battait avec véhémence. Le souvenir de ses paroles lui revient, quand il lançait à Dalvers : « Allez, nous y sommes presque ! » Ses yeux se posent sur Sardine, dépouille sanglante. Puis il dévisage la célèbre Reine Sorcière. Mais il se force à afficher un air las, comme si tout ce qui se passait l'ennuyait au plus haut point.

— Je vais te révéler ta vérité, lui annonce la Reine.

Les Furieuses se sont tues. Celles encore sous l'emprise de la fureur serrent les dents pour se contenir, respirant bruyamment. On dirait des chiens exaspérés auxquels on a mis une muselière. Les paysans, eux, ou en tout cas le peu qu'il en reste, se traînent, à bout de forces et sans but, fantômes hantant un cauchemar. Ou bien ils gisent avachis, adossés aux murs criblés de balles, les muscles brûlants, le cœur emballé, asphyxiés par les efforts extrêmes, semblables à des mèches consumées.

Pieds rouges apporte une tasse en porcelaine emplie de vin. L'objet, pris dans le palais, est orné d'abeilles et colleté d'or. Sergemont y fait couler une seule goutte, prélevée d'une gourde. Puisque résister est vain, Alzana avale ce breuvage. Au bout de quelques instants, il tressaille et tombe à genoux. Le monde se met à tournoyer, comme si la Terre, s'étant décrochée de son point dans l'espace, n'était plus qu'une bille roulant vers le désastre. Il se relève et, aussitôt debout, il s'effondre. Les Furieuses boivent ce spectacle de leurs yeux dilatés.

— Ne t'inquiète pas…

La Reine a chuchoté, pourtant Alzana a cru que le ciel lui criait dans les oreilles.

— Grand est ton privilège, susurre-t-elle de sa voix hurlante. L'Eau de Vérité n'est offerte qu'à ceux qui deviendront mes Furieuses, ou bien aux prisonniers de valeur.

La vue d'Alzana s'obscurcit, son corps s'alourdit comme s'il se pétrifiait, le sol se désagrège, et il tombe dans le vide. Le monde se réduit en poussière sous son poids, sa chute est vertigineuse. Quand cela cesse enfin, il se retrouve écrasé par quelque chose de massif, avec des bras, des jambes, des dents et des cheveux. L'air empeste le sang et les entrailles. Remuant comme un ver, il tente de se dégager, libère ses mains, fait rouler un corps et se faufile dans cet espace. Avec difficulté, il poursuit sa progression. La masse gémit, d'autres sont vivants, quelque part dans cet amas. Enfin il atteint l'air libre ! S'extirpant, il se retrouve nu au sommet d'une montagne de chair. Quelque chose le pique au bras, il riposte en frappant cette menace, déclenchant l'envol de centaines de corbeaux.

Debout sur l'empilement de cadavres, il frissonne. À perte de vue, des corps sont étendus dans la neige. Des hommes et des chevaux, par millions lui semble-t-il. Toute l'humanité a péri. Seuls quelques bougres bougent encore, déshabillant les victimes avant de les balancer dans les fosses communes. Les armes, les casques et les vêtements s'empilent en monticules au bord des gouffres funéraires.

Il croit qu'il est mort, et que les fossoyeurs le sont aussi, cadavres ambulants. Le ciel lui-même est mort. « Hector… » Il se retourne vers cette femme qui l'appelle. Bien que celle-ci se tienne en contre-jour, il la reconnaît, son cœur en frémit de joie. D'autres silhouettes s'approchent, ce sont les femmes qu'il a aimées ou seulement serrées dans ses bras le temps d'une nuit. Des amantes et des oubliées. Elles marchent sur les corps amoncelés. L'amour de sa vie l'enlace et l'embrasse. Les autres dénouent leurs corsets, des seins se dévoilent, elles retirent leurs robes et dégagent leurs jambes des tissus, elles murmurent à son oreille et se relaient pour l'embrasser… Des morts tendent les bras pour caresser ces chairs. S'imprégner de cette chaleur les ranime. Ils se relèvent, nus et sanglants, et viennent serrer ces femmes dans leurs bras. Tous plongent dans une orgie de charnier.

— Alors ? Qu'as-tu vu ? Raconte-moi ta vérité ! le presse la Reine.

Alzana cligne des yeux, perdu, perplexe.

— Le champ de bataille, la neige… C'est Eylau… J'ai vu que… que je suis vivant… murmure-t-il.

— C'est vrai. Mais cela ne va pas durer. Et quoi d'autre ?

Bien qu'Alzana ne veuille pas répondre, cette voix possède la force de doigts pressant son cerveau pour en faire surgir les secrets.

— J'ai vu la vie s'épanouir sur mon charnier…

— Où est Clarisse ? Clarisse Reuty ?

— Elle est partie dans la nuit, avec son mari. Nous nous sommes joués de toi. Tu as fait massacrer ton armée pour un mirage.

— J'en lèverai une autre ! Donc elle est retournée à Madrid ? C'est ça ?

— Oui, avec une escorte trop puissante pour ta Chasse d'éclopés. Tu as échoué…

— Tu ne comprends rien. Loin de moi, son cœur gèle, et je brûlerai toutes les villes du monde pour la réchauffer.

Alzana s'assied, encore confus, cherchant des yeux son aimée, mais n'apercevant que des visages haineux. S'adressant à ses troupes, Sergemont demande :

— Mes Furieuses : pour ce chef des hussards, que décidez-vous ? La Belle ou l'Horrible ?

La foule des chasseurs hurle :

— La Belle ! La Belle !

— Oui, mes Bien-Aimées, la Belle, bien sûr !

Se tournant vers Alzana, la Reine annonce la sentence :

— Pour ton prestige et ta vaillance, nous t'offrirons une belle Mort ! Chacune est unique, la tienne sera à ton image.

*

Peu après, Alzana est conduit dans l'arène. Des gardes tranchent ses liens, jettent son sabre à ses pieds et s'empressent de déguerpir. La Reine et une centaine de ses Furieuses prennent place dans les gradins. Des portes s'ouvrent, libérant sa jument, qui le rejoint en hennissant de joie. Ses pistolets et sa carabine ont été dérobés, mais on lui a laissé sa peau de panthère, qui vaut pourtant une fortune. Il monte en selle et fait cavaler sa monture, se délectant de chevaucher une dernière fois. Sur le muret intérieur, tout le long de ce périmètre délimitant l'aire de combat, des *garrochistas* se tiennent debout, serrant leurs piques.

Dans la tribune d'honneur, la Reine se lève.

— Montre-nous la gloire des hussards français !

Tandis qu'elle désigne la porte du toril, dont les panneaux commencent à s'ouvrir, elle lui crie en castillan :

— Bonne chance à toi, hussard *rouge* !

Ses propos déclenchent une hilarité générale. Un taureau surgit dans l'arène. La bête, gigantesque, a été élevée et dressée dans l'unique but d'attaquer les hommes. Elle appartenait à l'ancien propriétaire. Le gouverneur Reuty l'avait gardée en vue d'offrir un spectacle tauromachique aux édiles espagnols. Mais tous ces efforts, toutes ces dépenses, ces folies-là et bien d'autres, au final : tout est consommé pour le plaisir de la Reine noire.

Le monstre charge immédiatement, six cents kilos qui se meuvent avec fluidité. Animé par le mouvement des muscles, son pelage noir luisant est parcouru d'ondulations liquides. D'ordinaire, les chevaux sont épouvantés par ces animaux. Mais pas celui d'Alzana, habitué aux frayeurs des batailles. Le hussard fait esquiver sa monture et sabre l'une des cornes, déclenchant une exclamation de stupéfaction dans la foule.

Il tente maintenant continuellement de contourner le taureau, trottant autour de lui et menaçant ses arrières. C'est un calcul risqué. La bête pivote sur elle-même et donne des coups de cornes qui frôlent son adversaire. Rompant le combat, le cavalier s'éloigne. Mais, dès qu'il s'approche de l'enceinte, les lanciers abaissent leurs piques pour l'obliger à rebrousser chemin.

Le taureau s'est immobilisé, sa patte avant racle le sol. La jument trotte en périphérie de l'aire de combat. Quelquefois, Alzana la fait pirouetter pour changer de sens. Sa maîtrise équestre est un ravissement.

— Dépêche-toi ! avertit la Reine. Le temps nous est compté. Si tu tardes, je vais faire abattre ton cheval.

Auprès d'elle, un tireur se lève, fusil dans les bras. Tentant le tout pour le tout, Alzana semble faire pirouetter une nouvelle fois sa monture, mais la lance en réalité pour charger le monstre. Sabre brandi, il paraît vouloir frôler le taureau pour tenter de lui fracasser le crâne. Cependant, au dernier moment, il dévie sa course, feintant pour masquer son attaque réelle, qui va suivre. Le taureau se contorsionne tout en expédiant des coups de cornes vers cette forme rouge qui le contourne. Il plante la jument à l'abdomen et, relevant brusquement la tête, l'éventre et la renverse, précipitant son cavalier dans la poussière. Les spectateurs hurlent de joie. Alzana bondit sur ses pieds, le sabre retenu à son poignet par la dragonne. La bête se rue sur lui, mais il esquive tout en lui sabrant le flanc. Balafrée d'une ligne écarlate, elle fonce de nouveau. Pour l'éviter, le hussard doit plonger vers son cheval mort. Le taureau contourne l'obstacle, revient sur lui et lui assène un coup de cornes au niveau de la pelisse. Cette attaque le jette en l'air, mais la pointe intacte a seulement lacéré son épais vêtement. Se relevant, il se précipite une nouvelle fois à l'abri derrière le corps de sa jument. L'animal charge de plus belle, le choc ébranle la masse du cheval qui manque d'écraser Alzana. Forcé de se dégager, le hussard se relève, la bête lui embroche le bras gauche et l'expédie à terre. Le monstre s'arc-boute et s'acharne, repoussant la jument tout en l'éventrant de nouveau. S'étant déjà ressaisi, Alzana se déplace, veillant à toujours laisser sa monture entre son adversaire et lui. Le taureau tente encore et toujours de l'encorner, mais, une fois de plus, c'est la dépouille qu'il plante, et aussitôt Alzana abat son sabre sur la bête, lui fracassant le crâne. Le monstre s'écroule, tandis que lui-même s'empêtre dans les organes de son cheval et tombe.

L'assemblée se fige dans le silence. Alzana se relève avec peine. Son bras gauche saigne abondamment. Se tournant vers la Reine, il lui lance :

— J'en veux encore ! Envoyez-m'en un deuxième !

Sergemont lui répond :

— Je méprise l'humanité, et pourtant je t'admire. Qu'on lui laisse la vie sauve !

L'Ogre se permet de demander :

— Tu es sûre, ma Reine ?

— Oui, il l'a bien mérité. Laissons-le là où il est, pataugeant dans les entrailles de son triomphe.

Chapitre 27

Palais Orgullo, 4 mai 1808

Ranimé par un seau d'eau et relevé de force, Dalvers est conduit dans le bâtiment principal du palais. Les mains toujours liées dans le dos, il a perdu son morceau de vitrail. Ne lui reste que son couteau glissé dans sa botte, que ceux qui l'ont désarmé n'ont pas découvert.

Des corps encombrent l'escalier d'apparat. Les insurgés sont tombés en masse, cueillis par les tirs des soldats refoulés, marche après marche. Dans les couloirs, il est même forcé d'enjamber des dépouilles. Ses pas font crisser le verre des vitres brisées.

Il pénètre dans la salle de bal. Tandis qu'il s'avance vers la Reine, des Furieuses, agglutinées de part et d'autre, le maudissent et le raillent. Alors, enfin, il rencontre cet adversaire qu'il a traqué pendant des mois, et fixe ce visage androgyne à la beauté ambiguë. Portant sa célèbre robe noire, la Reine est assise, nonchalante, dans un fauteuil placé là en guise de trône. Elle tient une poupée en porcelaine, une effigie vaguement à son image, elle aussi vêtue d'une robe noire brodée de fleurs.

Sergemont ne prête pas encore attention à ce prisonnier. Son regard glisse sur le plancher, les boiseries, les lustres… Clarisse adore la musique et les bals, donc elle est certainement souvent venue ici, imaginant les fêtes à venir. Peut-être a-t-elle valsé, seule, au souvenir des symphonies, et il essaie de percevoir l'écho lointain de ses pas.

Posant la poupée sur le fauteuil placé à côté du sien, il se tourne enfin vers le nouveau venu. D'un geste naturel, il passe la main dans ses longs cheveux blond vénitien.

— Qu'est-ce que c'est que cet oiseau-là ? On me dit que tu es précieux, toi qui n'as l'air de rien ? J'ai peine à le croire… Et pour lui, mes Furies ? La Belle ou l'Horrible ?

La foule se met à hurler « l'Horrible ! », certains brandissent des couteaux, d'autres lancent « Donnons-le à l'Ogre ! »…

— Bien, mes Cruelles. Laissons-le néanmoins plaider sa cause. Toi, l'inconnu, penses-tu mériter la belle Mort ou la Mort horrible ?

— J'hésite, les deux sont tentantes…

Sergemont en sourit, celui-là le défie !

— Ton sarcasme m'amuse.

Le faux capitaine des chasseurs à cheval entre dans la pièce, semant le trouble. Il porte un foulard rouge noué autour du cou, un autre autour du bras, et il tient un large tissu écarlate à la main, qu'il brandissait tout à l'heure, tandis qu'il galopait vers le palais. Il a déjà perdu deux amis, abattus par erreur par les Furieuses. À force de mener son double jeu, il finit par être mis en joue par tous les fusils du monde…

La Reine lui fait signe de transmettre son message. Le traître annonce :

— Les Français approchent. Une colonne de secours, composée de trois cents soldats de ligne et d'une demi-batterie d'artillerie à cheval, deux pièces de 6 livres et un obusier. Une poignée de chasseurs à cheval ouvrent la marche. Il y a une seconde menace : les hussards du 5e… La ruse de Valladolid a été éventée. Ils ont rencontré des messagers en provenance du nord, et ces hommes ont dû leur révéler que, là-bas, le calme règne. Du coup, ils ont aussitôt fait demi-tour pour revenir ici.

— Que me chantes-tu là ? Tu m'avais assuré que leurs chevaux seraient épuisés.

— Ce sont des increvables ! Leur chef a divisé son escadron en deux. Il se dirige vers nous avec la moitié de ses hommes, mais toutes les montures. Pour l'instant, ils vont au pas, pour permettre aux bêtes de récupérer. Mais, au moment de combattre, ils enfourcheront leurs chevaux de remonte, pour pouvoir charger et nous poursuivre. Ils viennent de faire leur jonction avec la colonne de secours.

— Combien de temps avons-nous ?

— Très peu. Ils vont attaquer dans la demi-heure qui vient.

— Bien. Beau travail, Vorace, comme toujours. Continue à épier les mouvements ennemis. L'Ogre, va préparer notre repli.

Talonnant le boucher, le capitaine renégat s'éloigne. Ce déchu et ses derniers Judas encore en vie sont les seuls à ne jamais prendre d'Eau de Furie, afin de garder l'esprit clair pour berner les Français.

Sergemont se tourne vers Dalvers, il se délecte d'avoir à lui annoncer une mauvaise nouvelle.

— Pour nous, un sablier vient de se retourner. Pour toi, tout est déjà fini. Ta mort ne sera ni belle ni horrible, seulement rapide et sans saveur.

— J'ai un message ! C'est Mme Reuty qui m'envoie !

Sergemont n'en croit pas un mot, semble-t-il. Il répond :

— Tu cites son nom parce que tu m'as entendu l'appeler.

— Je peux prouver ce que je dis.

— Pourquoi n'as-tu pas informé ceux qui te surveillaient ?

— Je n'ai aucune confiance en eux ! Je ne parlerai qu'à vous. De toute façon, ces brutes m'ont assommé d'un coup de crosse.

— Oui, je vois ça, en effet... Je t'accorde deux minutes supplémentaires. Puisque je n'ai pas le temps d'écouter tes mensonges, je vais directement entendre tes vérités.

Des Furieuses viennent maîtriser le prisonnier, tandis que Pieds rouges s'approche avec la tasse aux abeilles impériales. Le moine met dans ses gestes une révérence mystique. Sur son front, sa cicatrice forme une croix cramoisie et boursouflée. Dans les villages, certains murmurent que ce saint a été touché par le feu du Saint-Esprit.

Dalvers essaie de parler, mais un coude s'est replié sur sa gorge et l'étrangle. Suffoquant, il ouvre la bouche et le religieux y verse le breuvage. L'étau se desserre, mais une main se plaque sur ses lèvres pour l'empêcher de recracher. N'ayant pas le choix, il avale ce vin âpre et amer. La Reine lui explique :

— Tu vas découvrir que cette eau déchire le voile des apparences et révèle les vérités. Profite bien de cette chance prodigieuse que je t'offre.

Dalvers s'écroule, retenu dans sa chute par ses gardiens. Étendu sur le parquet, il tremble de peur. Adossé à un tronc d'arbre, il n'est plus qu'un enfant terrorisé et à bout de souffle. Son poing est crispé sur son petit couteau. Il est venu en cachette se promener dans la forêt. Il s'ennuyait, la nature lui manquait. Ses parents le lui ont interdit, pourtant. Depuis plusieurs mois, tous les adultes imposent cette même règle. Parce qu'un homme mauvais rôde dans la région. Il agresse les enfants avant de les poignarder. Tout le monde traque cet inconnu, en vain. Lui n'avait jamais imaginé que, ce jour-là, ce tueur se trouverait justement aux abords de son village, en quête d'une proie…

Il a entendu bruire des feuilles mortes. Se retournant, il a découvert cet homme qui s'approchait à pas de loup, avec son sourire écœurant et son poignard de chasse à la main. Il a brandi son petit couteau de cuisine, qu'il avait emporté pour se rassurer, s'imaginant arrêter la marche de cet inconnu. Mais, devant cette arme dérisoire, ce dernier a éclaté de rire.

Alors il s'est enfui, zigzaguant entre les obstacles, se faufilant sous un arbre mort qui entravait le passage, filant derrière des buissons… Mais le bruit des pas courant derrière lui ne faiblissait jamais.

Le voilà donc caché, haletant, la bouche grande ouverte, les poumons comme deux boules de feu.

— Où es-tu, mon petit ? Tu te caches ? Tu crois pouvoir m'échapper ?

La voix est si proche, c'en est désespérant.

— Viens, mon garçon, je vais t'apprendre des jeux amusants.

Des branchages sont déplacés, si près de sa cachette… Le rôdeur apparaît.

— Trouvé !

Bondissant sur l'agresseur, il lui plante son couteau, son tout petit couteau de cuisine si tranchant, dans la cuisse. L'homme pousse un cri de douleur et le frappe au visage, l'expédiant dans un fourré de ronces. Lui se relève, se dégage de ces écorchures qui sont comme des mains qui l'agrippent, et s'enfuit. L'adulte tente de le poursuivre, mais sa jambe blessée se dérobe, sa course est devenue boiteuse.

— Je te retrouverai, gamin ! Tu m'entends ? Je reviendrai te chercher ! lance-t-il, mais sa voix commence déjà à s'effacer avec la distance.

Allongé au sol, Dalvers pousse un hurlement de terreur. La Reine commente :

— Tes vérités ont l'air bien effrayantes… Raconte-moi, qu'as-tu vu ?

Encore englué dans ce souvenir glaçant, il se contorsionne sur le plancher, luttant contre ses liens, persuadé que son agresseur a réussi à le capturer. La Reine insiste, avide de savoir. Finissant par renoncer, elle conclut :

— Je vois que tu as connu l'Horreur, toi aussi. Alors je vais te confier un secret. Sache que, dans cette Horreur, si tu le souhaites, tu pourras aussi découvrir des plaisirs suprêmes.

L'esprit embrumé, Dalvers s'agenouille, enfant terrorisé, et se relève, adulte prisonnier. Revenu au moment présent, il murmure :

— Clarisse est cachée dans le palais.

Il répète sa phrase, puisant de la force en entendant sa voix. Le visage de Sergemont devient narquois.

— Ai-je l'air si naïve ?

— Je suis son messager. Elle m'a confié une phrase, pour me faire connaître de vous. Elle m'a chargé de vous dire : « L'heure des retrouvailles est enfin venue pour les deux moitiés de l'androgyne. »

Abandonnant sa posture nonchalante, la Reine se penche vers lui. Se tournant vers l'interprète, elle lui fait signe de cesser de traduire à l'assemblée.

— Soit c'est effectivement elle qui t'envoie, soit tu me tends un piège. Tu es le remède ou le poison.

Haussant subitement la voix, elle ordonne :

— Dis-moi la vérité !

Ce cri est une vague qui balaie les pensées comme des châteaux de sable. Dalvers se mord l'intérieur des joues, la douleur chasse sa confusion.

— Son mari sait tout. Il l'a surprise en train de lire vos lettres en cachette. Il les a brûlées. Mais Clarisse en connaît certaines par cœur, elle les relit en secret dans sa tête. C'est lui qui l'a forcée à vous dire qu'elle ne vous aimait pas et qu'elle ne voulait plus jamais vous revoir, alors qu'elle pense exactement le contraire !

— Je le sais. Tu cherches à gagner du temps.

Forçant sa voix, la Reine lance :

— Où est-elle ?

Dalvers se mord de plus belle, le goût du sang emplit sa bouche. La douleur clarifie ses pensées et le galvanise.

— Je veux d'abord des garanties. Sinon, aussitôt que j'aurai parlé, vous me jetterez dans les pattes de votre boucher.

— Si tu dis vrai, tu auras la vie sauve et je te couvrirai d'or. Dans ce palais, nous avons trouvé de quoi te régaler. Tu as ma parole, alors parle !

— Et mon ami Alzana, l'officier des hussards ? Il m'a sauvé la vie, à Madrid…

— Il est encore en vie. Enfin, peut-être… Tu le trouveras dans l'arène. Vivant, il l'était tout à l'heure… Je te laisserai ce qu'il en restera. Parle !

Une nouvelle fois, elle a crié. Mais elle se ravise.

— Je vois bien que tu luttes contre l'Eau de Vérité. C'est mauvais signe, cela prouve que tu tentes de me mentir.

— Elle n'en peut plus, que son mari l'oblige sans cesse à vous fuir. Pour mieux vous séparer, il a même réussi à se faire envoyer en Espagne ! Alors elle m'a demandé de l'aide.

— À toi ?

— Bien sûr, je suis son médecin, elle a confiance en moi.

— L'es-tu vraiment, médecin ? Je n'ai pas le temps de le vérifier. Tu dis qu'elle est cachée dans le palais ? Conduis-moi à elle.

— J'ai hésité à trahir son mari, l'homme qui me paie… Mais je la vois si malheureuse avec lui, cela me fend le cœur…

— Oh, si tu me mens, moi, je te fendrai le cœur d'une autre manière, crois-moi…

Un flottement parcourt les Furieuses. On s'attarde trop ! Ce Français devrait déjà être étendu mort. La Reine se lève.

— Guide-moi !

— À Valdevent, elle a essayé de s'enfuir pour vous rejoindre.

Sergemont s'immobilise.

— Vraiment ? Elle a fait cela ?

— Bien sûr ! C'est pour ça qu'il y a tous ces gardes, là-bas. Ce sont des geôliers payés par son époux. M. Reuty est un haut dignitaire impérial, il refuse de divorcer, pour ne pas nuire à sa carrière.

— Tu en sais vraiment beaucoup… Oui, tu es l'un de leurs proches. Conduis-moi à elle !

— Savez-vous comment, elle et moi, nous l'avons berné ? Je l'ai rendue malade.

— Tu as fait quoi ? Répète-moi ça ?

— Je suis médecin, je vous l'ai dit. Je lui ai fait prendre une décoction de baies de sureau, pour déclencher des vomissements. L'effet est spectaculaire, mais, en réalité, ce n'est rien de grave.

— Je connais très bien les effets des baies de sureau. Concernant les propriétés des plantes, il y a peu de chances que tu m'apprennes quoi que ce soit…

— Ensuite, j'ai affirmé à son mari qu'elle était enceinte, et que la forcer à se déplacer risquait de déclencher une fausse couche. Je l'ai convaincu de la laisser ici, avec moi à ses côtés pour veiller sur elle.

— Tu continues à vouloir gagner du temps. Pour la dernière fois : où est-elle ?

— Mais quelles garanties ai-je ? J'ai vu comment vos soldats traitent leurs prisonniers. Je vais me retrouver avec une tête de cheval ?

— Ta garantie, c'est elle ! Je lui accorderai tout ce qu'elle voudra. Si elle me dit de t'épargner, je le ferai. Mais si elle préfère avoir une veste taillée dans ta peau écorchée, elle l'aura !

— Elle attend depuis si longtemps que vous veniez la délivrer…

Sergemont prend un air pitoyable… Ses soldats s'inquiètent et chuchotent entre eux.

— J'ai fait ce que j'ai pu… se justifie-t-il. Elle n'imagine pas tous les obstacles que j'ai dû surmonter. Mais me voilà, maintenant, et pour toujours…

L'Ogre réapparaît, consterné de constater que l'on n'en a toujours pas fini avec ce prisonnier.

— Les Français ont pris le pas accéléré. Il faut partir. Tout de suite.

— Je le sais ! hurle la Reine.

Cette fois-ci, c'est vis-à-vis de son lieutenant qu'elle a employé sa voix impérieuse. Se tournant vers Dalvers, elle ajoute :

— Si tu ne me dis pas où elle se trouve, je vais te faire parler de force. Mon Ogre sait y faire !

— Je vais vous conduire à elle. Sa cachette se trouve dans les galeries de la carrière.

Ayant demandé qu'on lui traduise, le boucher objecte :

— Cet homme ment ! Nous avons fouillé ces tunnels de fond en comble.

— Et la pièce secrète ? Je suis certain qu'elle vous a échappé. Ou alors peut-être que vos hommes l'ont effectivement découverte… Vos assassins ont trouvé Clarisse et lui ont fait subir des horreurs… C'est pour ça que vous voulez fuir : pour masquer leur crime !

À ces mots, Sergemont rejoint Dalvers. L'Ogre ne peut répondre, car, dans cette conversation en français, la traduction lui coûte toujours un temps de retard. Quand il est enfin informé de l'accusation, la Reine passe déjà devant lui, suivie par le prisonnier encadré de gardes.

— Je modifie mes ordres, annonce-t-elle. Nous avons encore un peu de temps. Fais patienter nos hommes.

D'un pas rapide, elle s'engage dans la cour. Parce que Dalvers ne va pas assez vite, des soldats l'empoignent et l'obligent à accélérer. Les Furieuses sont déjà en selle, prêtes à fuir. Par la porte défoncée, on voit au loin Vorace revenir au galop, agitant son tissu rouge au-dessus de la tête. Talonné d'un interprète, l'Ogre s'empresse de rejoindre Sergemont.

— Les Français seront sur nous dans quelques minutes…

— C'est toi que j'avais chargé de diriger cette attaque. Si jamais quelqu'un a fait du mal à Clarisse, je te jure que je te ferai subir le pire ! Je sais bien que l'ennemi arrive. Trouve des volontaires pour servir les deux canons. Vorace leur montrera comment faire. Tirez quelques boulets, la colonne marquera le pas.

— Mais nous avons déjà saboté ces pièces… Nous les avons enclouées et nous avons versé du plomb fondu dans leurs gueules.

— Alors distribue les fusils de la garnison aux paysans ! Place-les sous le commandement d'une vingtaine de Furies et envoie-les ralentir les Français.

— Les paysans ? Ceux-là ?

Il désigne des corps entassés contre les murs. Impossible de distinguer les morts des vivants exténués, et on ne tirera pas plus des uns que des autres… Il insiste :

— Aujourd'hui, nous avons perdu beaucoup d'hommes de valeur. Nous ne sommes plus que deux cents Furieuses… Le galop est notre seul espoir.

L'interprète traduit, Dalvers est le premier à réagir, lançant à Sergemont :

— Vous allez abandonner Clarisse une fois de plus ?

— Non ! Je ne l'ai jamais abandonnée !

— Cela fait une éternité qu'elle attend votre venue. Elle me répète que chaque jour qui passe loin de vous est un clou de plus planté pour sa crucifixion. J'ai peur que, de désespoir, elle ne finisse par mettre un terme à ses jours…

— Non, non, non… Ne parle pas de malheur…

La Reine désigne sa monture à l'Ogre. Cet andalou-cartujano, à la robe d'un gris si clair qu'il en paraît blanc, est le cheval le plus rapide de toute leur cavalerie. Il devait être offert par Charles IV au maréchal Murat. Mais la Chasse sauvage s'en est emparée, en décimant le détachement de dragons qui devait remettre ce présent. On raconte que, en apprenant la nouvelle, Murat a basculé dans une crise de colère spectaculaire…

— Prends les gourdes d'Eau de Furie dans mes sacoches et fais boire tout le monde.

À l'intention de ses troupes, elle lance dans un castillan maladroit :

— Mes Cruelles, il est l'heure de nous transformer de nouveau en Furieuses !

Cette annonce suscite une explosion de cris de joie. Quelques cavaliers, cependant, peinent à dissimuler leur inquiétude. Mais la drogue va très vite ranimer leur férocité.

— Tu veux attaquer les Français, ma Reine ? demande l'Ogre, dérouté par cette succession d'ordres contradictoires.

— Non, nous allons fuir. Je reviens avec Clarisse dans un instant, prépare-lui une monture. Si jamais l'affrontement est inévitable, nous leur montrerons le vrai visage des Furieuses en forçant le passage !

Sans plus un regard pour son lieutenant désemparé, Sergemont reprend sa progression. Dans son dos, Vorace fait irruption dans la cour et s'adresse à l'Ogre sans même mettre pied à terre. De l'index, il désigne plusieurs directions, puis il a un geste de colère. Avec de grands mouvements du bras, il exhorte la Chasse sauvage à quitter le palais, mais nul ne bouge.

Dalvers voit les galeries approcher, ses pensées filent, brassant des phrases, des plans d'attaque et des fuites imaginaires… Parvenus devant l'entrée, ses gardes allument des torches à un brasero. Un rebelle ouvre le chemin, éclairant la voie. Dalvers le suit, les mains toujours liées. Derrière lui, Sergemont le presse, et deux Furieuses ferment la marche.

Tandis qu'ils s'enfoncent dans le labyrinthe, un chuintement parcourt le ciel, s'amplifie, et une explosion retentit dans la cour, faisant trembler le sol. Le souffle s'engage dans le tunnel, violent courant d'air qui vient les couvrir de poussière. Dalvers fait semblant de tomber. En réalité, il dégaine son couteau caché et le dissimule dans sa manche. Toussant tant et plus, un soldat le relève de force. Depuis l'extérieur, on entend des hurlements et des hennissements, des ordres sont criés… Deux sifflements surviennent à leur tour, s'achevant dans un bruit de fracas quand les boulets percutent les fortifications.

— Il faut trouver deux petites bosses côte à côte, sur le mur de gauche, à hauteur de visage, c'est une marque qui sert à se repérer, explique-t-il.

Il brode, pour que Sergemont et ses soldats regardent de ce côté-là et ne baissent pas les yeux. Leur groupe n'utilisant que deux torches, ses mains sont dans la pénombre. Tandis qu'il fait mine de chercher avec eux, il commence à couper ses liens. Ils dépassent la bifurcation, là où se trouve son salut : le passage qui conduit aux étroitures ! S'il parvient à les atteindre, il résistera au couteau jusqu'à ce que les renforts investissent la place. Ou alors, il prendra la Reine en otage, et nul n'osera l'approcher.

Ils progressent toujours plus profondément. Des clameurs s'élèvent depuis le palais, des fusillades éclatent, un cri strident retentit, « Yiiiiiiiiiiiiiiiiiiii ! »… Sergemont en ricane.

— Tes soldats vont voir de quoi nous sommes capables !

Mais les assaillants n'ont pas l'air de paniquer. Deux salves se succèdent, de nouveaux sifflements traversent le ciel, une explosion est suivie du grondement d'un bâtiment qui s'écroule, les tirs crépitent maintenant sans discontinuer…

— Voilà, c'est là ! annonce Dalvers. Juste là, devant vous.

Sergemont et l'homme en tête inspectent la paroi et donnent de petits coups pour sonder. Le soldat pousse un cri de surprise. Raclant avec son couteau, il fait tomber de la terre et met au jour l'angle d'un panneau de bois. Tous deux se mettent à frotter, révélant une porte dissimulée sous une couche de boue séchée badigeonnée de chaux. Les deux autres gardes ne quittent pas le prisonnier des yeux. L'issue est enfin dégagée. S'étant libéré et tenant son couteau bien en main, Dalvers s'exclame :

— Clarisse, c'est moi, Gabriel ! Tout va bien, je suis avec Honoré !

L'Espagnol passe en premier, au cas où il s'agirait d'un piège. Il éclaire l'endroit, Sergemont le bouscule pour voir, lui aussi. Dans cette courte ramification secondaire se tient une silhouette. Ce n'est qu'un mannequin soutenant la robe noire de Clarisse. Mais, alors que le rebelle comprend aussitôt la supercherie, Sergemont se précipite vers cette forme.

— Clarisse ! s'écrie-t-il, au comble de la joie.

Avec une vivacité fulgurante, Dalvers plante le flanc du soldat sur sa droite, croise pour lacérer la gorge du garde à sa gauche, revient en revers sur sa droite pour trancher à la carotide, puis s'enfuit. Les deux Furieuses s'écroulent en même temps, tandis que Sergemont en est encore à contempler le mannequin sans comprendre. Le dernier homme choisit de demeurer aux côtés de sa Reine, pour veiller sur elle.

Dalvers court dans les galeries. Le vacarme de la bataille continue de s'amplifier, les fusillades crépitent, les hurlements se mêlent aux sifflements des tirs d'artillerie, une nouvelle explosion fait trembler le sol. Sans ralentir, il s'engouffre dans la bifurcation. Mais, en surgissant dans la pièce qui précède le lieu qu'il veut rejoindre, il se retrouve nez à nez avec des insurgés. Ceux-ci viennent abriter ici leurs blessés, dont plusieurs gisent déjà un peu partout.

— Le Français ! s'exclame un éborgné soutenant un compagnon au bras déchiqueté.

Dalvers envisage de passer en force, mais ils sont déjà quatre à lui barrer la route, et d'autres silhouettes se lèvent. Il fait donc demi-tour et rebrousse chemin au pas de course. Regagnant l'axe principal, il voit accourir Sergemont et son garde du corps. S'il les affronte, ceux de la salle des blessés vont le prendre à revers. N'ayant pas d'autre choix, il se précipite à l'extérieur.

Surgissant à la lumière, il découvre un chaos indescriptible. Une partie de la façade du palais s'est effondrée, des silhouettes couvertes de poussière tentent de s'extirper des décombres. Des chevaux affolés traversent la cour au galop, percutant les insurgés qui courent dans tous les sens. Les rebelles postés aux créneaux se font faucher par les balles. Les ordres de la Reine ont été si contradictoires que personne n'a su s'il fallait barricader l'entrée principale pour se retrancher, ou bien la laisser libre pour pouvoir fuir. Au dernier moment, on a juste eu le temps de faire rouler un chariot pour entraver le passage. Des sapeurs achèvent de repousser l'obstacle, couverts par des voltigeurs qui tirent avec une précision meurtrière. La voie est enfin dégagée. Conduite par un capitaine, sabre brandi dans son gant blanc, une colonne de grenadiers fait irruption au pas de charge par la porte défoncée. Des Furieuses se ruent à leur rencontre, les Français ouvrent le feu à bout portant et enchaînent par une charge à la baïonnette.

La Reine surgit à son tour dans la cour. Ses fidèles se précipitent vers elle pour la guider vers une escorte qui l'attend pour fuir par l'autre issue. Elle grimpe sur son cheval, mais sa célèbre robe noire la rend incroyablement visible. Plusieurs grenadiers la visent. Des hommes de sa garde personnelle viennent s'interposer, écartant les bras pour mieux la couvrir. Les balles les désarçonnent, d'autres silhouettes les remplacent avant de tomber à leur tour, mais il en vient encore d'autres. Aveugle au tumulte qui tourbillonne autour de lui, un voltigeur ajuste son tir. Sa balle traverse la tête de l'andalou, la bête s'écroule en entraînant Sergemont dans sa chute. Des Furieuses affluent à son secours, une grappe humaine se forme autour de lui. Dalvers n'en croit pas ses yeux. Vraiment, on dirait des abeilles entourant le corps de leur reine en danger.

Une silhouette massive s'approche pour l'arrêter. L'Ogre le fixe de ses yeux noirs dilatés. La ceinture de son tablier de boucher aligne une ribambelle de couteaux. Brandissant son hachoir, il lui dit :

— Tu as tout gâché ! Je vais te montrer ce qu'est la Mort horrible.

Il lance une attaque plongeante en diagonale, obligeant son adversaire à bondir en arrière, puis son tranchoir revient en revers horizontal. Dalvers bloque ce poignet avec son coude gauche et l'entaille de sa lame, sectionnant veines et tendons. Le boucher pousse un cri, son arme tombe, ses doigts ne peuvent plus se plier. Dalvers en profite pour bondir sur lui et le plante au cœur. Mais sa pointe rebondit sans entamer l'épais cuir du tablier. Avant qu'il n'ait pu réagir, le colosse lui piège la main dans sa poigne gauche et serre de toutes ses forces. La douleur s'amplifie de manière vertigineuse pour venir exploser dans sa tête tandis que ses os craquent dans cet étau. Il hurle, l'autre serre de plus belle. Par réflexe, de sa main libre, il percute le boucher à la gorge, repoussant celui-ci, qui le lâche et suffoque. Ne jamais rester désarmé ! Il se baisse pour ramasser son couteau de la main gauche. S'étant déjà ressaisi, son adversaire prend une longue lame à sa ceinture. Sûr de sa force, l'Ogre sourit. Dalvers place son coude droit contre son cœur, et sa main brisée devant sa gorge, pour protéger ces points vitaux. La douleur lui donne l'impression de tenir des braises. Alors que le boucher fait mine de s'élancer, lui passe en garde haute gaucher, puis il change de prise, avant de modifier de nouveau sa posture, garde basse, puis la crève-visage, et ensuite attaque en planter remontant, retour en revers lacéré oblique, autre revers, horizontal celui-là… Ses mouvements incessants rendent ses intentions indéchiffrables. En voyant cette lame voleter comme un papillon, l'Ogre pousse un grommellement contrarié. Dalvers attaque le poignet adverse, mais ce n'est qu'une feinte. Bloquant le bras de son adversaire, qui tente de le frapper à la tempe, il bondit au plus près du colosse, le plante à la carotide et se replie de côté. L'Ogre plaque son avant-bras droit sur sa blessure.

Son visage blanchit à vue d'œil. Levant son couteau, il avance d'un pas, chancelle et s'effondre.

La Reine Sorcière n'est toujours pas parvenue à s'enfuir. Ses Furieuses l'aident à se dégager d'un deuxième cheval qui vient d'être abattu. On se bat partout autour d'elle. Dalvers se rapproche, il veut à tout prix l'empêcher de se sauver. Étrangement, personne ne semble se soucier de lui, comme s'il n'était qu'un fantôme se faufilant entre les corps à corps. Les rebelles le prennent pour l'un des villageois recrutés de force. Quant aux Français les plus proches, ils cherchent à atteindre la Reine. Depuis les créneaux pris d'assaut, les voltigeurs expédient leurs balles sur les adversaires les plus dangereux, pas sur ce blessé. Et qui se démène au milieu d'eux pour les encourager ? Vorace, qui a ôté ses foulards rouges et se fait passer pour un capitaine des chasseurs à cheval. C'est à ce retournement de veste que Dalvers réalise à quel point la situation a dégénéré pour les Furieuses. Mais une balle espagnole atteint ce traître en plein front. Cette journée si bien payée aura été la gloutonnerie de trop…

La Reine se hisse en croupe derrière l'un de ses lanciers qui tente de rejoindre l'autre porte. Dalvers ramasse le fusil d'un grenadier mort. Droitier obligé de tirer comme un gaucher, il vise maladroitement et fait feu. Atteint à la cuisse, le cheval s'immobilise, peine à se soutenir sur ses jambes arrière, et finit par s'écrouler sur son séant, envoyant ses deux cavaliers rouler dans la poussière. Sergemont se relève, tournant la tête dans toutes les directions, à la recherche d'une échappatoire. Une vingtaine de combattants le défendent encore, mais les Français s'engouffrent maintenant en un flot continu dans la place, en hurlant : « Mort à la Sorcière ! »

Dalvers reçoit un coup de crosse qui le jette à terre. Deux fusiliers s'apprêtent à le percer à la baïonnette, mais il leur hurle :

— Français ! Je suis français !

Les fantassins interrompent leur attaque et le font prisonnier, en attendant d'y voir plus clair à son sujet.

— La Reine Sorcière ! Il faut la prendre vivante ! lance-t-il aux soldats.

Tandis qu'il s'époumone, une nouvelle vague d'assaillants se déploie en arc de cercle, sur deux rangs, le premier mettant un genou à terre. Cent fusils se pointent vers Pieds rouges et les dernières Furieuses groupées autour de leur Reine. Depuis le sommet des remparts conquis, des dizaines d'autres tireurs épaulent eux aussi. La fusillade crible ce dernier carré. Sans écouter Dalvers qui leur hurle d'arrêter, des fantassins se pressent pour achever les agonisants. La Reine est déjà morte, mais un fusilier lui tire dessus à bout portant et la perce à la baïonnette. Un second soldat le rejoint et embroche à son tour ce cadavre. D'autres les suivent, fusillant et plantant, et aussi des lieutenants et des capitaines, qui la transpercent de leurs épées. La Reine Sorcière est ainsi « tuée » des dizaines de fois. Bigrat survient à cheval, son sabre ensanglanté à la main. Ne remarquant même pas Dalvers qui lui fait signe, il se dirige vers le cadavre de Sergemont. Du poitrail de sa monture et à coups d'étrier, il se fraie un passage dans la masse de l'infanterie. S'étant immobilisé au-dessus du corps de la Reine, il fait piaffer son cheval, réduisant la dépouille en bouillie sous le piétinement de ses sabots.

Se tournant vers ceux qui le surveillent, Dalvers leur dit :

— Le chef d'escadron Alzana est peut-être encore en vie. Il se trouve dans les arènes. Conduisez-moi à lui, je suis médecin.

Chapitre 28

Paris, fin mai 1808

La main droite enveloppée de bandages, le bras en écharpe, Dalvers longe les arcades du Palais-Royal (ou Palais-Égalité, disent certains depuis la Révolution). Les cafés, les restaurants, les librairies, les maisons de jeu et les bordels se succèdent. L'Empereur a imposé un peu de modération, les prostituées ne s'exhibent plus seins nus. Mais des femmes au maquillage outrancier, joues fardées de rouge et paupières vertes ou bleues, l'interpellent. « Pauvre héros, tu es blessé ? Viens que je te console… » Comme il refuse leurs avances, l'une d'elles, ivre, lui lance : « Fous le camp, sale chien errant à la patte cassée ! »

Poussant la porte du Famosi, il est accueilli par une odeur de café et le brouhaha des conversations. Aux tables, les discussions sont animées, des voix haussent le ton, on éclate de rire… Ici, les langues se délient, malgré la censure et la propagande. Au siècle des Lumières, les cafés littéraires se sont multipliés. Les idées nouvelles s'y propageaient. Dans les esprits, des mondes meilleurs naissaient comme des bulles de savon. Depuis cette époque, boire du café a la réputation de stimuler l'intelligence et les révolutions.

D'ailleurs, quelques arcades plus loin se trouve le Café de Foy. C'est sur sa terrasse que, le 12 juillet 1789, perché sur une table, Camille Desmoulins a harangué la foule massée dans les jardins, allumant la mèche de la Révolution. Dalvers observe les clients, s'amusant à essayer de deviner ceux qui sont en réalité des agents de la police secrète. L'ayant aperçu, Candelet lui fait signe. Dalvers le rejoint, tout en veillant à ce que les serveurs empressés ne heurtent pas sa blessure…

— Je vous remercie d'avoir accepté mon invitation, docteur. Eh bien… l'Espagne vous a mis dans un sale état…

Bien que l'inspecteur ait parlé sur le ton de la plaisanterie, son sourire s'est tordu. Le cabinet noir (qui décachette les lettres, espionne et censure) a intercepté bon nombre de courriers « trop alarmistes » envoyés par des soldats déployés en Espagne. Malgré cet élagage, des récits de la révolte de Madrid sont parvenus jusqu'à Paris. Des rumeurs inquiétantes circulent, qui divergent beaucoup de la version officielle, celle d'un feu de paille vite étouffé.

— Ce n'est rien, lui répond Dalvers tout en prenant place.

Il songe à Alzana, qui se remet de ses blessures, là-bas à Madrid, avec, pour descente de lit, la peau du taureau qu'il a vaincu… Oui, vraiment, en comparaison, ses fractures des métacarpes, ce n'est pas grand-chose… Comme pour le contredire, une douleur foudroie sa main, remonte le long du bras en forant son chemin dans les os, et vient jeter une gerbe d'étincelles dans sa mâchoire.

Ils commandent du café, des « gâteaux à la Madeleine » et des crèmes glacées, les trois spécialités qui font la renommée de ce lieu. Mais, ici, on sert aussi du thé de Chine, du chocolat chaud, du punch, des liqueurs et des bières hollandaises. Pour mieux se faire entendre, Candelet se penche vers lui.

— J'ai bien reçu votre compte rendu de la fin de cette enquête et je vous en remercie. Cependant, j'ai encore des questions… Ici, il y a trop de bruit et d'indiscrets. Commençons par nous faire plaisir, puis nous irons discuter dans les jardins.

— J'allais vous proposer la même chose.

Le serveur vient couvrir la table avec leur commande. Une assiette en porcelaine interpelle par sa beauté. Au centre, un pinson se tient perché sur une branche, tandis que les bords s'ornent d'une bande bleu roi égaillée de motifs végétaux dorés. Elle fait partie de ces trésors de la noblesse qui ont été saisis à la Révolution et vendus au peuple. Les oiseaux de ce service se sont envolés un peu partout dans Paris…

Dalvers avale une gorgée de café, la saveur est inouïe. Avoir frôlé la mort a exalté ses sens. Il peut même distinguer, au-delà du parfum de beurre fondu des madeleines sorties du four, une nuance de fleur d'oranger. Avec sa cuillère, il pioche ici ou là dans ses glaces, à la vanille, au clou de girofle et au safran. Candelet s'amuse de son avidité.

— Puis-je vous poser une question ? Simple curiosité. C'est au sujet de vos recherches sur la violence. Alors ? Avez-vous trouvé les réponses que vous cherchiez ?

Dalvers secoue la tête tout en se resservant de café.

— Non. Mais j'ai progressé.

Pour plus d'information :

#lisez! engagé
www.lisez.com

Imprimé sur du papier issu de forêts gérées durablement.

10/18 – 92 avenue de France, 75013 PARIS

Imprimé en France par
CPI Brodard & Taupin

N° d'impression : 3059238
X08507/01